戴潍娜 / 主编
陈家坪　王东东　叶美 / 副主编

LIGHT 光 YEAR 年 3

出生之城与记忆之城

SPM 南方出版传媒 广东人民出版社
·广州·

图书在版编目（CIP）数据

光年. 3 / 戴潍娜主编. — 广州：广东人民出版社，2020.7

ISBN 978-7-218-13759-9

Ⅰ. ①光… Ⅱ. ①戴… Ⅲ. ①诗集—世界—现代 Ⅳ. ① I12

中国版本图书馆 CIP 数据核字（2020）第 084217 号

GUANGNIAN 3

光年 3

戴潍娜 主编

出 版 人：肖风华

责任编辑：刘 宇
责任技编：吴彦斌 周星奎
装帧设计：高 远 浪波湾工作室

出版发行：广东人民出版社
地　　址：广州市海珠区新港西路 204 号 2 号楼（邮政编码：510300）
电　　话：（020）85716809（总编室）
传　　真：（020）85716872
网　　址：http://www.gdpph.com
印　　刷：天津丰富彩艺印刷有限公司
开　　本：787mm×1092mm 1/16
印　　张：19.75　　**字　　数**：280 千
版　　次：2020 年 7 月第 1 版
印　　次：2020 年 7 月第 1 次印刷
定　　价：68.00 元

如发现印装质量问题，影响阅读，请与出版社（020－85716849）联系调换。
售书热线：（020）85716826

目 录

Transboundary
越界

Contemporary
当代国际诗坛

Image
影像

Essay
随笔

Long poem
长诗

Poetics
诗学

Sinologist
汉学家

Dialogue
谈话录

Biography
诗人志

Perspective
台湾诗歌动态

Transboundary

越界

一滴会说话的血

——斯特内斯库诗选

高兴 译

尼基塔·斯特内斯库

（Nichita Stanescu，1933—1983）

尼基塔·斯特内斯库，出生于罗马尼亚石油名城普洛耶什蒂。从小酷爱音乐。中学时，对文学发生浓厚兴趣。1952 年考入布加勒斯特大学语言文学系。毕业后，他曾在《文学报》诗歌组担任编辑，结识了一批富有创新精神的年轻诗人，形成了一个具有先锋派色彩的文学群体。他们要求继承二次大战前罗马尼亚抒情诗的优秀传统，主张让罗马尼亚诗歌与世界诗歌同步发展。在他们的努力下，罗马尼亚诗歌终于突破了教条主义的束缚，进入了被评论界称之为“抒情诗爆炸”的发展阶段。斯特内斯库便是诗歌革新运动的主将。

斯特内斯库 1960 年发表第一本诗集《爱的意义》。之后又先后出版了《情感的幻象》（1964）、《时间的权力》（1965）、《绳结与符号》（1982）等 16 部诗集和两本散文集。发掘自我，表现自我，为思维和感情穿上可触摸的外衣，是他诗歌的一大特色。他非常注重意境的提炼，极力倡导诗人用视觉来想象。在他的笔下，科学概念、哲学思想，甚至连枯燥的数字都能插上有形的翅膀，在想象的天空中任意翱翔。尼基塔·斯特内斯库被公认为罗马尼亚当代现代派诗歌的代表诗人。

哀歌第十一首

进入春天的劳作

一

我的心脏大于身躯，
忽然从所有方向跃出，
又从所有方向回落，
至它上端，
犹如一阵毁灭性的熔岩雨，

你，大于形式的内容，瞧
自我认识，瞧
为何物质在痛苦中会从自身诞生
为了能够死去。
唯有了解自我的人才会死去，
唯有自我见证的人
才会诞生。

必须奔跑，我对自己说，
但为此，我首先必须
将灵魂转向
那些一动不动的先辈，
他们犹如骨髓
隐居于骨塔之中，
仿佛事物抵达尽头
陷入静止。

我可以奔跑，因为他们就居于我内心。
我将奔跑，因为唯有在内心
静止的事物
才会运动，
唯有内心孤独的人
才会得到陪伴；他明白，心灵，不知不觉中
将会更加有力地坠入自己的
中心
抑或，
碎裂于星球，它将被生物
和植物包围，
抑或，
躺在金字塔下，
就像躺在一副陌生胸膛的后面。

二

一切都是简单的，如此的简单，以至于
变得难以理解。

一切都是贴近的，如此的
贴近，以至于
投奔眼睛后面
不再看得见。

春天里，
一切是如此的完美，

以至于唯有用自身围绕
我才能感觉到它，
就像由说出词语的嘴巴，
由心脏的嘴巴，
由果核的心脏宣布的
一棵草的破土发芽，
那在自身静止的事物，仿佛
大地的核心
在四周伸出
无穷无尽的万有引力的臂膀，

将一切收拢于自身，突然
一次拥抱，如此的有力，
以至于运动从臂膀中间跃出。

三

于是，我将同时朝所有方向
奔跑，
遵循自己的心脏，我将奔跑，
恰似一辆战车
同时从所有方向
被一群遭到鞭笞的马儿拽动。

四

我将奔跑直至前行，奔驰

本身超越我
并远离我
就像果壳脱离果核，
直至奔跑
在自身内部奔跑，并停止。
而我将会坠向
它，仿佛年轻男子
迎候自己的心上人。

五

而在我就像奔跑一样
超越我之后，
在奔跑
在自身内部运动
并犹如石头，抑或更像
玻璃窗
后面的
水银那般停止
之后，
我将凝望万物，
我将用自身同时
拥抱万物，
而它们
将把我抛在后面，在
我身上所有算作事物的一切
早已被纳入万物之后。

六

瞧我
保持原本的样子，
手执孤独的旗帜，寒冷的盾牌，
朝着我自身后面奔跑，
处处推开我自己，
在我前面
在我后面，在我右面，
在我左面，在我上面，
在我下面，处处出发，
又处处留下
回忆的迹象：
天空——星辰，
大地——空气，
影子——长满叶子的枝丛。

七

……奇怪的躯体，对称的躯体，
在天体面前
惊讶于自身。

在太阳面前惊讶，
耐心地等待着为光创造
一副合适的躯体。

八

倚靠你自己的土地，
当你还是种子的时候，当冬天
液化它那长长的白白的骨头的时候，
当春天款款升起的时候。

依靠你自己的国度，
当你，我的人儿，孤独难耐的时候，
当你遭受非爱折磨的时候，
或者干脆，当冬天
消融，而春天
在天体空间
从自身
走向边际的时候。
洁净地走进春天的
劳作吧，
告诉种子它们是种子吧，
告诉大地它是大地吧！

但首先
我们是种子，我们是
那些从所有方向都能同时看见的人，
仿佛我们直接居于一只眼睛，
或者一片原野，那里目光
生长，代替青草——我们同时
与我们自己，坚硬，近乎金属，

收割草木，让它们
酷似万事万物，
我们的心脏创造的
万事万物，
我们生活在其中的万事万物。

但首先
我们是种子，我们已做好准备
从我们自身将我们投向某种
更加崇高的事物，某种
名叫春天的事物……
处于现象内部，总是
处于现象内部。

成为种子，并依靠
你自己的土地吧。

第二首哀歌，杰特人的

给瓦西里·帕尔万

每个山洞里都住着一个神。

倘若一块石头开裂，很快
就会有一个神被带来，放在那里。

只要一座桥倒塌，立马
一个神就会占住那空位置，

或者，马路上，柏油路上出现一个坑，
一个神马上就会住进里面。

哦，千万别失手或故意
割伤自己的手或腿。

他们会迅速在你的伤口里放上一个神，
就像在其他各处一样，
他们安排一个神，
好让我们跪拜，因为脱离
自我的一切，神都会保护。

当心点，战士，可别弄丢
眼睛，
不然，他们就会带来一个神
搁进你的眼眶，
神将坐在那里，纹丝不动，而我们
将不断地活动灵魂，为了赞美他……
就连你也要发动灵魂
来赞美他，就像赞美异邦人。

第六首哀歌

失语症

我站在两个偶像之间，不知
选择哪一个好，我站在
两个偶像之间，天正下着蒙蒙细雨，
而我不知选择哪一个好，
等待中，两个偶像
呆立在蒙蒙细雨中。我站在两块
木头之间，无从选择，
天正下着蒙蒙细雨，在腐朽的
雨中我无从选择。我站在那里，
那两块木头，露出
被蒙蒙细雨漂白的肋骨。
我站在两具马骨骼之间，
不知选择哪一个好，我站在那里，
天正下着蒙蒙细雨，融化了
白骨下的泥土，而我不知选择哪一个好。
我站在两个洞穴之间，天正下着蒙蒙细雨，
雨水用饥饿的硕鼠的牙齿
啃噬着土地。
我手持铁锹，站在两个洞穴之间，
无从选择，在蒙蒙细雨中，
就让我选择第一个吧，我将用被蒙蒙细雨
啃噬的泥土堵住它。

黎明，策马奔腾

献给青年爱明内斯库

静默撞击树干，交叉在一起，
变成远方，变成沙漠。
我将唯一的面庞转向太阳，
奔驰中肩膀刮落片片绿叶。

我的骏马从尘土腾跃，头上
冒烟，用一双马蹄铁开辟原野。
你好，我正朝你奔来。你好！
太阳叫喊着喷薄而出，君临世界。

石鼓擂响，太阳在上升，上升
在它面前，穹顶与鹰
在天空的阶梯崩溃，闪烁。
静默变成蔚蓝的风，
影子的马刺伸向
原野的胸膛。

太阳将地平线一折两段。
天穹的囚室纷纷倒闭。
蓝色的长矛，义无反顾，
我将目光投向两边，
欣喜而又庄重地迎接它们。
我的骏马踏着马蹄铁奔腾。
你好，光的海洋，你好！

太阳叫喊着从万物腾跃，
摇动喑哑而沉重的边际。
我的心灵在迎候它，你好！
我的骏马踏着马蹄铁奔腾。
金黄的鬃毛在风中燃烧。

太阳朝地球倾倒

运动中，硕大的躯体的漏斗，
人的躯体，树的躯干，马的躯体。
硕大的漏斗，大喊大叫着，
太阳正用它倾倒
原油，为看不见的世界之轴上油，
好让世界自由顺畅地流淌。

插入地球的漏斗，在剧烈的熔岩中
不时地让一则神话浮上表面，骨化。
我们两人——用在漏斗嘴边
闪亮、冒烟的眉毛，
用刚刚凝固为翅膀的眉毛——
在众多其他接受者中间，
直接在胸膛，在脸颊，在拱廊
领受始于我们的
润滑油的洪流，飞落于躯体
和树干上的洪流，难道要退缩吗？

硕大的躯体的漏斗，穿过我们，
穿过旋转的天空，
无休无止地为地球中心加油，偶尔
发出光泽，烟气消散。

秋天的激动

秋天来临，用什么可以遮住我的心，
用树的影子，或者最好用你的影子。

我害怕有时会再也见不到你，
害怕尖利的翅膀会长到云端，
害怕你会藏进一只陌生的眼睛，
而它将用一片艾叶自我关闭。

于是，我走近石头，一声不语，
抓起词语，将它们淹没在海里。
我朝月亮吹起口哨，叫它升起，让它
变成一场伟大的爱情。

第四维度中的自画像

被雨撤往大海时

留下的光泽所包围，
球体同我的心脏
道别，
在天边滚动。
卧倒的菱形，同眼睛
道别，说着再见，
变成盾牌，变成金字塔形神庙，
为了向庄重的克里奥致敬。
我平静地接受着所有这一切，
固执，没有流露明显的惊奇，
虽然唯有，唯有，唯有我所
了解的内心的几何学，
犹如凝固汽油一般在燃烧，
当我还是阿基米德和沙地的时候……
没有球体，没有菱形，废墟中
我的面孔在冒烟。

倒置的树

倒置的树，根长在风中，
脚掌宽似悬铃木叶，
几乎漂浮，几乎触到
一年四季。
手上显出齿状刻纹，犹如橡树叶，
躯干带有深深的树窟窿

狗熊们在里面趴着睡觉，徒劳地
想要抵达一角天地。

总是，犹如显现在水中，
地风让它沙沙作响，
根插进彩虹，
插进并不存在的色彩。
我成了倒置的树，从球体中分离，
同这一球体简直就像孪生兄弟……
一切都仿佛那么熟悉，但什么
都无法与任何存在之物相对比。

满怀喜悦即兴创作的歌

给塞尔久·亚当

用一把石钥匙
让我们打开另一扇门。
用一头山羊，
另一扇，另一扇门。
用一条没有水的河流，
另一扇，另一扇门。
接着，用热情
我们将打开一滴泪。
用一支铂金笛子
打开传统中的羔羊——

哦，你，铂金铜器
和米哈伊·爱明内斯库
白色的菩提杨树

某种书写

他抓住我，用我书写
在平原上打磨我的腿
从脚跟到膝盖——
而为了天空——
他削去了我
半条右臂
和整条左臂
以便教它们如何飞翔

我是他的——
他将用我的大脑
擦掉天上的粉笔

不一会儿
课间休息的铃声就会响起

正方形的眼睛

我无法相信鸟儿飞翔，
无法相信它们依靠并不存在之物，
无法相信你爱我，
并不需要我做你的狗……

存在着失去之空气，
和黑山羊的静止不动，
但自从我成为你的狗后，
我并没有呼吸过它们。

从你取出一座雕像的当当声中
你还要打击什么人吗？
快望着我吧，快打击我吧！
唯有我才是你的狗。

给一朵花的邀请

给你寄来我那只写在镜子上的手
后面的树，
远方的云……

我是无花之核
你想变成白色，并拥有七枚花瓣吗？

乌鸦蛋

海的咸味，和忧伤的肉身——
难道石头也曾有过童年？
如果石头也曾有过童年，
那么，在石头的童年
它们又是如何玩游戏的？

狩猎

你们怎么都不会相信石头
是鸟儿生出的空气孩子。
哦，我多么希望海上下起
倾盆大雨，总是淹死
其他什么人。
你们怎么都不会相信
花朵是太阳落山时的思绪。
哦，我多么想在
兔子窝里睡觉。
不，它不会惊恐的。
我的所有并非一副身躯，
而是一顶帐篷。
我的所思并非一束光线，
而是一个兔子枕头。

鸟儿的视觉

仿佛运气，一群鸟在我的视线里
辗转反侧。
我说兴许是一种言说。
我说兴许是他人所见。

玻璃上的圣像

让我们祈求眼睛不要说话！
在视觉石头上
让我们放上一块方糖。
绿色在两片叶子上跳动吗？
让我们往叶脉上
放进一缕西蒙风！

玛利亚！玛利亚，玛利亚，
我呼唤那女子：
“你好吗？”
女子答道：
“我在生产。听见没有？我在生产。”

破损的薄板

从远处看，你酷似我的母亲，
正如远处的点酷似鸟儿，
正如从远处看，瞬间酷似钟点，
而大钟酷似教堂……

从远处看，你酷似我的母亲……

歌之状态

如果一只眼睛突然打开
就在你手握门把的刹那，那会怎样？
你难道还能
将手放在目光上吗？
你还能走进视觉吗？
你还会成为我的视力吗？
你还会成为你——如果突然一只眼睛打开——
你会寻思谁知道哪里吗？
你会寻思谁知道何时吗？
我心中的盲人问你：
你可以，你可以成为我的视觉吗？

没有心脏

今天，我感到如此的幸福
就仿佛我已与生命道别，
就仿佛我已往心口塞了一只苹果
好让心脏不再跳动，好让它死死站定——
好让自己走近你，并对你说：
“喂，你要是渴的话，
就索性啃一只苹果吧！”

面对青草

我们谁也不必杀死
我们谁也不必仇恨
我们什么也不必吞食
我们什么也不必饮下
我们应该装出样子
好像将要杀死什么人
我们应该装出样子
好像将要吃掉什么人——
但不必付诸行动
我们应该显得
就像什么人会理解恶
为了我们
而我们也仅仅了解他：

你理解我吗，美丽的青草
我该对你说什么呢？

镜子里的字母

谁也没有怀疑过这一事实：
苹果十分愚蠢，
苹果的味道缺乏思想，
苹果的红晕并不冷淡……

但一旦用苹果
点燃寒冷
我们会大大节约
不用再烧影子了……

哦，我会说你，
我们所有人都明白
是怎么回事
甚至我
甚至我们
在另一个世界……

忧伤的爱情

让我们将客观性留给齿轮
留给螺丝和螺丝垫圈吧。
倘若时间一如往常地流淌，
你没有权利定定地望着我。

让我们将饮水的权利
留给幸福者吧，
当他们拥有嘴巴时，
因为唯有他们才会口渴。

但当我入睡，当我如此
熟睡
当我一如往常地睡觉时，
当然，你没有权利醒来
并且离去

自画像

我什么也不是，
只是一滴
会说话的血。

他“美丽得犹如思想的影子”

——阅读斯特内斯库

高兴 撰文

在20世纪六七十年代，斯特内斯库的诗歌创作和诗歌活动带有悲壮的开拓和牺牲意味。曾经有一段时间，他被某些评论家看作怪物。他自然要为此付出代价。“有时，我甚至祈求上苍不要赋予我莎士比亚的天才。我惊恐地意识到你得为这种天才付出多么昂贵的代价。而对于这些代价我却没有丝毫的准备。”他曾在一次访谈中说道。可与此同时，他又意识到：“没有代价，价值便难以实现。在我们的民间文学中流传着有关牺牲的神话绝不是偶然的。谁不认准一个方向，谁就一事无成。”

罗马尼亚有举办诗歌节的传统。诗人们聚集在海边或林中空地，饮酒诵诗，通宵达旦，常常把时间抛在一边。

在这样的场合，尼基塔·斯特内斯库往往是中心人物。那是20世纪70年代。当时，他也就四十来岁，高高的个子，稍显瘦弱，一头金发，英俊潇洒，无拘无束，又充满了活力，极能吸引众人的目光。他的周围常常围着一群热爱诗歌的美丽女人。诗歌，女人和酒，他在生活中最最看重这些了。典型的先锋形象，倒也十分符合他在罗马尼亚诗坛上的地位。

“哦，我曾是一个美丽的人 / 瘦弱而又苍白”，他自己写道。

许多罗马尼亚人都能背诵他的诗歌。可惜，这个美丽的人过早地离开了人世。那是 1983 年。他刚刚 50 岁。有人说，他的死亡同酗酒有关。

时空转换。20 世纪 80 年代中期，中国，西子湖畔，我和罗马尼亚女演员卡门不由得谈起了斯特内斯库。就是在那一刻，卡门轻轻地为我吟诵了斯特内斯库的《追忆》：

她美丽得犹如思想的影子
她的后背散发出的气息
像婴儿的皮肤，
像新砸开的石头，
像来自死亡语言中的叫喊。

她没有重量，恰似呼吸。
时而欢笑，时而哭泣，硕大的泪
使她咸得宛若异族人宴席上
备受颂扬的盐巴。

她美丽得犹如思想的影子。
茫茫水域中，她是唯一的陆地。

至今还记得卡门吟诵这首诗时动情的样子。我被打动了。因为感动，也因为喜欢，我当场就记下了这首诗，很快便将它译成了汉语。

反复地读，反复地品，我读出了我品到的味道。

追忆本身是一种难以捉摸的思维活动。但在诗人的描绘下，追忆竟变得有声有色，具体可感。诗中的“她”既可理解为追忆的象征，也可理解为追忆的具体对象。“思想的影子”，抽象和具象的结合，多么奇特的意象，给

“美丽”罩上了一层神秘的色彩，可以激发读者的无限想象。追忆可以给人带来各种各样错综复杂的感受，有时，“她”像“婴儿的皮肤”那样纯洁甜美；有时，“她”像“新砸开的石头”那样粗犷有力；有时，“她”又像“来自死亡语言中的叫喊”那样悲壮感人。“她”尽管“没有重量，恰似呼吸”，但我们分明能感觉到“她”的分量。“她”既能给我们带来欢笑，也能使我们陷入痛苦。由于泪水的缘故，“她咸得宛若异族人宴席上 / 备受颂扬的盐巴”。不管怎样，“她”代表着一种真实，人生中，只要有这种真实，人们便会看到希望，感到慰藉，因为“茫茫水域中，她是唯一的陆地”。

一首短诗，竟像一把高超的钥匙，开启了我们的所有感觉。我们需要用视觉来凝视美丽的“思想的影子”；需要用嗅觉来闻一闻“婴儿的皮肤”所散发出的带有奶油味的芳香；需要用听觉来倾听“来自死亡语言中的叫喊”；需要用味觉来品尝像盐巴一样咸的泪水。于是，一种难以言说的美便在我们心中油然而生。那美，是诗歌，同时又超越诗歌。

我也因这首短诗而真正关注起斯特内斯库来。

尼基塔·斯特内斯库（Nichita Stanescu）1933 年 3 月 31 日出生于罗马尼亚普洛耶什蒂市一个富裕家庭。他的父亲尼古拉·斯特内斯库是位作坊主，母亲塔迪亚娜·切里亚邱金是俄国移民。斯特内斯库从小就享受着优越的物质条件和良好的文化氛围。战前，他们家拥有汽车、自行车、收音机和照相机，全家时常开车或骑车郊游。父母都喜爱文艺，多多少少影响到斯特内斯库的成长。

斯特内斯库聪颖，也淘气，小学一年级曾经留级，但总体来说，学习成绩不错。进入著名的卡拉伽列中学后不久，他很快就因为种种“超凡举动”成了校园小名人：喜欢画漫画，写黑话诗，踢足球，并爱上了一位同学的姐姐。一度，他曾沉浸于阅读惊险文学和侦探小说，后来又通过罗马尼亚诗人乔治·托帕尔切亚努的作品迷恋上了诗歌世界，并因此确定了自己的人生走向。

1952 年至 1957 年，斯特内斯库就读于布加勒斯特大学罗马尼亚语言文学系。罗马尼亚声名显赫的文学大师乔治·克林内斯库曾执教于语言文学系，并为该系营造了浓郁的文学氛围。这一氛围神奇般地长久保持着，有一阵子以地下隐秘的方式，熏陶和培育了一批又一批文学青年。斯特内斯库便是其中的一员。大学学习期间，他曾有幸见到了罗马尼亚著名的数学家诗人伊昂·巴尔布。巴尔布幽默风趣的谈吐和优雅迷人的风度深深打动了青年斯特内斯库。与巴尔布的会面，很大程度上，点燃了他成为诗人的渴望。

他继续创作黑话诗系列，这些诗幽默、新颖，在大学校园传播着，给斯特内斯库带来了小小的名气，但并没为他戴上诗人的桂冠。很大的原因是另一名大学生诗人尼古拉·拉比什的存在。拉比什小斯特内斯库两岁，却已凭借诗篇《小鹿之死》声名鹊起，光彩夺目，成为众多青年心目中的偶像。然而，让人扼腕叹息的是，1956 年 12 月 22 日深夜，拉比什不幸遭遇事故，意外辞世，年仅 21 岁。一颗诗歌新星就此陨落。

斯特内斯库从中学起就显露出豪放不羁的性情。他谈了一场又一场恋爱。19 岁时就经历了第一次婚姻。大学最后一年，又与热爱拉比什诗歌的杜伊娜·邱利亚订了婚。1957 年，他先后在《论坛》和《文学报》发表处女诗作。诗中的知性倾向和叛逆词汇遭到了一些评论家的指责。这恰恰让斯特内斯库引起了更多人的关注。

大学毕业后，斯特内斯库成为《文学报》编辑，开始进入布加勒斯特文学圈。1960 年，他的首部诗集《爱的意义》出版，其中，人们读到了如此清新、独特、不同凡响的诗作：

哦，事物没有与我一道生长。

某时，在我雾气缭绕的
童年，它们只够到
我的下巴。

后来，
战争结束时，
它们勉强同我的腰齐平，
就像一把痛苦的石剑。

此刻，
它们甚至低于我的踝骨，
酷似几只忠诚的狗，
举起手臂，触摸星辰的
第二幅面孔。

而青春庆典中
响起天体音乐，
愈来愈紧密地回荡着。

——《颂歌》

这是多么骄傲、自信和反叛的生长，甚至高过万事万物，既是青春激情的庆典，更是自我确立的庆典。在这样的庆典中，你可以听到真正的音乐：天体音乐。

如此的诗篇很快确立了斯特内斯库新生代作家领军人物的地位。新生代作家中有诗人马林·索雷斯库、安娜·布兰迪亚纳、切扎尔·巴尔达格、贝德莱·斯托伊卡、伊昂·格奥尔杰、格里高莱·哈久、安格尔·敦布勒维亚努等，小说家尼古拉·布莱班、杜米特鲁·拉杜·波佩斯库、奥古斯丁·布祖拉、弗努什·内亚古、尼古拉·维莱阿、森泽亚纳·博普、伊昂·伯耶舒、斯特凡·伯努莱斯库等，评论家欧金·西蒙、尼古拉·马诺莱斯库等。这些作家中不少都是斯特内斯库的密友。他们是幸运的，逢到了 20 世纪 60 年代初罗马尼亚文化生活中出现的难得的“解冻期”。

20世纪50年代，罗马尼亚社会和文化生活曾经历令人窒息的僵化和教条，严重阻碍了文艺创作的正常发展。进入60年代，由于国家政策的调整和改变，社会和文化生活开始出现相对宽松、活泼和自由的可喜景象。移居美国的罗马尼亚作家诺尔曼·马尼亚在随笔集《论小丑》中比较客观地描绘了这一时期的情形：

> 在1965年到1975年这相对“自由”的十年里，罗马尼亚并不繁荣，也不能说人们在日常生活里毫无拘束。但是关于那个时期的记忆里有一种振奋人心的东西：用轻快的拉丁语哼唱，动听而有趣；你可以更自由地四处走动，更自由地谈论别人和书。仿佛就在一夜之间，人们和书籍一起死而复生了——和谐的交谈、快乐的聚会、忧郁的漫步、令人兴奋的探险，一切都回到了生活中……这个时期对经济发展的促进微乎其微，但它对艺术和文学的影响却延伸到了之后的十多年里。我们利用一切机会接触西方的艺术和思想运动，在一些社会和政治问题上，我们可以保持比较独立的立场，可以用个人的方式表达观点。

这一时期，诗人卢奇安·布拉加等作家的作品被解除了禁戒。人们重又读到了两次大战之间许多重要诗人和作家的作品。这一时期，小说家马林·普雷达正在构思他那全面反思“苦难的十年”的鸿篇巨制《世上最亲爱的人》。这一时期，文学翻译在文学发展中起到了不可估量的推动作用。人们可以读到乔伊斯、普鲁斯特、福克纳、卡夫卡等几乎所有西方大家的作品。这一时期，作家们在艺术的神圣光环下，享受着特别的待遇，被人们恭敬地称为“不朽者”。

以斯特内斯库为代表的新生代作家们及时抓住这一宝贵而难得的历史机遇，几乎在一夜之间纷纷登上文坛，让那些教条主义者顿时无立身之地。在诗歌领域，他们要求继承二次大战前罗马尼亚抒情诗的优秀传统，主张让罗马尼亚诗歌与世界诗歌同步发展。在他们的作品中，自我、内心、情感、自由，重新得到尊重，真正意义上的人重新站立了起来。他们个个热血沸腾，充分意识到了自己的使命：要做文学的继承者、开拓者和创新者。就在这样的情形下，作为诗歌先锋的斯特内斯库展开了他旋风般的诗歌生涯。

在树木看来，
太阳是一段取暖用的木头，
人类——澎湃的激情——
他们是参天大树的果实
可以自由自在地漫游！

在岩石看来，
太阳是一块坠落的石头，
人类正在缓缓地推动——
他们是作用于运动的运动，
你看到的光明来自太阳！

在空气看来，
太阳是充满鸟雀的气体，
翅膀紧挨着翅膀，
人类是稀有的飞禽，
他们扇动体内的翅膀，
在思想更为纯净的空气里
尽情地漂浮和翱翔。

——《人类颂歌》

人的激情可以开掘出无限的潜力，可以激发起巨大的能量。诗人同样如此。“在思想更为纯净的空气里 / 尽情地漂浮和翱翔”，从这句诗中，就可以看出斯特内斯库当时的诗歌志向和内在激情。他以几乎每年一本，有时甚至两本和三本的疯狂节奏，接连推出了《情感的幻象》（1964）、《时间的权利》（1965）、《哀歌十一首》（1966）、《阿尔法》（1967）、《蛋和球体》（1967）、《垂直的红色》（1967）、《非语词》（1969）、《有片土地名叫罗马尼亚》（1969）、《甜蜜的古典风格》（1970）等 16 部诗集和 2 本散文集。激情让诗人写出一首又一首诗，也让他一次又一次进入恋爱状态。诗歌和恋爱都需要激情，激情又能催生诗歌和恋爱。斯特内斯库写诗的同时，恋爱，结婚，又离婚，再恋爱，再结婚，不断地从一个家搬到另一个家，时常，索性寄居于不同的朋友家中，时而处于幸福甜蜜状态，时而又陷入忧郁沮丧情绪。这倒是让他写出了不少忧伤却优美的情诗，《忧伤的恋歌》就是其中十分动人的一首：

唯有我的生命有一天会真的
为我死去。
唯有草木懂得土地的滋味。
唯有血液离开心脏后
会真的满怀思恋。

天很高，你很高，
我的忧伤很高。
马死亡的日子正在来临。
车变旧的日子正在来临。
冷雨飘洒，所有女人顶着你的头颅，
穿着你的连衣裙的日子正在来临。
一只白色的大鸟正在来临。

激情既意味着创造，同时也意味着消耗和吞噬。斯特内斯库常常彻夜写作或聊天，又有酗酒的毛病，身体很快受到损害。1983 年 12 月 13 日，斯特内斯库因心脏病突发而离开了人世。他那正处于巅峰状态的诗歌创作戛然而止。

阅读斯特内斯库，我们会发现，诗人非常注重意境和意象的提炼。而意境和意象的提炼，意味着摒弃陈词滥调，冲破常规，发掘词语的潜力，拓展语言的可能性，捕捉世界和人生的意义。在一次答记者问中，他承认自己始终在思考着如何让意境和意象更加完美地映照出生命的特殊状态。他极力倡导诗人用视觉来想象。在他的笔下，科学概念、哲学思想，甚至连枯燥的数字都能插上有形的翅膀，在想象的天空任意舞动。这是诗歌的需要，他一次又一次地强调。

在 20 世纪六七十年代，斯特内斯库的诗歌创作和诗歌活动带有悲壮的开拓和牺牲意味。曾经有一段时间，他被某些评论家看作了怪物。他自然要为此付出代价。“有时，我甚至祈求上苍不要赋予我莎士比亚的天才。我惊恐地意识到你得为这种天才付出多么昂贵的代价。而对于这些代价我却没有丝毫的准备。”他曾在一次访谈中说道。可与此同时，他又意识到：“没有代价，价值便难以实现。在我们的民间文学中流传着有关牺牲的神话绝不是偶然的。谁不认准一个方向，谁就一事无成。”

在斯特内斯库等诗人的共同努力下，罗马尼亚诗歌终于突破了教条主义的束缚，进入了被评论界称之为“抒情诗爆炸”的发展阶段。斯特内斯库便是诗歌革新运动的主将。当人们称他为“伟大的诗人”时，他立即声明：“我不知道什么是‘一位伟大的诗人’，我只知道什么是‘一首伟大的诗’。”他自然希望自己已经写出了一首伟大的诗。他还特别强调时代的重要性：

我认为诗人没有自己的
时代；时代拥有自己的诗人，

总而言之，时代遇见自己的诗人。

随着时间的推移，人们愈发意识到了斯特内斯库的价值和意义：他实际上在一个关键时刻通过自己的诗歌写作和诗歌行动，重新激活了罗马尼亚诗歌的生命力和创造力，让罗马尼亚诗歌再度回到了真正的诗歌轨道，并为罗马尼亚诗歌的未来积蓄了巨大的能量。

不知怎的，我一直忘不了斯特内斯库讲过的一个故事：

> 有一年的五月二号，我们到海边的一个地方去。当时，我很年轻，正在恋爱。我并不特别喜爱大海。我更喜欢丘陵和高山。我在屋子里待了两天。有一面墙上挂着一块土耳其挂毯，上面绣着“掠夺苏丹王宫图”。画面的中央立着一匹马。一天晚上，我在屋子里等朋友等了好长时间，可他们依然迟迟不归。这时，我突然觉得这是匹活马，并试图往上骑。我骑了一次又一次，最后腿都快折断了。上帝保佑，原来有些马是无法让人骑的。

你明白他想说什么吗？他兴许想说，诗人就是把艺术幻想当作生活现实或者把生活现实当作艺术幻想的人。诗歌，乃至文学，实际上，是一项伟大的艺术幻想事业。在此意义上，用斯特内斯库的诗歌名句来形容，真正的诗人，其中当然包括斯特内斯库，都“美丽得犹如思想的影子”。

另一个时代的残余者

——尼古拉·马兹洛夫诗选

王家新、西渡、陈育虹、戴潍娜、胡桑、张曙光、杨东伟等 译

尼古拉·马兹洛夫

（Nikola Madzirov, 1973—）

东欧当代著名诗人，散文家，译者，1973 年生于南斯拉夫的马其顿。马兹洛夫的诗歌被翻译成四十多种语言出版，并逐渐在世界范围内产生重要影响。《重置的石头》（2007）曾赢得 Hubert Burda 欧洲诗歌奖，还获得过英国剑桥大学国王学院颁发的“徐志摩银柳叶奖”，也曾在斯特鲁加诗歌之夜获得米拉迪诺夫兄弟诗歌奖，并获得过数个文学奖金，包括爱荷华国际作家工作坊、柏林 DAAD 文学奖金、法国玛格丽特·尤瑟娜文学奖金等。马兹诺夫的诗继承了自米沃什、赫伯特、蒲巴、扎加耶夫斯基以来的东欧诗歌传统，并在 21 世纪发出了自己独特的声音。美国诗人卡罗琳·佛雪认为马兹诺夫的诗正如他的英文诗集《另一个世纪的残余》的标题所预示的那样，“似乎都源自其他时代，它反映出一种异常睿智而细心的敏感性。马兹洛夫是一个罕见的灵魂，是一个真正的诗人”；斯洛文尼亚诗人托马斯·萨拉蒙将马兹诺夫视为自己的传人，并认为“马兹洛夫创造出强有力的沉默，把空间与和平重新灌注到力量之中。我们一直以来都追寻着这种纯粹”；波兰诗人扎加耶夫斯基称赞马兹诺夫为“天才般的诗人”，认为他的诗“就像表现主义的绘画一样，充满了稠密而有活力的条纹，它们似乎源于想象而又能即刻返回到想象，像是被车灯攫住的夜行动物”；美国当代著名诗人李立扬则认为“尼古拉·马兹洛夫的诗经由一种深刻的内在聚焦而神秘地移动，表达出最深奥的心灵法则。这些诗作的语言创造是一种严肃的自我创造、精神创造和心灵创造的鲜活见证”。

从我身体的每一处伤疤中

我是一个缺少勇气向自己
乞求仁慈的乞丐。
从所有未充满的爱抚中
一道道伤痕横贯于我的手掌，
而从眉头上不可测度的气温中
危险的爱挖掘。

从我身体的每一处伤疤中
真实显现。

我成长而我和日子
一起缩小，无畏地
跑向起源的深处，
每样环绕我的都在运动：
石头成为一座房子，
岩石——砂的谷物。

当我停止呼吸
我的心依然在大声跳动。

（王家新　译）

日子的预报

你所属于的土地
依据法则转换着天空。
每日的预报对你遥远得
就像星辰
之于夜的精确度。
太阳在黄昏时沉入烟囱
垂直，如地平线上瞄准的枪口。
而酸橙树的香气飘来
穿过隔绝的地面和后人的窗户
他们会珍惜我们所有的渴望。
你不相信那些记载
那些拥抱和未诞生的孩子。
你最初的爱回返
像一条饥饿的狗
朝向新生命的门槛。

（王家新 译）

当时间停止

我们是另一时代的残余者。

为此，我不能言说

家，或者死亡
或者注定的痛苦。

迄今，没有一个盗掘者发现
我们之间的墙
骨头里的寒冷
在所有时代的残余者身上。

当时间停止
我们将谈论真相
萤火形成星座
在我们的额头。

没有一个假先知
曾预见杯子的碎裂
或者两只手掌的轻触——
两个巨大的真，从那里
纯净的水流淌。

我们是另一时代的残余者。
就像狼，在永恒负罪的视线中，
我们后撤
进入被驯服的孤寂的景观。

（西渡　译）

我们渴望接触的事物

在我们之外，无物存在：

水库干涸
当我们渴望
沉默，当荨麻
变成治疗的药草，城市
把尘土还给最近的公墓。

被我们抛弃的家中
所有壁纸上的黑白花朵
开放在不属于我们的历史中
当我们的言辞
变成不可让渡的遗产，
而我们渴望接触的事物
变成另一些人的存在。

就像一只鞋子，叼在迅速逃离的
丧家之犬的嘴里，我们被带走。
我们彼此拥抱
犹如穿过空心砖的双绞线
在无人居住的房子里。

很久以来就是这样——无物
存在，在我们之外：

有时候，我们彼此称呼
太阳，光，天使。

（西渡　译）

许多事情发生

许多事情发生
当地球，绕着上帝的手指
纺着，线。

架线塔上，线
憩息，连接
一个爱和另一个。
无量的水滴
带着渴望，把自己
倾入岩壁。
从矿物，花朵分离
绽放，伴随着
香。

从后衣袋，碎纸片
飞翔，充满我们敞亮的房间：
直到它们被写下

事皆无足轻重，我们
从未做过。

（西渡　译）

天空打开

我继承了无数的房子
带着数个被毁的巢
墙上的裂缝，犹如爱人身上的
静脉，那刚被唤醒的。
在这儿，词语——
压缩的缺席
和风一起睡眠。这是夏天
被践踏的百里香散发香气。
僧侣们结束了他们的祷告，
天空打开，为了在我们的灵魂中
吹进一口活气。
树木是绿色的，而我们不可见，
如此，他们才能被看见：
我们未出生的孩子和夜
是它，让天使
愈发纯洁。

（西渡　译）

世界的阴影经过我的心[1]

我没有一块被移动的石头的勇气。
你将看到我在潮湿的长椅上摊开四肢
远离所有的军营和竞技场。

我像一只充满空气的
塑料袋一样空虚。

两臂分开，手指相触
搭出一个屋顶。

所有重述的历史和审慎的渴望
造成我的缺席。

我有一颗心，被肋骨刺穿。
玻璃的碎片漂移在我的血中
云朵隐藏在白色的细胞后面。

指环，太阳的回忆者
在我的手上毫无留痕。我没有一颗
移动的星辰的勇气。

（西渡 译）

1 罗马尼亚哲学家、诗人、剧作家吕西安·布拉加（Lucian Blaga，1895—1961）的诗句。

不属于我们的小镇

在陌生小镇
我们的思绪平静地游荡
像被遗忘的杂要艺人的坟。
野狗们对着垃圾桶狂吠
雪花飘落其间。

在陌生的镇上我们不受关注。
像水晶天使锁在密闭的玻璃瓶。
像二次地震，仅仅
重组了那些已然摧毁的。

（陈育虹　译）

无眠

已然忘记如何说再见
而无需为永别拥抱；我们一边
想着明天，一边用隔夜面包
喂天鹅。从我们的记忆
涌出的水足够灌溉
好几亩麦田。我们看着雨
如何精确地重复自己，偷走
尘埃。我们失眠了，

不属于任何一个夜晚
也没有任何烛光能延长
风墙上我们的身影。

（陈育虹　译）

眼睛

——致瓦斯科·波帕

打开一只眼就好——
视野在另一只闭着的眼里。

打开贝壳——
一切孤独将无所遁形。

河岸上的石头饮尽了时间，
死鱼们游向太阳。

打开一只眼就好。
世界是一株幼苗长在建筑用地，
一扇扇窗是我们不确知的河。

打开天空。

手心里我握着一个家——
像一间祈祷室在病院的庭园。

（陈育虹　译）

两个月亮

女人望着自己
倒映在小镇半透明的樊篱上。
她瞳孔里住了两个月亮
她探索过的两个世界尽头
在她凝视中融为一体。
她的上方，阴影织成了
屋顶的苔藓；下方，
一些仅能在此存活的物种
正死于孤独。
她的髋骨和胸肋之间
是一片洼地
每个夜晚月光汩汩流泻。

（陈育虹　译）

我见到梦

我见到无人忆起的美梦
以及人们在错误的坟头哭泣
我见到坠机中的拥抱
以及血脉贲张的街道
我见到火山沉睡长过
家庭之树眠着的根须
以及一个不害怕雨天的小孩
只有我，无人能看见
只有我，消失在视线

（戴潍娜 译）

钟表之手

继承你的童年
从相册里
传递这沉默
有如飞行的群鸟
时而扩大时而收缩
你手中紧握
不规则的雪球
滴进生命的诗行
从封锁的嘴唇里

说出祷词
语言是坠进花钵的种子

在子宫里已学会沉默

尝试再度出生
犹如午夜过后的巨手
分分秒秒即刻反超你

（戴潍娜 译）

世界的阴影掠过我的心

我没有一个移动之石头的勇气。
你会看到我在一张潮润长凳上伸展肢体
在所有军营和竞技场外边。

我空洞如一只塑料袋，
盈满空气。

我双手撑开，手指相触
搭出一个屋顶。

我的不在是一切
重新计数的历史和刻意的欲求所致。

我的心被肋骨刺穿。
玻璃碎片漂过我的血
云层隐身于白细胞后面。

我手上的戒指没有自己的影子
让人想起太阳。我没有一颗
移动之星辰的勇气。

（胡桑 译）

毁掉的家园

在废纸篓，我看见你刷下来的
几缕头发，在鸟与世界醒来的时候。
镜中，我看见一个注视
那注视里有着一些家园和天空。
我看见你走向并不存在于史书中的城市。
你离开后，床把自己分成夜与日，
日变成夜，夜变成隐匿之所。
我眼里没有
太阳，我朝上的手掌里没有植物。
我要折弯栅栏，这些栅栏保护着公园
不让夜行者进入。我要用你颈上的
丝巾，用那些见证

我们存在的领土上止息的旗帜盖住白昼。
我们的电子邮件不可逝去，
我们的地址保持不变，甚至当我们跑开，从这里，
从我们自己，从我们辽阔的古老依存。
我看见别人写下我们的名字
在要塞和殿堂的墙上。
我也看见你的影子，攀爬上我的身体
当你爬入被发现的掩体
在一切官方战争之后。
从那时起，每一片玻璃让我变瞎，
每一个被拒绝的词用沉默遮住了我双目。我看见。
我们毁掉的家园是世界的移动，是记忆的
记忆的一次移动。

（胡桑　译）

我们显露时间

我们存在，当窗子
和秘密档案被打开。
我们驱散灰尘而没有提到
死者和他们至死仍爱着的那些。
我们总是把我们的睡衣塞进
行李箱的底层，
而我们的鞋子从来不会面对面。

我们读着曾经隐藏着
某些秘密的信。
随着两手的张开我们显露时间。
我们沉默，沉默，低语着那些
并不比只活一天的蝴蝶
被打断的梦要紧的事情。

（张曙光　译）

光与尘埃

在四季之间的
某个空间中，我将找到你，
当孩子们被带出去散步的时候，
灵魂们回来了
像脏盘子
留在工人们的食堂里。

我们并非信徒
没有人相信我们
神圣的经文。

我们的表情隐藏在
能让别人的祈祷通过的
窗帘的褶皱里

和落下的光之中。

我们的天使会触摸吗？
当我们在黑暗中
相互拥抱，会有人点亮一支蜡烛
宣告一个王国吗？

我们是燃烧的火柴的光
它将变为灰烬
当被触及之时。

（杨东伟　译　王家新　校）

新土地

有人应该擦去
潮湿的墙，而绘出
新世界的地图
新的分割法应该被采用。

在它们之下，石头应该
重新任意排列，像
一个逃离恐惧的人的脚印。

一个人应该成为

半打开的手掌上的圆镜
反射出他人如剪刀刃般
锋利的拥抱，他们相互接触
仅当事物被切割之时。

新土地应该被发明；
而人们可以再次在水上行走。

（杨东伟　译　王家新　校）

该怎么办？

无缘无故地活着，
拥抱从爱中
释放出来的罪犯。
从毁弃的坟墓中燃起蜡烛，
说一两句话
在无风的时候。
打开生锈的世界之门
轻快地离去。
从时间的切割中复原
刺入我们自己的心。

（杨东伟　译　王家新　校）

完美是天生的

我想有人告诉我
关于我们体内水流的信息，
关于昨天
电话亭里的空气，
关于因为能见度低
而推迟的航班，尽管
所有看不见的天使都在日历上。
关于为热带风暴哭泣的扇子，
关于熏香最好闻是在
它消失之时——我想要有人告诉我这些。

我相信当完美诞生时
一切的形式和真理
都像蛋壳裂开。

只有温柔告别的叹息
能将蜘蛛网撕碎。
而想象中土地的完美
能推迟灵魂的
秘密迁徙。

而我能用我不完美的身体做些什么？
我离去，我返回；离去又返回

像沙滩上一只被海浪卷去
又冲回的塑料凉鞋。

（杨东伟　译　王家新　校）

那曾是春天

那曾是春天，当入侵者烧毁
我们曾捕获鸟儿的大地上的一切
五颜六色的昆虫，蝴蝶
只存在于旧生物学课本中。

许多事情改变了这个世界
从那时起，世界也改变了我们体内的许多事情。

（杨东伟　译　王家新　校）

显露

一直以来我都不曾属于任何人，
像一枚硬币从古老圣像的边缘落下。[1]

1　在巴尔干，通常把一枚硬币放在圣像的旁边作为捐赠。——原注

我分散在
精确的遗产和那些
隐藏在悲惨命运的托词背后的誓言之间。
历史是我必须跨越的第一道边界，
我等待着从臣服的和谐中分离出来的声音
它将告知我是多么遥远。
我就像坐落在城市中星状广场中的青铜雕像
在它们之上鸟儿练习着希望的颂歌，
我显露我自己像一根羽毛粘在蛋壳上，
它讲述着一次过早的离场
又预示着新的生活。
我的家每天
都在世界的帐篷下偷偷变换，
只有童年才像蜂蜜
从不让任何事物留下痕迹。

（杨东伟　译　王家新　校）

一个普通夏天的傍晚

1

这就是夏天傍晚的样子：
淫妇人穿着一件能让星星的战栗
穿透的丝绸睡袍

来到阳台上，
一根树枝从鸟喙中掉落
它们在筑好巢之前就已入睡，
士兵降下国旗
口袋里有他母亲的来信
在地球的子宫里进行的原子试验
秘密地复活了死者。那一刻有人
在悄悄哼唱着拜占庭纽姆谱[1]，
另外一些人以普遍真理的名义
篡改巴尔干的
流亡和内战。
在工厂的院子里
那些废除革命运动的参与者们的
雕像在沉睡。
在对称的坟墓上
塑料花失去了它们的颜色
普通的花丧失了它们的形状，
但那些与我们分离的死者
所拥有的安宁
不属于我们。

2

在一个仅有三扇窗户亮灯的村子里
算命先生只告知

1 在五线谱符号发明之前东方乐谱系统的基本要素。——原注福祉，而不预测疾病。
海浪吐出足以容纳
整个大海的瓶子，
单行道上的箭头
指向上帝，
当一位渔夫将饵线投入河中
他就在天空撕裂了一道口子。
一些穷孩子在寻找小熊星座
和他们想要出生的星球。
在拥有不在场证据的凶手的门阶前
一根羽毛试图起飞。
这就是一个普通夏天傍晚的样子。
小镇在血色的月光中燃烧
而消防梯似乎
通向了天堂，即使那时
每个人
　　都在
　　　往下
　　　　爬。

（杨东伟　译　王家新　校）

我想要的只是那样

像一根羽毛，我的灵魂
在两扇窗子之间旅行。
上帝的不确定性是我的道路，
你的存在是我的缺憾。
我带给你仙客来和牡丹的花瓣
在苹果成熟的季节，
我将树脂从脆弱的树木中
笨拙地挤到我的手里，
我将我们如孩子般折断的
树枝上的所有果实
赠送给你。
我想你用光的面纱
取代你的盾牌。
当整个世界冷却
将你的缺席隐藏在
热茶散出的雾气之后。
我想要你的心在你的肋骨后面
自由地跳动。
我想要的只是那样。

（杨东伟　译　王家新　校）

出生之城与记忆之城

尼古拉·马兹洛夫（Nikola Madzirov）著

杨东伟 译　王家新 校

城市是我们新的本质，是一片不结果实的新森林，一个神话般的童年多边形，一个充满希望和抱负的陵墓。

有一条邻近的街道禁止我踏入。

——豪尔赫·路易斯·博尔赫斯

几年前，在写满了短暂的道别与持续的疑问的柏林墙断垣残壁的东侧，我遇到了亚当·扎加耶夫斯基，当我用马其顿语将他家乡的名字称为拉沃夫（Lavov）时，他说，在那一刻，他为自己出生地获得了另外一个名字而变得更加富有。我经常问自己：为了能躲避自己的死亡，或者为了逃离那些在失去亲人的城市里留下的记忆，人们应该有多少个出生地？我的许多亲密的朋友错把我的城市叫作 Strumia 或 Strumika，[1] 这因此给了我一个全新的出

1　尼古拉·马兹洛夫出生于马其顿的斯特鲁米察（Strumica），因为发音的关系，经常被他的朋友误叫作 Strumia 或 Strumika。——译者注

生地——但只是建立在语言和意识结构之上。而“当别处是自然之处，当它不坐落在过去之中，那么它就不可估量”（加斯东·巴什拉）。但是，是否有人能够建造一座没有记忆的城市？或是建造一座仅仅为旅行而准备，既没有集体的历史损耗，也没有历史遗迹的城市？如果我们仔细观看旅行中的照片，会看到我们总是站在一座纪念性的建筑物或一个具有历史意义的广场旁边。我们的祖先以及他们的继承者们日复一日地开拓着城市空间，就像当地的墓地随着时间的流逝逐渐征服了附近的山丘，而在我们的相册中数量最为稀少的就是那些空间的照片，就是我们自己住所的照片。里尔克曾写道：“世界广大，但在我们内心深处它深如大海。”我们穿过空间，穿过新的城市，逃离我们的反复无常所留下的考古学遗址。我们栖居在遗迹与瞬间、旅行与永恒之间的空间之中。

记忆的城市建立在个人的渴望和梦想毁灭的基础之上。我们能随意进出于城市而不打破任何保存在战时任意两国档案中的限制行动的协定。我逃到那些看不见的城市里，从永恒的内心流亡中找到了一个避难所，找到了一个整洁的酒店房间——它为不懂这个国家的语言的客人准备好了一切。这种情感上的游牧主义可以为全新的无限空间的建筑和谐奠定基础。通过说明“诗人在城市里只是为了证明城市本身就在别处”，阿兰·博斯凯（Alain Bosquet）移动了有形之物的坐标。因此，通过逃向某地，而不是从某地逃出，新的城市打开了自己，就像超市的大门，除了过期的希望，一切都很丰富。

城市是我们新的本质，是一片不结果实的新森林，一个神话般的童年多边形，一个充满希望和抱负的陵墓。即使在今天，如果将仍摆放在旧电视机上的纸盒里的玩具推倒，我就可以重新建造一座充满活力的城市——有小“警车”、交通灯、火车站、一座带院子的小房子和一只靠近木栅栏的狗。罗兰·巴特说，玩具总是意味着某种东西，这种东西总是与社会紧密相连，它由神话或当代成年人的生活方式构成。而成年人的城市是可预测的且巨大的——大到足以激发孩子们对重建与和谐的渴望。

因此，我不确定我是否属于我出生的城市，这座城市是一些地理常数或文化变量的表现。当我还是个孩子的时候，根据符号还原原理，我的父母首先教我念我所在的街道和房子的号码，这样如果我迷失在这个城市的子宫里，我仍能告诉人们我住在哪里。那时我的城市的名字一点也不重要。但是，在我第一次离开城市外出旅行时，我把与这个城市的集体记忆密切相关的所有当地传说和故事都存放在了我的手提箱里。我接受了所有刻在石头上的不可破译的信件，马其顿皇帝成功与失败的全部战术，拜占庭式十字架的全部轮廓和奥斯曼入侵者的所有税收……

拥有这么多过去的城市永远不会入睡。即使在最浓密的黑暗中，苍穹之中没有升起满月，即使没有雪的映照，它也会为从未携带钥匙的新居民敞开大门。我一直认为新的城市诞生在街灯开始的地方。我会想象沉入黑暗中的每一个可测度的空间，甚至是我自己的房间，但从来想象过存在这样一座城市。街灯让我看清大地上的一切，却无法使我看清天空中的事物。当所有的灯同时熄灭，就像生日蛋糕上的蜡烛被吹灭，然后中心和贫民区就变成了同一个。在那盏灯的尽头，憧憬新路的街道开启。我拥有这么多的出生地，我希望我也会有那么多的葬身之处。

尼古拉·马兹洛夫访谈录

采访者：L.A. 格罗夫（L.A. Grove）

杨东伟 译　王家新 校

所有我不懂的语言，我都想称之为“音乐”，而不是“误解”……翻译是一种仪式，因为它会重演一些会继续重演的东西。在仪式中，既没有损失，也没有收获，而是重建现实和半梦。

L.A.：尼古拉·马兹洛夫（Nikola Madzirov），诗人，随笔作家、译者，1973年出生于马其顿斯特鲁米察（Strumica）一个巴尔干战争的难民家庭。他的诗歌已被翻译成了三十种语言，被选入美国、欧洲和亚洲的多种作品集和选集。他获得过休伯特·布尔达（Hubert Burda）欧洲诗歌奖、米拉迪诺夫兄弟（Miladinov Brothers）诗歌奖、Studentski Zbor奖和阿科·卡拉马诺夫（Aco Karamanov）奖，还获得过许多国际奖金。最近，他被选为柏林“文学空间”（LiteraturRaum）的住馆作家；他是世界诗歌网“LyikLink”的主持人之一。他最新的诗集《另一个世纪的残余》（*Remnants of Another Age*）由BOA Editions于2011年3月出版。尼古拉·马兹洛夫，欢迎你做客《加利福尼亚诗学》杂志。

在你的诗歌中，个人史中柔软的时刻常常与政治历史发生冲突，在《存在的方式》一诗中你用诗句挑战了传统的历史记录方式：“他们写下 / 帝国和时代的衰落，却没有写下 / 那个凝视着推土机 / 挖出玩具的老人。”诗歌在历史记录中的作用是什么？你认为诗人有责任去创建那种记录吗？

尼古拉：诗人的责任是去回答“官方”的历史，无论是以情感的方式审视史书，还是建构一种个人史——这种个人史不是开始于她 / 他出生的那一天，而是开始于他 / 她记忆的那一天。诗人必须足够强大，以勾勒出历史与记忆之间那道独异的边界，正如诗人有必要区分谎言和想象，或有必要区分“全球的”和“普遍的”，因为“全球的”更属于一个地理范畴，而“普适性”则是人道的和现世的。我的祖先从 20 世纪初开始时就是巴尔干战争的难民，当他们开始开掘新土地建造新家园时，他们发现了曾统治这片领土长达 500 年的奥斯曼帝国时代的古剑，但他们也发现了我的祖父用来捕鱼的蠕虫——这是那时维持他们生存的基本食物。我现在居住的院子里发生过惊心动魄的历史战役，土地的神秘性掩盖了所有本属于在我之前居住在这里的人的遗失之物，而我正是出生在这两者交汇的十字路口。汉娜·阿伦特说：“也就是说，从表面上看，任何事物都不是单独存在，一切事物的存在都意味着被人感知。”不是“人”而是“人类”居住在这个星球上。多元是地球的法则，但诗人可以成为一个没有翅膀的观察者，他的见证既是个人的同时也是属于文明的。如果诗歌仅仅是为了证实历史“事实”而存在的话，那么它早就成为历史了。

L.A.：当我们谈到历史的话题，在《显露》一诗中你写道：“历史是我必须跨越的第一道边界”，作为一个诗人，跨越历史的边界意味着什么？作为一个欧洲人，或者更确切地说，作为马其顿人，跨越这个边界意味着什么？

尼古拉：欧洲被描绘成充满期望的边界，而巴尔干则被描绘成痛苦的边界。从地理上看，我既属于期望也属于痛苦——从历史上看，我属于不确定性。在这里，每个人都牢记着那些在战争中消失的人的名字，因为他们的神灵被高声祈祷的人铭记，被心怀希望的家人们铭记。但几乎没有人记得那些阻止流亡的人的名字，至少在这些沉默的英雄变成了街道的名字之前没人记得他们。历史积极地融入了欧洲人的地理意识，因为边界几乎从来都不是不可逾越的山脉或河流，而更多的是一些重要的战争之后的历史性时刻。直到最近，我都需要办理签证进入所有的欧洲国家或世界各国。深入并生活在这个狭小的历史惩罚的间隙所带来的创伤让我懂得：从一种语言逃到另一种语言的激情可以被规训。诗歌打开了一个新的寂静的空间，在巴尔干半岛上，人们经常在边境保持沉默，有时是因为对历史的恐惧，有时是出于对旧文化遗产的艳羡。翻译是打破痛苦的思想现实的枷锁的方法之一，也许是悄悄地穿越那些不属于我的家园的唯一方式。

L.A.：你曾说你是在东西方文化的双重影响下成长起来的，尤其是音乐。在诗歌《一个普通夏天的傍晚》中，你毫不隐讳地参考了马其顿传统的东方式音乐。那么，东西方音乐的交汇在你的诗歌中是怎样表现出来的？

尼古拉：我还记得国家广播电台的晨间节目和一些传统歌曲——它们常常伴随着祖母房间里切橘子时散出的浓郁气味将我从梦中唤醒。她曾凭借一个园艺师能区分所有类型蝴蝶的独有的精准性记下了这些歌曲的全部歌词，虽然我从没见她写下过一句话。也许这就是她记得住歌词的原因，因为她从来没有将它们写下来。在巴尔干，被埋葬的死者头朝向东方，但活着的每个人的头都转向西方。期望与失望的“指南之手”正朝向西方急速挥舞，而人们向他们生来就错失良机的国家表达着忠诚。我意识到一种与众不同的情感首先是通过声音，通过非同寻常的喜悦与痛苦的哭喊，通过独特的劈开词语的沉默。从孩提时代起，我就听到了不规则的东方节奏和深奥的拜占庭曲调。但与此同时，我也向克特兰（Coltrane）或迈尔斯·戴维斯（Miles Davis）、史蒂夫·莱许（Steve Reich）或阿尔沃·帕尔特（Arvo Pärt）那令人入迷的演奏会敞开心扉，向独立摇滚乐队的激情与生命力打开自己。在不同音乐遗产相互交锋的深处，我找到了唯一一条可以无声穿越的边界。昆德拉在小说

《玩笑》以及其他的文学音乐随笔中通过大段的爵士乐民谣描写完美地抵达了这一点。叔本华将音乐放在所有艺术之首并不是偶然的。所有我不懂的语言，我都想称之为“音乐”，而不是“误解”。

L.A.：你的诗歌在被翻译的过程中有没有丢失的东西？比如那些你尤为在意的节奏、押韵或者双关语。

尼古拉：翻译是一种仪式，因为它会重演一些会继续重演的东西。在仪式中，既没有损失，也没有收获，而是重建现实和半梦。不管你如何用力地将柠檬挤到玻璃杯中，总会有一些汁滴残留在果皮中，一首被翻译的诗歌就像玻璃杯中的果汁，既没有增益也没有丢失，而只是对本质的重构。后结构主义者，尤其是德里达，他声称每一种写作行为实际上都是以作者翻译语言的方式来写作，因此所有的原文都已经是翻译作品。翻译行为不存在丢失，但坏的翻译让我们失去了一切——主要是诗中的沉默。

L.A.：你和你的译者佩吉（Peggy）、格雷厄姆·W·瑞德（Graham W. Reid）、马格达莱纳·霍瓦特（Magdalena Horvat）和亚当·里德（Adam Reed）在这次翻译中密切合作。你能告诉我这个合作过程吗？你还与作曲家和电影制作人合作，比如奥利弗·雷克（Oliver Lake），他曾经与比约克（Björk）、娄·里德（Lou Reed）合作，不同的合作过程如何比较？

尼古拉：不能用沉默或黑暗来讲述的事物就用语言或意象来表达。它们之中有一种强劲而无形的错节盘根，就像红杉树铺展的树根。在汉语中，意象和词语紧密相连，以至于谢尔盖·爱森斯坦（Sergei Eisenstein）通过中国象形文字的结构来解释电影蒙太奇。朝向意象和声音的原始力量回归的趋势并不是全新的，也不是逆行退化的，而是可以与孩子们在第一张素描中将图像和字母相连接的冲动相提并论。文德斯（Wenders）、安德烈·塔可夫斯基（Andrei Tarkovsky）或戈达尔（Godard）的电影隐藏和展现了佩索阿（Pessoa）、阿尔谢尼·塔可夫斯基（Arseny Tarkovsky）或艾吕雅（Éluard）的诗句，同时菲利普·格拉斯（Philip Glass）将莱昂纳德·科恩（Leonard Cohen）的诗句谱成曲，赫克托·萨祖（Hector Zazou）也将兰波（Rimbaud）的诗句也变成音乐。这种联系是共生的，也是建筑学的，这是关于博尔赫斯图书馆迷宫的真正的拓展。我恐惧相同的词，而不是相同的声音或意象。

L.A.：继续翻译的话题，你认为，在何种程度上一首诗被翻译到另一种语言中可被认为是一首全新的诗？当你的诗被翻译成英文时，你认为作者的身份是否也转换了？如果情况是这样，那是何种程度的转换？

尼古拉：当我们谈论一首诗的翻译时，我们通常会提到译者、作者或诗歌本身，但是我们遗忘了读者的位置、他们的期望和恐惧、他们对语言和语义变异的信任。当威廉姆·默温（William Merwin）翻译罗伯托·朱尔罗兹（Roberto Juarroz）的“垂直诗”（Vertical Poetry）[1] 时，也许对于读者来说，每首诗都是崭新的，因为他 / 她可能会在其中辨认出默温诗歌精神的火花。而在译者看来，当他在翻译时，个人身份的多元化与他诗学追求的一致性之间存在着历史性的冲突。不同的语言是作家在不写作时的避难所。海德格尔说：“语言是存在的家园，人类栖居在这个家园之中。那些用语言创造和思考的人是这个家园的守护者。”译者无疑是进入那个家园的街道和入口的缔造者。

L.A.：你如何将英语或其他语言的诗歌翻译成马其顿语？你作为一个译者的经历与自己被翻译的经历有何不同？

1　阿根廷诗人罗伯托·朱尔罗兹（Roberto Juarroz）主要以创作“垂直诗”（ vertical poetry）闻名，他的十一部诗集都直接以“vertical poetry”命名。朱尔罗兹诗中的警句与三段论在很大程度上取决于诗歌从上到下的分行排列。这种垂直性突破并超越了诗歌的平面化、常规化和陈词滥调，而竭力寻找其他新鲜的内容。墨西哥诗人帕斯认为：“朱尔罗兹的每一首诗都是令人惊异的语言结晶，诗歌语言简化至一缕光，他是一个绝对时刻的大诗人。”——译者注

尼古拉：译者重写了他未能说出的部分，而作者写下了他未能保持沉默的部分。有许多诗在还未完成的情况下，我们就能从诗中认出自己，正如早在旅行之前，我们就已经想象过到达未知城市的自己。译者是一个沉默的解构者，是差异和理解之桥的守夜人。将诗翻译成另一种语言，译者也能够从他/她的翻译中将语言拯救出来。每个词的相互替换都是为了使这两个词不被遗忘，译者绝不同于那些把盗出的汽车重新涂漆的窃贼，窃贼不仅要将车翻新，还要确保旧的被人们遗忘。因此，我不同意将译者看作是意义之贼和丢失语言的人。我们写作是为了记住，我们翻译是为了不遗忘。我已经将英语和一些斯拉夫语诗歌翻译成了马其顿语，我一直竭力绕开词典所规定的词语手术般的精准性，因为词典总是依据使用强度而不是语言的深度或不可驯服性来排列词语。当我的诗歌被翻译成我完全不懂的语言时，我把整个过程看成是将语言翻译成一种不属于任何国家或民族的文学而是属于文明的变余构造（palimpsest）[1]。已知的词语就像复制版的地图，也像每一首二流诗中所提到的神话英雄。在翻译语言和历史的整个过程中，我将沉默看作一种普遍的语言，即使是在墓地，人们再也不能找到沉默，因为在那里人们正高声谈论着关于那些逝去之人的记忆。

L.A.：最近你在圣地亚哥大学的朗诵有着惊人的表现，当你偏离台本，即兴重复一些诗行，让你的声音变得更克制、沉静而不是更洪亮，这给观众带来了天鹅绒般的冲击波。那么你写作是怀着表演的目的，还是写作时就在脑海中预设了一个读者？你有没有根据你的表演修改诗歌？

尼古拉：我在朗诵时重复一些诗句是试图“翻译”出创造这些诗句时的环境和氛围，这种沉默的重复不能称之为历史，因为它总是不同的。苏珊·桑塔

1 palimpsest 有重写本、再生羊皮纸卷等多重含义，译者在这里取“变余构造”之意，为地质学的专有词汇，指在变质岩中仍保留的原岩的结构，它是由于变质重结晶作用不彻底，原岩的结构特征部分被保存下来。因此，palimpsest 也有保存、延续与幸存之意。——译者注

格说“我们这个时代的艺术喧吵着对于沉默的诉求”，根据她的说法，沉默也可以看作是自我惩罚的一种方式。声音的沉默可以表达我们与我们正在找寻的人之间的亲密性，或是通过无声来达到诗意的隐秘的激情——这是金基德（Ki-duk Kim）在他的电影《空房间》（*3-Iron*）中欲达到的理想。我不去思考我写的诗会在什么地方被读到，因为文本的空间拓展有时对作者而言是很大的限制。我曾在囚犯、警察和那些知道语言或战争起源的人面前读过我的诗，这些诗总是以不同的方式进入他们的眼中。尽管如此，公开展示一个人的创作并不意味着梦就是梦寐以求，正如胡塞尔所说的：它仅仅只是为了回忆而被重述和重演。

L.A.：你现在在做什么工作？未来几年有什么特别值得我们期待的吗？

尼古拉：我一直以来所努力的是如何与自永恒的家族、语言或事实承袭而来的诸多观念相抗争。在童年时代，我们学到的第一课就是普通事物的常量——父母的名字，街道的名字，教室的数量……在那之后，我们耗尽一生只是为了学习如何回归童年。约瑟夫·布罗茨基的一间半房子（在他的散文《在一间半房子里》有过描述）成为我们随时准备离开和记忆的永恒的家园。诗人应该见证所有被迫的离去和归来，见证丧失和期望的边界如何被替换，因为诗歌不改变世界，而是创建世界。

Contemporary
当代国际诗坛

安·科顿诗选

臧棣、杨炼 译

安·科顿

（Ann Cotten）

安·科顿生长于维也纳，生活在柏林。她的作品包括诗歌和散文。2017 年出版的最新作品是由记忆术诗歌到日本俳句的发展过程中产生的文本。2016 年她出版了诗集《燃烧》和英文诗集《天堂泡沫》。

幻念

一只可怖的爪子袭击了我
它就住在画毯里
不要向我打探，如果它没有
深黑得像咖啡，我不知道
它还能是什么
一个黑机器

几乎不怎么说话 它畏缩在香烟的边沿 全无温存只剩下恐惧 太阳穴上的蹄印 其他的东西的边缘 当我把它关起来 它模糊于我曾靠近的事物 一个答案，但在漆黑下着雨的 凌晨 4 点，我不想知道任何答案 残留下来的，继续悬浮在 清晨的空气里。孩子们 笑着，树叶铺平了大自然 我不愿轻信一个简单的词 能抓住鹅卵石上的勇气 可怕的恐惧渗透我的房间 每一个趾甲都肿胀着失去了原形 在神秘莫测的夜晚变成了螺丝钉

（臧棣　译）

钟表市场

上升，膨胀的幻念，崩断的索道，
有魔性的花朵，崎岖的对等，哦你们接吻。
笨手笨脚的，你们让初吻闷闷燃烧。
哦，你的眼神很人类
像专注的星辰，你继续亲吻。
莫测的深渊，你们继续亲吻。

而下面，宇宙正在肿胀，
正在断裂。技术，脱缰的爱，因为钱停滞不前。欢乐模糊了，技术。艰难的情感，沉迷于不顾一切地爱。哦，玻璃纤维，爱的斗篷已开始变硬。被幽禁的爱，技术。带着粗粝的剐蹭，梳你的头发 我的鸽子，把你的诗句塞进铸口 弥留之际，不妨描描可爱的眼睫毛 勾勒出它们快乐，你能行的。

（臧棣 译）

怪异的赋格

而人们来了，看着，戒指在手指间。
他们怎么说！“那时，谎言在哪？”再重复，“谎言在哪？”音乐正冥冥
虚拟，比时代的表达
更可人。
　　　更殷勤
更假，文化人儿那说辞。
他们优雅地把玩一切，给裂缝
加个漂亮的盖子，围道栏杆
站上去，即使它斜着。
然后小声开口，谁都看见
那真容易啊。
　　但一个人不是所有人，不！
刻意防护的特例，
圆滑之辈中的佼佼者

他们总是把手而非手。
股东们用轻薄的衣服煽伤口。
他们自称懂得大吊车似的家伙。
所以我们尊他们为神，参差的神
绕着客户的脚边转。
客户们，裤子里的云，昏睡的名字，
茫然踟蹰在人群里，一窝
一惊一乍的动物，遇事
就火冒三丈。他们混淆
欣喜和惊恐，他们有怕人的爱；
嘲讽者观察着不断蔓延的污渍。
他们试图用小丑式的蹦跳传递什么。
但人们只转着他们的戒指，转啊转。
他们不想再走一步，因为早知道
麻烦与让人一激灵的解决方案
压根无关。
由是，他们久久活在反胃和恶心里，
看着卧室里的仇敌，忽略他。

（杨炼　译）

墙壁之间的无边地毯（在大人物门厅里）

这片广袤遍布矮茬，不，你怎么　说，活结，仿真沃土。外交官　和我们走在它们身上。每个活结 翘首一次 —— 啊短暂的青春！—— 转身就回归灰尘。
每条活结链迅即变成下一个
那拽小开头的一个。
每个都是它自己，纤维混合
匆忙中彼此包裹，
支持对方的偏见。
在毛茸茸荒原里寻找模式，
我唯有摩挲又摩挲，
把手指埋进即刻让路的活结们
当它们搅乱我的思绪，吸尽我的眼泪。

（杨炼　译）

迪克·冯·彼得斯多夫诗选

唐晓渡 译

迪克·冯·彼得斯多夫

（Dirk von Petersdorff, 1966—）

迪克·冯·彼得斯多夫生于 1966 年，诗人，耶拿大学教授，柏林高等研究院成员，华盛顿大学住校作家。他曾获克莱斯勒奖，和诗人、作家汉斯·马格努斯·恩岑斯贝格尔共同举办图灵根诗歌讲坛。2010 年他出版了诗集《长路归家》、2014 年出版诗集《塞王流行曲》和他的文学理论著作《从酒吧到鳄鱼·歌作为诗》。

烟民角

修长的魅影，你们在哪？我甚至 不再有你们的电话号码。还有
什么比这清晨的一幕更精彩，一群少年，
挤作一团，
哆哆嗦嗦；
我想，那会儿我们差不多总是被冻成冰坨。
但没有谁多说什么，
就这么戳着，背对着世界，
裹着薄薄的大衣，
你们这些纤瘦的人形。
唯有迷蒙的目光
看向幽深，洞悉自身的命运，
那渺远山丘
悲伤的脉动，
并为发现自己贴着销魂的乳胸醒来
而喜惧交加。
你们怎能就这么
吞云吐雾，这些高贵的人哪，嗐，
曾经多么静好，当我和你们一起，看
朝霞晕红天空，差一刻八点。

（唐晓渡　译）

排球三角

只要太阳
还迟迟悬于屋顶，
我们就在沙滩上练习传球，
马克斯，路易泽和我，
海浪的气息汹涌，快接着，
一个三角阵，没有谁掉链子，
只要垫起来，球就会
继续飞，日轮，我们
移动中的端点，忽儿等边
忽儿不规则的锐角，对抗着黄昏，
接着，保持，别扣死，
海鸥的叫声也在传，越顶，棒极了，
只要我们还在沙滩上传球
戏耍，那日轮
就会继续当空悬挂。

（唐晓渡　译）

扬·瓦格纳诗选

杨炼、朱朱 译

扬·瓦格纳

（Jan Wagner，1971—）

扬·瓦格纳，生于汉堡，1995 年以来生活在柏林。他的创作包括诗歌、散文、评论，他也出版文集并翻译当代英文诗歌。此外，直至 2003 年，他为独立诗歌杂志《元素的外在面》的出品人之一。瓦格纳曾荣获数项重要诗歌和文学大奖，他的诗歌被翻译成超过三十种语言。凭借诗歌集《雨桶变奏曲》，瓦格纳于 2015 年作为第一位诗人获得了德国莱比锡书展奖。2017 年 6 月，因其“诗意的语言艺术不仅使我们的思维更加锐利”，瓦格纳被授予了德语文学最为重要的奖项——格奥尔格·毕希纳奖。“扬·瓦格纳的诗歌融合了语言中顽皮的乐趣，对于形式的大师级的掌控，音乐般的感性享受以及富有知性、理智的精准。”评审委员会这样阐述。同月，他还获得了北京大学的中坤国际诗歌奖。

蒺藜

别低估：蒺藜，
欲望已埋入名字 由此
开花，闪烁之白，纯情
像暴君的梦。
像笔旧债一次次返回，
投递它隐秘的函件
穿越草下泥土下的黑，
直至某处，一抹新白展现
抗争的组织。车库背阴里，
沙沙碎石和樱桃树旁：蒺藜
滋出，似泡沫，似水滴，寂寂
急急爬上山墙，急急蒺藜
极力窜犯，整座花园里蒺藜
越过蒺藜喷发，吞没天地，唯剩蒺藜。
越过蒺藜喷发，吞没一切，喷发喷发。

（杨炼　译）

床单

爷爷躺在床单上 防腐并抬了出去，一年后我找到他，当我们换床单——干瘪如黄蜂，古远 夏天的小小法老。

床单这么叠：张开

手臂，镜映对面那人，
横越绷紧的空间。
而后来了洗衣狐步舞：
每个长方形渐渐变小，
到鼻子差点碰鼻子。
任何东西都能藏
在它们积雪的心中：
一只空瓶装着香魂，
薰衣草蕊或草甸
花，分币，偶尔
巢中几只樟脑丸。
但此刻它们摆进柜子
打盹，聋哑和白，成
堆沉浸在香味里，
抚平，熨烫和上浆，
像仔细叠好的降落伞，
还没跳出不可知的高度。

（杨炼　译）

井中

六、七米的自由落体后，
我，一个小宇航员
在乱石做成的舱中

比以往漂得更远，
远远地看珍奇的、圆形的蓝。
我是井中的孩子。
苔藓沿它们自己的绳子
向上爬，常春藤攀住彼此的肩膀
去到开敞处，逃散。
时而有一只鸟像白色的闪电，
时而有一道闪电像白色的鸟。
我吃那些慢于我的东西，
弦月成了满月，像井之显微镜上的眼。
当我学会将“海蛆”和“石头”当成真的海蛆和石头来理解，
人声传下来，匆促，呼喊，一根绳子垂到我面前，
我回到了钟声里，
回到了面包味和巴士时刻表，
回到了树荫，回到了聊天，
回到了洗礼和悲剧，
回到了那些新闻标题，我
也成了其中之一。

（朱朱　译）

当十月把鼓胀的灯笼
挂上枝头，是时候了，我们
采摘温桲，将一筐又一筐的黄色
抬进厨房
去冲洗。苹果和梨向着自己的
名字，向一种简单的甜变熟，

不同于我的词汇表里
排在末位的
木梨，在花园的拉丁文里，它坚硬，有陌生的香味。我们把 果
肉切成四半，去核（四只大手，
两只小手）
幻影般淹没在去汁机的蒸汽里，
给这难驯的野味加糖，加热，
加工。谁又能、谁又想
理解木梨，理解
它们的果冻，在架子上
成排为过冬所备的圆玻璃罐里，
在白日的地下室里，它们
闪烁过，闪烁着。

（朱朱　译）

马留斯·凯拉鲁诗选

陈汐 译

马留斯·凯拉鲁

（Marius Chelariu，1961—）

1961 年 8 月 30 日出生于罗马尼亚东北部瓦斯卢伊县的内格雷什蒂，于雅西完成大学学业。诗人马留斯任多家罗马尼亚国内与国际文化杂志与期刊的编辑、负责人与撰稿人，曾任欧洲杂志与出版协会（Association of Magazines and Publications in Europe）秘书。马留斯与他人共同创立了诗歌与文化协会（Carmina Balcanica），出版同名东南欧文化评论杂志；共同创立文学、文明与文化双语（法语与罗马尼亚语）期刊 *Doina*；于雅西创办欧亚诗歌与文化评论期刊文学之路（*Kadō*）。

马留斯是罗马尼亚作家协会成员，罗马尼亚专业记者协会成员，日本环球诗歌协会成员，罗马尼亚俳句社成员，康斯坦察俳句社成员，日本世界俳句协会成员，魁北克罗马尼亚语作家协会成员。出版作品逾 40 种，包括小说、诗歌、文学批评、随笔与翻译等，个人作品集已被译为 25 种语言。曾获多项国内外奖项，如 2005 年与 2014 年凭借随笔作品获罗马尼亚作家协会雅西分会奖。

练习孤独

要怪天气吧，手腕处的疼痛
女人走过，如呼吸满开
压迫着我

有时
我记得我的影子离她们谁的影子很近
我的光已经睡着
也许我会让另一个女人在心中滋长

在所有季节里
白昼充满灰烬
夜晚有时像沙漠，把梦拽进去，
折断它们的翅膀，将它们送往更荒芜的
片叶不生之地

要怪天气吧，雨落在我心里
静寂，无声
当下拼命进入我自己
当我既已附属于过去

我的脚步过时，额头渴望日出
瞬间和字母盘绕词语之蔓，织成窗帘——我拉上它
不再感到自己是影子的复制品

我观看镜子里的破晓

看见那终将淌遍我全身的光如何形成
还能怪天气吗？

旅途

很远处
一座村庄沿着道路四处流淌

我看见
黑色的鸟将它们自己从白昼的肉体上撕离

我遭遇夜晚的芽

很远处
我看见房屋像一滴滴泪
从夜晚的裙摆垂下

有些窗口
生起了光
像生活的一朵花

另一些屋顶上，
一些生锈的记忆钻出来
仿佛没有人记得也没有人忘却。

乌飞逝的时间是薄纱
蒙住老房子
那里只住着孤独
逐渐干涸
没有生活浇灌的花
被逐渐忘却
云朵的羽毛压着它们，
渐渐飘走，越来越厚重
越来越冷

看见老房子
正因孤独死去
是我无法战胜的痛

黑暗的哭喊从湮灭彼岸
来到我这里

道路流进城镇
没有负伤
不费力气

进攻之后

我们站立／脸藏在四壁永恒的盒子里，
在一个起皱词语的掌中／像被剩下的一个起皱的念头

在一张黑暗的椅子上，窗帘的流苏是回忆所制

没有开端、已然结束的一天
被压抑于
褶皱，当下的过去，古老的气味之下

意义瓦解
于承受飞蛾啃噬的念头的手掌里
那里，黑鸟从遗忘的肉体里诞生
像安静的蒸汽一样飞翔

在各处
我们感到疲于孤独的房子正在死去
一个受伤的词语在一首诗的边缘，
或是寂静粗枝
从我们的灵魂里长出来

世界是
只剩一本书的房间
词语都已经离开
被读者遗忘，读者被它们的影子缝合
在光瓦解后的沙子里

我们走上其他人的脚步
独行
被现成的痛袭击
没有人教你该如何治愈

回忆死后的伤
没有人教你该如何接受
历史

白昼仿佛一种病

用它的光为周围世界的每一个角落着装
书架摆满了书
有几粒尘飘下
书架胆怯地吱吱作响，抓紧层板
一本书发出惊讶的呻吟

从书页里
蹦出几个有羽冠的词语
以难以置信的阵势穿过房间
也有的藏在那罐
昨天留下的水后面
挨着一张椅子，上面有几本书
发满了霉
疲倦地咳了几声
一些字母滑了出去
想加入到单词的圆环舞[1]中去
结果它们掉在了床边的拖鞋里

1 圆环舞（hora），或译作霍拉舞，是罗马尼亚和以色列地区特有的舞蹈形式，大家手拉手围成一圈跳舞。

他躺在床上
用布遮着，光透过布就不会咬他
他睡着了，睁大双眼

白昼仿佛一种病
黄昏匆匆落下
好像终于熟透的疗法
当夜晚切除最后一丝光线
床上的人起身

点了一支蜡烛
努力不去看它
只有纸张才能吸引他的目光
他踢了踢仿佛上辈子那么久远的日历[1]

直到疾病似的白昼再次降临
他有时间活着

似乎是我们生活的某种世界

给那些鸟之河一般
在过去与未来之间流动的人

1 踢日历（kick the calendar）是波兰习语，指人死亡。

人曾像鸟一样
有支流作双手和剪断的翅膀，
    这样才能飞

有的人试了试词语
仿佛试衣服

有的好像总聚在营地里
簇拥在篝火边
烧着他们的回忆
沉默无声，空咬着不再想要的过去
吐出一块昨日的躯体

其中一个人望着我
犹如当你明白每个人都会独自死去
而活着比死去更孤独

还有一个躺在我面前
像一块透明的地毯
我看着他
他的一只眼睛是一枚子弹
没有心脏，只有破碎的回忆血淋淋

一个孩子
穿过我环视的目光
仿佛穿过一滴天使的眼泪

没有微笑，只有童年的缺失
感觉不到言语，我只能感到
打他的人恨意的手指
撕下我的目光

…… ……
在家乡
街道全都一样

另外
这一天还少了一些人
我感受不到他们
像迷雾般穿过这个世界

那里
人像鸟一样
有泪水作手，和剪断的翅膀
所以他们不能飞

那里，已播下遗忘

那里，已播下遗忘
沿着道路流淌，像一套婚纱
给所有独处的女人
一只野兽，被寂静所伤，

它沿着道路流淌，只有孤独相继走过
这条路，那些逃出村庄的人
已将孤独丢弃
由它们生长
深入地下

村庄像一幅画，有人曾从那里啜饮生命
一些剪断的翅膀飞过
像是在被寂静蚕食的尖顶上颤抖

在墓地延伸过来的沟渠边上
出现了我们被遗弃的祖先的影子
他们很安静
如烟的手指间
前世不断流淌
可以听见叫喊
大笑
哭泣和喜悦
这些都奇怪地
在那条只有孤独行走的路上回响

当夜晚来临
或因仁慈
抑或出于爱
上帝伸出他的手掌
收走孤独在脚步间
投下的阴影

村庄依然荒凉
散发着时间腐坏的味道

唯有一只狗
比古老更老
等着咀嚼牙齿间
最后一滴生命

最后一粒光滴下
夜晚不愿再来

那里，已播下遗忘

有一天，镜子老了

有一天，镜子老了
它擦白清晨的倦容
往杯子里倾倒
回忆
那时人们
还互相赠送
从过去的血肉上撕下的言语
还附着着根须稀疏的阴影

回忆
因奇怪的寂静不能成对
仿佛时间忽然
丢失了所有事件的脸庞

回忆
像蜡
里面漂浮着
昨日和今天之间剥离的脸庞
破碎的言语

你和你的生命面对面
你们隔着很远，看着彼此
同一只鸟的
翅膀
忽然分离
这一瞬间，你觉得像一个问号

接着白昼再次出现
寂静将这地方留在翅膀之间
镜子的白好像在光的时钟里
逐渐褪去
时间在沙漏里朝你眨眼

你戴上没药[1]和毒药的面具

1 没药（myrrh），黏稠的褐色物质，有强烈的气味，用于制香和入药。

你去向

黄昏的灰烬

他最后一张照片

于父亲的葬礼

阴影倚在墙上

朝着画满千面哭声的

躯体——悲伤登基的盛宴

双眼绝望地把痛苦传给僵硬的

避开言语之路的双手

窗户

被太阳的手掌抚摸出血

呼吸着光

他的手掌

曾抚摸过对女人胸部之爱的追寻

今天

我几乎没有停止过靠这追寻呼吸——一生的护身符

深渊之境从它的中心开始筑起

带着天堂的幻景

庇护走上恐惧之路的人

阴影温柔地执着于从感官里挣脱出来
越过祈祷中许下的愿望，以及回忆

被时间破坏的念头

我们
在一起
两个念头
被时间破坏
消亡之际
虫子般的沉默滋长
两者之间的墙面仿佛我们的手掌
各自独立
相互分离

一只蝴蝶的翅膀由你的姿态制成
抖落它的厌倦
啜饮往昔之往昔的
雪

你的苹果散发出原始的香味
在我周围流动
被遗弃的雨

再也没有人等待了

陈旧的眼泪
从你的睫毛跑向我
取自一杯孤独，你和我一同喝下
像一些没有分到鞍的马

我们
在一起
两个念头
被时间破坏

消亡之际
虫子般的沉默滋长

我们等着
彩虹
诞生
在雨流泪之后
在你的沉默
和我的等待之间

堂吉诃德之死

死亡是世间灵魂之国

住着被身体抛下的诸多灵魂
我变得雪一样白，
寻找栖身之地的雪

如今的世界是肉身十字的森林
我们的梦被钉死在上面
翅膀被一枚枚有罪的沉默固定

在第一个世界做梦之后我想大喊
在爱情故事之后也是
啊，爱情故事在哪里？
我为你许的愿是
别让
自己被骗了
只有狐狸的狡猾
才会一头扎进
被可怜的堂吉诃德的巴比伦历史所杀的
悲伤、安静的脚步
我已将他深藏于我自由的瞬间里

一整晚
我感到自己从喀迈拉[1]的身上下来
没有给那则故事留空间
回到
那故事滑入冷漠的那一刻

1 喀迈拉（Chimera），希腊神话中的怪兽，也引申为臆想、幻想之意。

就在堂吉诃德死后不久

你发现自己身处
肉身十字的森林
堂吉诃德注视着你
用他不死之死后的
无数只眼睛

许俐雅诗选

戴潍娜、刘立杆 译

许俐雅
（Lea Shneider，1989—）

许俐雅目前作为自由作家和译者生活在柏林。作为诗歌团体 G13 的一员，她致力于诗歌表演和集体创作的形式探索。2014 年，她的处女座《入侵倒退》在柏林出版社出版，并荣获德累斯顿诗歌奖。2016 年，她与蒂尔曼及赛巴斯提安・塞弗林合作，推出了跨越诗歌、散文和造型艺术边界的电子书 |“00”。作为中国当代诗歌的译者和推介者，她先后参与了柏林诗歌节，lyrikline.org 网站和联邦文化基金会项目。她近期的译作有中国诗人颜峻的诗集《国际修复日》（柏林霍赫罗特出版社，2016 年）和由她翻译并担任主编的诗集《中国盒子，人民共和国的新诗》。

你并不真想知道那是什么

你并不真想知道那是什么，你只关心适才光线如何掉落在它身上。这一番美的规定动作，在水面上闪烁，在没法套现的愿望硬币上反光，在那些漫长的盟约上显形。一切皆可得救：你可以开心，还很有道理。自然，想占理是有问题的：想把所有你并不理解的事物塞进嘴里，手指在空中如气根般越过同一片的草地。它们从你的口袋里生长出来，长成了一个希望，一个圈套，抑或闯进一片神秘的沃土。创世神话的完美设置：它会是什么样，若它不是已然如此。不是植物，不是动物，却一直就在那里：一只伸展开来超过八平方公里的古老造物，快乐且富含蛋白质，此处或彼处得见。

（戴潍娜　译）

山羊

山羊，这里的山羊无处不在，就像从地面钻出的气味般无处不在。它们的羊角间，隐匿着黑洞。这黑洞不深，用不着官方许可就能开采；当真相很少时，你就不应该只坚持事实。本地人懂得如何处置这些黑洞，并从中牟利，将它们资本化。附近可作饲料的所有树木，早在上上代就已收割完毕，于是山羊垄断了当地人的生计。如同所有既定的意识形态，它们合法性的获取，正是基于人们忘记了他们当初如何建立。现状自然而然成了自然状态，当中的黑洞——人们拿山羊补缺。每年一次，人们把山羊聚在一起，收割它们羊角间黑洞吸收来的物质。一场丰收的狂宴。若非如此，人们懒得去思考这么多。

（戴潍娜　译）

又一次，蝉鸣回到了副歌

又一次，蝉鸣回到了副歌。也许它们已经意识到，只要不断重复，每个说法都会被视为正确。就这样继续吧：这美好的，有点傻乎乎的。难道你会拒绝吗？你的大多数想法都不错，只是做起来就超出了计划表。科隆大教堂和辩证唯物主义同样落入了这个困境。但并非必然如此，这就是为什么我们应该继续。只要说下去，历史就证明我们是对的。让我们离开阳台，穿过蝉鸣，去英特超市的停车场，那里新的秩序正在形成。就像春天一样，只是它保存得更好：我们的情形，事后回想起来，会被形容得异常美妙，却又不知何故。

（刘立杆　译）

我反复讲述自己

我反复讲述自己。更远处，原型模式已经开启：织了又拆，拆了又织，一千零一次修改。我可以用拆开纺线来赢得时间，一块一块抽掉乐高积木和活动板房，把城堡铲平到硬塑料地基，在那里搭一个带暖气的避难所。我的安全在一定程度上依赖它：供暖。一种依附事物的方式，类似百特胶棒或复述。把这个嵌套故事堆到肩膀那么高，然后迅速推翻，不讲完是故事成功讲完的标志。最重要的是：没有结局，只有我可以添油加醋的错误的情节。一个隐藏在悬疑中的藏身之地，被不断讲述，一次又一次。

（刘立杆　译）

斯蒂芬·珀普诗选

姜涛、刘畅 译

斯蒂芬·珀普
(Steffen Popp)

斯蒂芬·柏普，诗人，编辑和翻译。目前生活在柏林，他出版了四卷本诗集。包括诗集《118》和小说《耳朵上或上路》。他是合作诗集《绣球穹顶》的出版人之一并将一些美国诗人的作品翻译成德文。目前他正在翻译美国诗人毕肖普的诗。

酒店里，长长的依偎

心之领地、霓虹以及缓慢地交替——或是醒来，或在冥想——
忽远忽近，当起伏的一切让我们迷醉
这夜晚充斥了言说，而词在踱行
那些植物，再次伸展了它们自己，呆头又呆脑 躺在城市底部，
我们，特洛伊木马
在它的睡中我们这样的醒，身体与河流
闪烁了对谈，近岸处，渗流涌出
皮肤矜持，细小的摩挲，让我们舒服
而梦里的形象，像树叶，像大片的飞絮
从我的时光中簌簌落下。让我们，开始长途
走路、顺水、乘风，让我们永远
不离开这客舍。永远，触摸不到星星，
永不止歇，在节奏中。你的脉搏在跳，你的头发在飞

（姜涛　译）

哦！一头大象变成潘神

哦！一头大象变成潘神，闯进缪斯的瓷器店 隔了面纱，你寻
找歌声，你要练习 思想：“我们是一场
谈话。”你说：“我们 是大象”
但这些句子中，你孤身一人
比聊天还孤单、比这厚厚的象皮

比这寰宇中的电器还孤单
那些节能的灯泡，地热的暖气片
被冷落一边，却从无尽的暗处
露出了它们自己，渴望着被宠爱
在幽闭内室的窗格子上
在你睿智的手掌、膝盖
睡着的脚板，想象的翅膀上
它们蹭着镀铬的金属皮毛
笨拙又无助，这些家伙，
无法触摸
是歌声，在星星的睡帽下
推转了孤独的锅炉、摇晃的风扇
还有 你散乱的眼
没有电，也没思想，在集体蜗居的
巢穴里，只有重力支配下的身体
慌乱中，抱团取暖
在严冬到来之前

（姜涛　译）

地堡，阿尔泰

带着一个工具箱，爬上阿尔泰山
石头的悲伤是一座山脉
恐怖，亲吻

国家安全机构食堂里的
肉罐头
爆炸后汽油燃烧时的浑浊（托尔斯泰）伏特加，俄罗斯套娃（普希金）
你的太阳镜在夜里
你的银色太空服，傻瓜
花盆背后
小屋地下室里
黑暗的房子，星星 头盔上的苏联，童年的
地堡，阿尔泰山，旋转的白桦树 白桦树
视频，没有眼睑，雪花，没有嘴巴
翻译过来的承诺
“世界和平”“宇宙”我们在白色当中的痕迹 月亮上的文字，消失后难辨认

（刘畅 译）

计划表

一千个巨人是一只母鸡
十一个小丑是一头鲸鱼
但十一头鲸鱼还不是真正的小丑
一个章鱼说，你的手的原型
它颤动、挥舞、奇怪的扭曲着
在海藻里丛中消失。

手从马饮水的水槽、从坟墓中出现 消失在连指手套中、消失
在铣床中　从词典“处长——锤头”册中出现
消失在芬兰海湾，消失在马达加斯加岛
消失在墨西哥湾流。
消失在埃特纳火山。
消失。
无手的动作是你熟知的领域，无手指无法摆弄
却不停地摆弄，缺拇指偏无聊的玩弄手指
无脚却踩踏他人
除做梦之人，无眼之人仍注视着，等等。
欧洲从未有过一千个巨人。
一千只鸡反被屡次记录。
十一个傻瓜在传说、历史剧中
亦被记录在各种部门、非政府组织以及国际机场厕所里。
鲸鱼是出现在冰岛与日本、格陵兰岛与合恩角的
大型以鱼虾为食的哺乳动物。
全世界所有鸡的净重
鸡笼里的、散养的、烤串上的及冷柜里的
是所有鲸鱼净重的七十倍
存在于传说和海洋里的所有鲸鱼。
所有傻瓜的净重数据则无法计算
根据估算，它超出悲惨世界的净重
也远远超出一切活着的人类的净重

（刘畅　译）

俄罗斯当代青年诗人作品选

郑体武 译

伊丽莎白·马尔蒂诺娃

（Елизавета Мартынова，1978—）

伊丽莎白·谢尔盖耶芙娜·马尔蒂诺娃 1978 年生于萨拉托夫，毕业于萨拉托夫大学，语文学副博士。《二十一世纪伏尔加》杂志主编，著有《给朋友的信》（2001）、《在世纪的边缘》（2006）。尤里·库兹涅佐夫诗歌奖获得者。现居萨拉托夫。

这是谁的基因在我体内说话……

这是谁的基因在我体内说话，
不容辩驳地召唤我浪迹罗斯，
去荒凉的草原，看野地的落叶，
尽管我早已过了十八岁的年纪？
可以坐马车，可以徒步而行，
可以乘火车，怀揣惴惴不安的憧憬。
只要能离开可恶的家，怎么都无所谓。
并且不留后路，哪怕有去无回。
为何这么决然？因为大地辽远，
每一个黑夜都可能暗藏凶险。
正欲飞离的鸟群之河流
在空中、在一片寂静之上泛滥。
我们可不是鸟儿，且歌声绵长，
铺展而成草原，编结而成披肩。
声音如珍珠滚落四方，
悲伤之地长出群星璀璨。
翩翩起舞的影子跟在身后，
在漆黑的夜半围着红色的篝火。
熟悉也好，陌生也罢，但见一块
铁锈色的画布在道路上方垂落。

黑色天空的黏稠蜂蜜……

黑色天空的黏稠蜂蜜
向地平线外流淌。
谁就着夜间的泪水
啜饮这沉重的甜浆，
谁就会永远自由，而我
曾沾染了过多尘世气息，
现在依旧——飞翔，滑行，
衔草筑巢，像鸟儿一样。
这巢在枝叶繁茂的树冠里
如一颗黑星熠熠闪亮。
一群老乌鸦不期而至，
在它周围盘桓不去。
于是诽谤纷至沓来，
一场灾祸正在孕育。
但一滴天雨——不多不少——
有一次；落到了巢上。
看啊，它就像一个深渊，
透过它的窗口昭然可见：
世上的一切已无分别，
死亡并不存在，
痛苦乃是天意。
灵魂、心儿、翅膀——
一切全被天雨遮蔽，
蓝色的战栗紧紧抱住
我生活过的这片土地。

转过脸吧……

我欢迎我的命运：她与我
素不相识……在暮色中踉跄举步，
不曾回想起她天上的家
和在人间体会过的幸福。
那时天空是蓝的，像风一样，
燕子上下翻飞，惊恐不安，
秋天从黎明即开始紧张忙碌，
爱情稍纵即逝，一去不返，
仿佛高烧迟迟不去的病痛，
仿佛地上的斜阳和天上的雪片。
夜间的大街行人络绎不绝，
金色的花楸果进入长眠。
一次次的见面、争吵和分离，
一条条陌生道路的河湾，
破碎的心——不是因为苦难，
而是因为没有得到上帝的垂怜。
假如这一切确曾发生过，
而且是在醒时，而非梦中，
假如我对你的爱还没放弃，
朝我转过脸吧，我的命运……

我们得做好过冬的准备……

我们得做好过冬的准备：
买些土豆，糊上窗缝。
谁知道冬天是咋想的，
过去和将来都是啥心情……
好大的雪啊……我们得
在自家窗前踩出一条小径，
然后离开，避开无声的灾难，
去皑皑雪野上滑行。
这里滑雪者和逃亡者难以数计，
滑道贴着树林延伸，曲曲折折，
一直没入蓝色天际，失去光洁，
抹杀并最终失去了自我……
让我们在白色的斜坡上稍作停留吧，
有些事只有你我心知肚明。
让我们沉默片刻，再沉默片刻吧——
不要说多么透明、轻快、紧绷，
就像那喧闹在耳畔的风，
从山上滑下时呼啸不止的风，——
瞧，转眼间你已泪流满面，
对冬季的短暂恐惧已经无影无踪，
温暖的雪花在你掌中消融。

格里高利·舒瓦洛夫

（Григорий Шувалов，1981—）

格里高利·舒瓦洛夫 1981 年生于卡累利阿共和国的拉德瓦镇。大部分时间住在沃洛格达州的谢克斯纳村。参过军，在建筑工地和剧院工作过。2003 年考入高尔基文学院尤里·库兹涅佐夫诗歌班。库兹涅佐夫去世后转从诗人叶甫盖尼·莱因学习诗歌创作。2006 年与一班同道组建“谈话”诗歌团体。2009 年出版第一部多人合集《谈话》。作品散见于多种文学期刊。获“金勇士”文学奖和《文学俄罗斯》报鲍里斯·普利梅洛夫诗歌竞赛奖。《谈话》诗歌杂志主编。

我还算走运，诸事顺遂……

我还算走运，诸事顺遂，
双脚立地，不乏自信，
可疑时代那晚来的毒药
尚未殃及我的青春。

愿望之火还在胸中燃烧，
我不会为任何事情悔恨——
我体会了爱情和别离，
且我的身后就站着死神。

我不再喜欢冷酷和偏执的人，
他们就像远天寒冷的霓虹，
我很幸运不久前还身处这柳林，
如今却用无谓的眼光看取他们。

河水流尽，滩底于是露出，
船在码头陆续收起了声息，
仿佛面包屑，生活中的不如意，
我们会从餐桌上一一抹去。

"无声的雨水四处漫溢……"

无声的雨水四处漫溢，

意识中——强光一闪。
我梦见了一场核爆，
而你不啻于一枚核弹。

我浑身觳觫着醒来，
心儿在胸中狂跳不已，
后来我试图找到你，
然而你已留在了过去。

为何我这般狂喜？
告诉我吧，上帝！
为何我要顾影自怜，
凝望阴森森的地狱？

我在黑暗中苦苦找寻
如今根本用不着的外衣。
当爱情将我们遗弃，
别把我们的希望也拿去。

“这个城市像个吸毒者……”

这个城市像个吸毒者，
我已经无处可去。
我把一个小飞机从桥上丢下，
任它漂流到哪里。

我们的生活远离噩梦。
河面上烟霾弥漫。
一对热恋中的男女将一把
连心锁挂上栏杆。

白昼熄灭，夏季终结，
空气中透出阵阵秋寒。
我从来不信什么征兆，
因为没听说何事灵验。

鸟儿们准备飞离此地，
到南方去享受免费的暖气。
我呀，多余这样悲悲戚戚，
可我实在是身不由己。

安东·梅杰尔科夫

（Антон Метельков，1984— ）

安东·谢尔盖耶维奇·梅杰尔科夫 1984 年生于新西伯利亚，第一专业是无线电器械设计师，第二专业是业余剧院导演。在俄罗斯科学院研究所资料室工作，在职副博士研究生。出版过诗集《套》。获得过多种文学奖。

我们各有其声，就像风中……

我们各有其声，就像风中
燃烧和星散的火炬。
在通向世界篝火的路上，
它们用松脂之泪把我们悼祭。
我们的喉咙会迸发出同一个旋律。
这喉咙数以百计、千计。
我们已经不会死去，
即便死去——还会复活。
我们已经不会死去。
这就是我要说的。

你离去了我留下了……

你离去了我留下了
你连句再见都没说
于是留下的只有衰老
何处是车站何处是火车
你离去了好像从此
熄灭了我双眸的光泽
你离去了列车员
竟然没有紧急刹车
随枕木叮当而去了啊
连串的希望和连串的失落

我呆呆地站在月台上
一直站到晨曦初现
你离去了握在手里的
活生生的联系从此了断
你离去了我留下了
什么都不可能改变

伊万不穿靴子……

伊万不穿靴子
他不怕下雨
他还未满周岁
总是鸟儿一样飞来飞去
伊万他不知道
二二得二还是得四
但他明白所有的话语
无论这个世界的还是那个世界的
假如你们纠缠不休
一个劲地问：怎能这样活着？
他会这样回答：幸福无处不在
只是你们未必懂得

玻璃窗抽泣……

玻璃窗抽泣
在村头上
为草原上的一只燕子抽泣
那燕子能把诗句
变成白杨的赛跑
河水为两岸抽泣
为神话般的森林抽泣
不是日日而是时时
佝偻在冰下的抽泣
雪的软糕
要将村头的房子覆盖
使它远离抽泣
天上挂着一只白面包
睡吧，我的孩子，睡吧，别哭泣

斯维特兰娜·彼得罗娃－安布拉索夫斯卡娅

（Светлана Петрова - Амбрасовская）

斯维特兰娜·彼得罗娃－安布拉索夫斯卡娅，生于彼得堡，长于彼得堡。2013 年迁居大诺夫哥罗德。辽尼亚·戈里科夫青少年创作宫附设“索菲特”戏剧室主任。著有诗集《城市水族馆》（2007）。俄罗斯作家协会会员。

心病于我算不上理由

我喜欢，你不是为我而害相思……
——茨维塔耶娃

心病于我算不上理由，
可无论如何我要感谢命运，
为与这个男孩—男人的相逢，
为这人世间的每一个黄昏。

面颊通红，可能是晚霞辉映，
也可能是因为失恋的预感。
你我单独出行只有一次……
去了何处？如今四顾茫然。

只一次，刚怯生生触到你的唇，
就赶紧躲开，像是被火灼痛。
灵魂奋力挣脱肉身的牢狱，
在离别的痛苦中冉冉升腾。

你的声音——是伸过来的双手

你的声音——是伸过来的双手，
是一根救生绳——再结实不过。
别丢下我，带我跨越人世的牵累，

跨越未来岁月的罪孽和泪水。

你的声音——是对风暴的预感。
世事艰难，命运无情。
别丢下我。哪里有爱情，
哪里就有入海口——窄窄的，通向你……

你的声音如铿锵的预言，
用永恒的泛音对现实做出修正。
别丢下我。别丢下我
在创造的迷宫里，在日常的困苦中。

初雪

初雪啊，你稚嫩且有着与众不同的忧伤。
你缺乏顽强和吞噬整个世界的意愿。
你的覆盖仿佛薄薄的纱布，不事雕琢，
可是啊，相信我，自然界再没有更柔情的风景。

你怀着爱心将这个虚妄和庸俗的世界遮盖，
你赠予世界一刹那非尘世的纯净。
然而清晨一到，我们又重新奔走于无数的小道，
用接续不断的脚步抑制夜间的梦想。

玛利亚·兹诺比雪娃

（Мария Знобищева，1987—）

玛利亚·兹诺比雪娃 1987 年生于坦波夫，毕业于坦波夫大学语文学院，作品散见于《我们同时代人》《文学问题》《文学报》等刊物。莱蒙托夫文学奖、库兹涅佐夫诗歌奖获得者。语文学副博士。俄罗斯作家协会会员。坦波夫市中心儿童图书馆附设“语词世界”青少年创作发展中心主任。著有诗集多种。

鸟儿

一心多命。可曾记得
它像一只短翼的小鸟，
扑打窗棂——明媚，单纯，
它勇敢地落在任何一只手上，
在房檐下等待暴风雨过去，
心想：这是怎样的高度啊。

然后像四月的燕子一般腾起，
努力让翅膀不碰到栏杆，
像箭一样冲向盲目的高空，
垂直的腾飞有几分倾斜，
它像是在墙壁上一样在空中
写下连鸟儿也无法看到的文字。

再然后它仿佛突然变得沉重，
染上一种病：野兽的恻隐之心，
如产卵般生下一个巨大的世界。
它在一个粗大的枝头上辗转——
不是燕子——是下蛋和抱窝的家禽——
在鸡雏叽叽喳喳的不停聒噪中。

如果说回归有望，那回来的
也未必是人，是兽，是鸟——
而是穿过树叶和词语的一道斜光。
一道与规律逆向生长的光，

从缩成一团的根部直抵飒飒作响的树冠——
在那里，伴着一声呼哨，蓝天撕裂开来……
舞会之后

假如问我，舞会上我可快乐，
我会说：我在门口迎客，引他们入席，
在空荡荡的大厅里凌晨四点
收拾被忘却的彩带、鲜花、折扇。

假如问我，我听到的消息多否，
我会说：我是个家庭教师，给孩子们上课，
我们唱歌、玩耍、顶嘴、和好——成长，
每一颗心都是大地一则透明的消息。

假如问我，我有什么要求，我会关上窗户
回答说：过去那些要求我早已忘记，
从别人家里离开时没人会收礼，
只是可怜孩子们的笑声、诗句和那雨。

天空好大啊

天空好大啊，像儿时的心，
可以温存而长久地凝视它。
假如说月亮是一个枞树球，
那么，这棵枞树该有多大……

蓝色的灯饰静静地闪耀，
神奇的梦从枝头纷纷坠落，
上面的星星不是挂成一排，
而是散缀着如闪光的网格。

但在更高处——在辉光和水声上面，
在鉴赏家和观众为之而来的一切上面，
一颗星星点亮——只是为了
让某个小家伙大叫一声："快看！"

你看不见它，无论是在房顶上，
还是从天堂的高度，在宇宙的震颤中，——
除非这样：从枞树之下，偷偷地，
通过肌肤感受带刺的花边的刺痛。

伊琳娜・伊万尼科娃

（Ирина Иванникова，1985— ）

伊琳娜・伊万尼科娃 1985 年生于柏林，现居梁赞，职业是医生。作品散见于首都和外省文学刊物。著有儿童诗集《白杨飘絮》（2017）。该书入选 2017 年百部优秀儿童文学作品。曾获 2015 年“金链”儿童文学奖，2017 年“友谊之岸”诗歌奖。

给叶赛宁的一封信

在国人心中，在歌词里
你还活着，灵魂俊美而年轻。
十二月的寒冷仓促间，
过早和粗暴地打断了你尘世的生命。

郁闷的“安格莱特”[1]得了个骂名：
没有墨水。五号客房。
毅然撒手西去——消息不胫而走——
命运索要的代价何等血腥。

身旁没有一个朋友——
没有情人，甚至没有亲眷。
“黑影人”将临终面模定格，
闭合了你生命的圆圈。

接下来——是全民的热爱，
这爱冲破了一道道的禁令：
唱吧，叶赛宁！纵情讴歌罗斯，
你是诗人中的翘楚，大地之魂！

在国人心中，在汗牛充栋的书卷中，
你还活着，充满柔情，饱经苦难。

1　列宁格勒（圣彼得堡）市中心一家五星级宾馆，1925 年 12 月 28 日，叶赛宁在此自缢身亡，临终留下一封血书：“再见了，朋友，再见……”

叶赛宁啊，我听到你金子般的诗句
淙淙流淌，仿佛沁人心脾的清泉。

幸福

脆弱的、怯生生的初冰
如一层薄膜在水洼上凝结。
严寒的气息将森林禁锢，
雪花轻柔地、静静地飘落。

一片灰色的云雾
在苍白而又嗜睡的天空沉没。
幸福——随着忙碌的华尔兹
似雪的星星坠落……

是的，这样的爱要不得

是的，这样的爱要不得：
炽烈如火，奋不顾身。
需战战兢兢，如履薄冰，
每迈出一步都格外小心！

心中满满的只有他一个。

他是你的痛，是你的灾星。
心儿被一团欲火焚烧，
可那欲火终归要化为灰烬。

午夜的梦多么甜蜜，
你梦见他迷人的侧影。
其实你很清楚，他——
是你的恶魔，命中注定。

这就是你的道路：
抗拒情感谈何容易。
是的，这样的爱要不得，
可不知为何……身不由己！

Image

影像

申伟光作品：黑系列、鲜艳系列及其他

1. 早期丙烯画

1988 年作品 5 号　宣纸丙烯　135cm × 135cm

2. 早期理性

1993 年作品 1 号　180cm × 160cm

1994 年作品 2 号　180cm × 160cm

1995 年作品 4 号　180cm × 160cm

3. 鲜艳系列

2003 年作品 2 号　180cm × 160cm

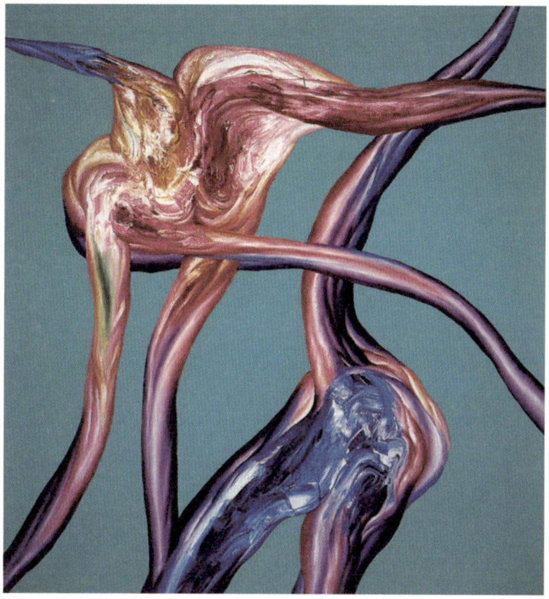

2004 年作品 34 号　175cm × 140cm

4. 线系列

2006 年作品 68 号　180cm × 160cm

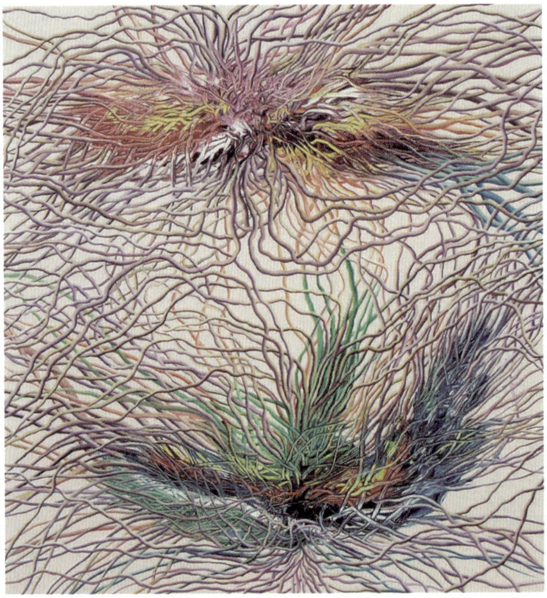

2007 年作品 30 号　260cm × 175cm

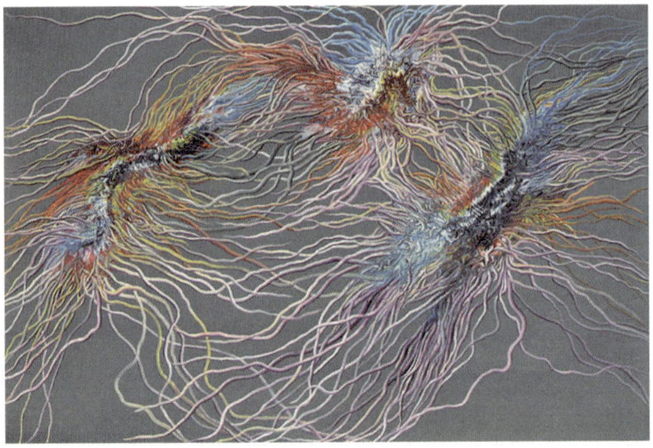

5. 刮刀线系列

2006 年作品 14 号　100cm × 80cm

6. 厚系列

2006 年作品 78 号　油画　260cm × 175cm

2007 年作品 35 号　260cm × 175cm

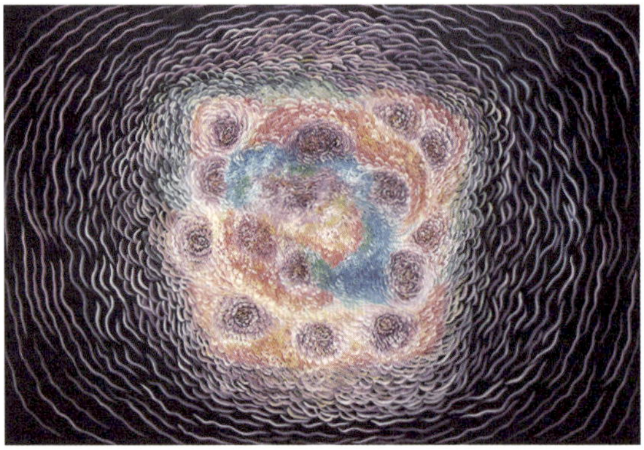

7. 黑系列、球系列

2009 年作品 11 号　100cm × 80cm

2010 年作品 25 号　400cm × 300cm

2016 年作品 5 号　175cm × 260cm

8. 理性（近期）系列

2008 年作品 10 号　145cm × 100cm

9. 灵性系列

2011 年作品 30 号　80cm × 70cm

2012 年作品 3 号　150cm × 100cm

10. 天花、灵性之树系列

2014 年作品 21 号　120cm × 90cm

11. 刮线系列

2014 年作品 13 号　150cm × 100cm

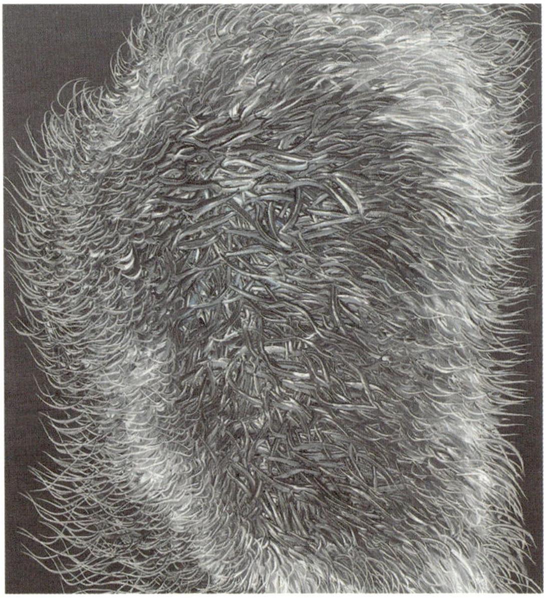

12. 涅槃系列

2013 年作品 2 号　400cm × 300cm

2015 年作品 15 号　140cm × 180cm

13. 美好系列

2016 年作品 11 号　140cm × 180cm

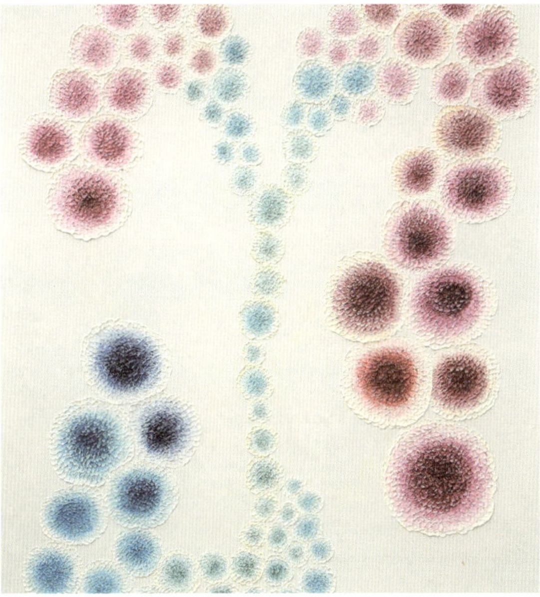

2016 年作品 2 号　300cm × 400cm

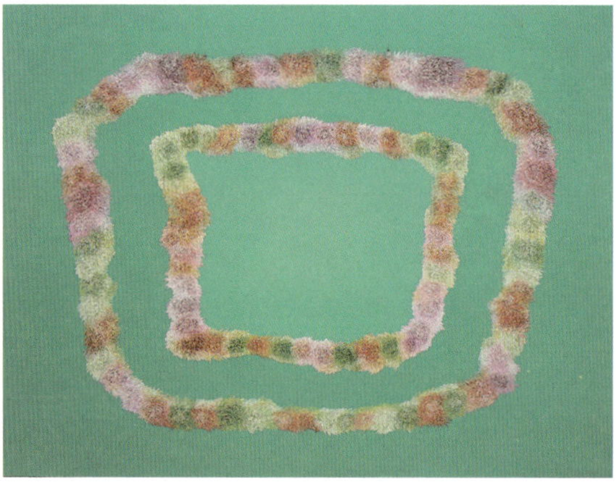

人性的废墟

陈家坪 撰文

在我们这个人人都是艺术家，人人都向往艺术中心而追求一分钟成功的波普时代，我们为什么要去关注偏安一隅、自甘寂寞的艺术家申伟光？只有一个理由，因为我们要探寻这个时代真正的艺术精神！

在 20 世纪 80 年代，一方面是艺术体制所张扬的现实主义创作，一方面是思想解放运动给社会文化撕开了一道缺口，西方现代主义思潮涌入中国，各种具有现代主义观念的艺术创作春情萌动。正是在这样一个新旧交替的时期，申伟光从一个充满了光环的体制内已经成功的现实主义画家，决然走进被当时主流社会视为异端的北京圆明园画家村，开始了他的抽象艺术绘画。从此，他和带有集体主义色彩的意识形态渐行渐远，完全成了一个个人主义者。

现在看来，圆明园画家村聚集的是一批因历史原因而被体制边缘化的艺术精英，来自全国各地追求艺术梦想的画家和文艺青年，当然也包括艺术流浪汉。显然，申伟光无论是从年龄还是从艺术创作上讲，他都是其中相对成熟的画家。当时，与意识形态有对抗性的艺术家大多流散到宋庄艺术村，而申伟光的绘画是一种旨在追求精神上的超越，而不具有政治性，但正是这样的一批艺术家，和申伟光一起从圆明园画家村流散到了上苑艺术村。

无论是一直以来意识形态对个体生命的束缚，还是随后兴起的商业大潮对人性欲望的释放，申伟光都不为所动。他通过佛教修行来把持自己的精神世界。20世纪90年代，他创作了管道系列作品，成为具有后现代艺术风格的典范之作，这奠定了他在当代先锋艺术中的独特地位。接下来，如果他迎合艺术市场，他的作品极有可能卖到天价。但他选择了闭关十年，在这十年的修行期间，他只做了一件事，带领学生参悟佛道，内观心象，认真画画。相对于我们这个越来越纷繁复杂的商业社会，他和学生们的存在显得异常沉寂、单调，但却特别需要一种持之以恒的信心与毅力。他的作品，从象征工业文明的管道，象征人体生命的血管、肠道，呈现出扭结、挣扎，一条粗壮有力的线，已不再是中国传统线条的含蓄和娇柔，而是具有主体意志的生命个性张扬，令世人瞩目；再到元子、细胞似的黑球系列作品，直接如同核爆炸一般的力量，令人感到震撼；最后经历人生与艺术的凤凰涅槃，他的作品达到了一种心花怒放的狂喜。从现实生存上讲，可以说他是一个苦行僧；而在追求思想境界上，他则显得无比自由与自在。

与此同时，当代艺术的另一端借助商业上的成功进入到国际艺术市场。表面上，意识形态淡化，商业主导了一切。艺术家对意识形态偶像的消解，或者直接成为主流社会的反抗者，和主流意识形态一道各取所需，共同形成了一个表面上开放、繁荣的盛世中国。这样的艺术作品与主流意识形态，实质上是一种反向同构。所以，艺术的独立性，艺术对于未来的想象力是贫乏的，因此，我们的艺术在现实面前才显得那么麻木和无可奈何。因为我们不知不觉中早已丧失了艺术创作的独立自由精神，灵魂是一片废墟。

今天，我们可以在艺术创作领域，重建艺术和艺术家的形象。五四以来改造新人，把自然人改造成了社会人。但事实上，人才是现实生活的创造者和主人，人生的目的是追求现实生活中的幸福，而不是服务于社会。申伟光近十年隐士般的生活，以心传心，以带弟子的方式，带领着一批又一批学子学佛学艺，用身体力行印证着佛教中“普度众生，上求下化”的菩提愿力。如火中莲花，在当今社会，构筑起一位真佛弟子与真艺术家究竟解脱的光明大道！

所以，像申伟光这样主动退出社会的艺术家是可贵的，他始终是在通过艺术来解放人的个性与创造力。在对个性解放的过程中，他有困惑有挣扎，但没有撕裂与二元对抗。人作为一个丰富的生命体，任何相互否定性的力量都应该被化解，以达到应运而生，环环相扣。

申伟光曾经领略过尼采、海德格尔等现代存在主义思想，感受到酒神的迷狂，人类现代文明的迷惘与荒芜。他的西方哲学迷思与东方宗教亲证，为他赢得了一个中国人的身体觉悟。

我们希望展示申伟光的油画作品，让更多人感受到一个新艺术的精神空间，一个正在生长的文明形态。并且，我们在未来相当长的一段时间里，还会持续去展示这样一批有独立精神的艺术和艺术家。让群星如此闪耀。

Essay

随笔

有蛛网琴弦的苹果树

——塞弗尔特和他的诗歌[1]

乔治·吉比安 著

远洋 译

在捷克共和国，诗歌被认为是一种标准的日常活动。著名诗人的名字家喻户晓。他们的作品被广泛引用和讨论。他们受到人民和精英的尊重，他们总是被请求支持，他们的敌意也为统治者所畏惧。

1

1984年10月，当诺贝尔文学奖被授予雅罗斯拉夫·塞弗尔特的时候，他是灿若群星的捷克诗人中最后一个幸存者，他们中的大多数人在20世纪第三个十年里声名鹊起，并且一直紧密地联系在一起。塞弗尔特是现代捷克诗歌的元老级人物。他也可能被认为是一种文学类型——民族诗人的化身，这种类型在大多数西方国家都已经消亡了。

1　这篇文章是英文版《塞弗尔特诗选》的前言，标题及副标题为译者所加。

与讲英语的公众相比，捷克人更广泛地阅读和欣赏诗歌。虽然只有大约一千万捷克人，但捷克诗人的作品出版和销售数量，却常常比美国诗人的作品在美国出版和销售的数量要多出几倍，而美国人口是捷克的二十倍。或者，换句话说，捷克人人均购买的诗集数量也许是美国人的五十倍。

在捷克共和国，诗歌被认为是一种标准的日常活动。著名诗人的名字家喻户晓。他们的作品被广泛引用和讨论。他们受到人民和精英的尊重；他们总是被请求支持，他们的敌意也为统治者所畏惧。当塞弗尔特病得很重的时候，人群聚集在他的房屋外面，静静地站着，自发地表现出担忧和崇敬。

捷克诗人被期待表达这个民族对日常生活问题——爱情、自然和死亡的深刻感受，也要对重大的公共问题发表意见。比如1937年马萨里克总统去世，1939年德国人占领这个国家，以及捷克历史上的一系列里程碑事件，举国上下都在等待他们对这样的全国性事件的诗意评论。

在塞弗尔特的诗歌背后，隐藏着捷克文学的悠久历史，它有几个特别突出的时期：中世纪，17世纪，浪漫时期，以及19世纪晚期。在20世纪上半叶，抒情诗歌主导了捷克文坛。一大批诗人写出了杰出作品，如果用诸如英语、法语或德语等世界性语言写成的话，可能会在国际上广为人知。在此期间，有一些杰出的小说和戏剧（如恰佩克、哈谢克和范杜拉的作品），但捷克文学的主要能量是在诗歌中涌现了出来。

现代捷克诗歌以自由组合的意象和强烈情感为特征。因为这样的诗歌很大程度上依赖于捷克语的声音——元音和辅音的形式、元音的长度、重音——对于翻译家们来说，很难将它的一些特质带入其他语言中。这也妨碍了捷克诗歌在国外变得更加广为人知。

2

对塞弗尔特生活和文学活动的简要介绍，可能有助于更好地理解和欣赏他作品的译本。

1901 年 9 月 23 日，雅罗斯拉夫·塞弗尔特出生于布拉格一个叫作济之科夫的工人阶级街区。在他的一生中，他喜欢回忆起他在小镇上的童年时代，那里有浓郁的无产阶级气息，有许多公寓、铁路、阳台、酒馆，甚至还有自己的方言或俚语——堪比伦敦的当地土话。在很长一段时间里，济之科夫青年的强硬、傲慢的言谈举止都留在塞弗尔特身上。诗人弗拉蒂泽克·哈拉斯[1]，后来的塞弗尔特最亲密的朋友，描述了他们在摩拉维亚首府布尔诺的第一次相遇：

> 塞弗尔特到达。我无法忘记我们在七月里一天中午的会面。我看到有人在街对面迈着水手的步伐走着。一条温暖的围巾，而不是可拆式衣领，一只烟斗；他不停地吐痰。在那些日子里，一个诗人难免就像那样。我凭直觉走向他问："你是塞弗尔特吗？你是从济之科夫来吗？"我不是从济之科夫来，但他就是塞弗尔特。

塞弗尔特的母亲是天主教徒，他的父亲是无神论者和社会主义者。塞弗尔特对他们俩都感到温暖。虽然他的父母很穷，但他们并非赤贫。塞弗尔特能够在一个只有少数男孩参加的、准备升大学的高级中学学习。他没有毕业，而是早早地离开了高级中学，开始做记者，投身于文学事业。后来，他带着温和的自嘲开始描述自己作为一个诗人的开端。

当时第一次世界大战还没有结束，而未来的捷克斯洛伐克仍然是奥匈帝国的一个省，十几岁的塞弗尔特写了他的第一首诗。他最早的诗歌，通常是高度说教的，表现出对无产阶级和无政府主义的同情。当捷克斯洛伐克在 1918 年 10 月独立时，塞弗尔特与社会民主党的左翼建立了联系，当共产党

1　弗朗蒂泽克·哈拉斯（František Halas，1901—1949），20 世纪捷克最重要的抒情诗人之一，也是一个评论家和翻译家。作品有《棕褐色》《工人》《我会回到这里》等。

在1921年组建时，他成为第一批党员中的一个。

塞弗尔特的第一部诗集《泪城》，通常被认为是所有捷克诗歌中最无产阶级的作品，但即使是在那里，诗人塞弗尔特也是战胜了政治的人。在他的诗歌中，爱以自己的方式反对革命行动的激情。那些优先考虑公众利益的革命者不赞成塞弗尔特诗歌中的这些段落：

爱是巨大的
你会发现
即使全世界都发生了革命
某块绿草地上
情人们依然有时间手拉手
彼此依偎着头。

塞弗尔特认为，对于穷人，革命主要是未来幸福的源泉，是人民的狂欢节，而不是有组织的政治行动和暴力；在他内心里，爱比恨更强烈。

他的一些早期诗歌在完全谦逊的朴素和直率方面已经非常突出：

我有一扇窗户，
一个春日漂浮在窗里
像河上一艘插着粉红旗帜的船，
我有一只狗，它有人类的眼睛，
我有一个蓝色笔记本，本里有
三十三个漂亮女孩的名字。

所以我没有忘记
我有一只空鞋油盒，
窗台上一个悲哀、干涸的花盆，

我的纽扣眼里的一朵花
和我心中的泪水。

塞弗尔特的一些现代主义朋友（卡雷尔·泰格[1]，斯坦尼斯拉夫·纽曼[2]）在让他远离他早期的无产阶级诗歌风格并将他带入先锋艺术圈方面发挥了作用。1920年，塞弗尔特是一个名叫“旋覆花”的艺术家和作家的现代主义组织创始人之一。它的名字是一种药草或野花，词源学上意思是“九种力量”，或“九支军队”。

在20世纪20年代，塞弗尔特的生活和工作与这个重要群体和一个叫作“诗歌主义”的相关艺术运动密切相关。在其宣言的简短段落中，提出了“旋覆花”雄心勃勃、自负、夸张的抱负：

在今天所有创造性的人类工作前面，都有一项艰巨任务，那就是重建这个世界。诗人和思想家与革命战士肩并肩地站在一起。他们的任务相同……通往明天的道路只有一条路……昨天的艺术，不管我们叫它立体主义、未来主义，还是表现主义，都认为“事物本身”是美丽的，那已经够了。

“旋覆花”敦促人们超越在无产阶级、共产主义方向中的“事物本身”。“诗歌主义”将生命本身视为一种艺术形式，并渴望将所有艺术都纳入其庇护

1 卡雷尔·泰格（Karel Teige，1900—1951），捷克现代主义前卫艺术家、作家、评论家，20世纪20年代和30年代的运动中最重要的人物之一。他是旋覆花社的发起人，还曾担任旋覆花月刊《红》的编辑和平面设计师。该社提出“应把反映新生活内容的作品放在一切新的艺术作品的首位”。后来的新浪潮电影运动也正是秉持着这一创作理念。1923年，卡雷尔·泰格和维迭兹斯拉夫·奈兹瓦尔（Vítězslav Nezval）在艺术界发起一项名为“诗歌主义”（Poetismus）的运动。同时，卡雷尔·泰格也涉足电影领域，发表了一系列有关电影的文学性和诗性的文章，将电影也纳入“诗歌主义”运动的创作阵地。他关于建筑理论的主要著作之一是《最小住宅》（1932）。

2 斯坦尼斯拉夫·纽曼（Stanislav Neumann，1902—1975）是捷克演员。从1930年到1973年，他出演的电影达90部以上。

之下。它的乌托邦式的目标是将生活与艺术融合在一起，这样在遥远的未来，艺术将成为生命和生命的艺术——无论在何种意义上，都可以解读这个崇高而模糊的目标。它的主要理论家是塞弗尔特的朋友卡雷尔·泰格。

对于塞弗尔特和他的年轻、充满挑衅、有时爱出风头的朋友们，20 世纪 20 年代是一个令人陶醉的时代，他们总是生气勃勃地沉浸在诗歌、新闻、艺术和政治讨论中。这群紧密团结的年轻男女们经常在咖啡馆和酒吧里聚会，讨论艺术和生活，并创作出非凡的文学艺术作品。他们觉得（他们也是）创新、大胆而激进。

诗歌寻求松散的关系，隐喻和思想应该更自由地发挥作用；诗歌是一种用词语来想象的游戏。在塞弗尔特的“诗歌主义”时期（像 E.E. 卡明斯[1]的作品一样）里，关联的连续性和清晰性变得模糊或完全中断。

香烟烟雾
攀爬
一个游客在阿尔卑斯山
阳光下和深处
在一面陡峭的悬崖上
勃朗峰的山峰
玫瑰的杂技
从云彩中，
升向星星
无聊的枕头
喝着它们
诗。

1　E.E. 卡明斯（Edward Estlin Cummings，1894—1962），出生在美国麻省剑桥，就读哈佛，曾在巴黎学习艺术。美国诗人、画家、散文家、作家和剧作家。他的作品包括约 2,900 诗歌，两个自传体小说，4 个剧本，数篇论文，以及无数的素描和油画。

这一运动也被其地理环境的氛围所渗透：布拉格古城抒情诗调的、郁郁寡欢的环境，有河流、桥梁、公园、建筑上的纪念碑和教堂。塞弗尔特的诗歌对布拉格的描述总是非常丰富。

塞弗尔特为各种报纸和评论写作，其中几份是共产主义刊物。他还在布拉格一家共产主义书店和出版社工作，20 世纪 20 年代末，他编辑一本共产主义插图杂志。

塞弗尔特的第一本诗集《泪城》于 1921 年出版。20 多岁的时候，他继续出版自己的诗歌，以及俄罗斯象征主义诗人亚历山大·勃洛克[1]的诗歌译本，保罗·魏尔伦[2]和纪尧姆·阿波利奈尔[3]等法国诗人的诗歌译本。塞弗尔特和他的朋友泰格，经过维也纳、意大利北部、马赛和巴黎，进行了一次漫长旅行，并造访巴黎两次以上。他也曾在 1925 年和 1928 年在苏联旅行。

在 20 世纪 20 年代末，塞弗尔特开始意识到“旋覆花”已经失去了对他和他的朋友们的价值。1929 年，他与其他 8 位著名捷克共产主义作家联名签署了一封公开信，反对共产党的新领导层在文化问题上采取的立场。他被开除出党（不像他的其他签名的伙伴，他从来没有重新加入）和“旋覆花”社。之后，他曾短暂地担任过各种出版物如社会主义民主日报《人民权利报》的记者和编辑。他写了很多诗集，并编纂、编辑了 19 世纪捷克诗人维茨斯拉

1　亚历山大·勃洛克（Alexander Blok，1880—1921），俄罗斯诗人，出版有诗集《丽人集》《陌生的女郎》、长诗《十二个》等。

2　保罗·魏尔伦（Paul Verlaine，1844—1896），法国诗人，象征主义派别的早期领导人。他的著作包括：《农神体诗》（1866）、《美好之歌》（1870）、《智慧》（1881）、《过去》（1884）、《平行》（1889）。

3　纪尧姆·阿波利奈尔（Guillaume Apollinaire，1880—1919），法国 20 世纪最有特色的诗人和小说家，超现实主义文艺运动的先驱之一。他是一个私生子，从小跟随母亲在南方生活，后来到巴黎打工，从事种种小职业。他曾参加过第一次世界大战，负过重伤，这大大地影响了他的健康，致使他在 39 岁时过早地离开了人世。他是具有前卫精神与实验技巧的第一位现代欧洲诗人，他将绘画技巧引入诗歌写作，他创作的图像诗持续被后人所争论和学习。阿波利奈尔的作品相当庞杂，最重要的是诗歌。诗集有《动物小唱》（又名《奥菲的随从》）（1911）、《醇酒集》（1913）、《美好的文字》（1918）及小说集《异端派首领与公司》（1910）、《被杀害的诗人》（1916）等。

夫·哈勒克[1]和扬·聂鲁达[2]的作品。

在他1929年、1933年和1936年的诗歌作品中，塞弗尔特发展出了他的悦耳语音的特有用途：他的诗歌经常被压缩，有一种像歌一样的品质，并且强调了声音资源（语调、韵律、谐音和头韵）。诗歌阐释了他那微妙、易逝、抒情的艺术，包括《蜡烛》《你有像雪花一样苍白的皮肤》和《 维纳斯之手》。

大约在1930年，塞弗尔特的诗歌达到像歌曲一样技艺精湛的高峰。他使用了常规的诗节形式，巧妙的韵律和频繁的叠句。在这一时期，他优美的诗歌最偏爱的主题是女性的美丽和温柔，以及爱的短暂性。

1937年，他的书名叫《八天》的诗集表达了大多数捷克人对他们的第一任总统托马斯·加瑞格·马萨里克去世的悲伤。马萨里克是一位哲学家和政治家，象征着第一个捷克斯洛伐克共和国的民主和独立精神。他下一个诗歌周期的《把灯熄掉》(1938)，是那些日子的诗歌日记，记录了最初的兴奋和随后的忧郁——当希特勒的德国威胁捷克斯洛伐克时，当捷克斯洛伐克军队由于人民的热情支持动员起来和准备保卫国家时，1938年9月慕尼黑会议之后，总统贝奈斯却命令军队放弃国界。

1939年3月，捷克斯洛伐克的剩余部分被纳粹军队所占领。塞弗尔特在德国占领和第二次世界大战期间出版了三部诗集，在此期间，他试图以尊严来强化民族求生存的决心。他的诗表达了对他的祖国、布拉格和捷克语言的热爱，它们赢得了捷克公众最广泛的赞誉。在1939年到1945年之间，他上升到非官方的民族诗人的地位。在他的回忆录中，生动地描述了他自己在1945年5月德国占领的最后几天里的危险经历。

1945年5月，随着国家的解放，塞弗尔特再次成为新闻界的活跃分子。

---

1 维茨斯拉夫·哈勒克（Vítězslav Hálek，1835—1874），捷克诗人、作家、新闻工作者、剧作家和戏剧评论家。

2 扬·聂鲁达（Jan Neruda，1834—1891），捷克记者、作家、诗人，艺术评论家；捷克现实主义最杰出的代表之一，也是“五月派”的成员。

然而，在1948年2月共产党执政后，他发现自己受到了社会主义现实主义追随者的诋毁，被视为异类、资产阶级和非共产主义者。他退出了公众生活。他的出版物仅限于编辑捷克作家的作品和翻译。他翻译的圣经歌曲特别出色。

然而，在1954年之后，在文化解冻时期，他过去作品的选集连同一些新诗开始出版。1956年，在苏联自由化时期，他在捷克斯洛伐克作家联盟第二届大会上发表了讲话："但愿我们真正成为我们人民的良心。相信我，恐怕我们已经有好多年不是了；我们不是群众的良心，不是数百万人的良心；我们甚至还没有成为我们自己的良心。如果有人对真相保持沉默，他就是在撒谎。"

塞弗尔特要求承认和纠正斯大林时代的违法行为，让不公正的受害者得到补偿。这位20世纪二三十年代以其脆弱的爱情诗而闻名的诗人，现在成了公民意识和公众态度的代言人。

塞弗尔特的演讲给观众留下了深刻印象，就像当时诗人的外表一样。塞弗尔特拄着拐杖艰难地走着。然而，当他坐着的时候，他看起来就像一道峭壁悬崖：一动不动，坚实，可靠。同样令人难忘的是塞弗尔特的诗句，

> 邪恶依旧
> 从人类的骨髓中升起，
> 溅满血污，像牙科诊所的楼梯。

在经历了十年重病的沉默之后，塞弗尔特带着一种令人惊讶的新的诗歌风格出现。在《岛上音乐会》（1965）和后来的作品中，他为了纯粹的、陈述性的、质朴的自由诗，放弃了很多歌一样的调子、韵律和隐喻。1967年，在布拉格的春天，他获得捷克斯洛伐克作家出版社的奖项，同年被授予捷克斯洛伐克民族艺术家的荣誉称号。

1968年8月，苏联在捷克斯洛伐克的武装干涉刺激了塞弗尔特，当时他病得很重，从病床上起来，叫了一辆出租车，直奔作家联盟大楼。作家们推

选他为独立协会代理主席。一年后，这个协会被解散了。孤立的、生病的塞弗尔特继续写作。他的诗被打印和散布在几百份地下出版物上。他住在布拉格郊区，帮助那些拜访他的人，并写下了他作为诗人漫长一生的回忆。这些回忆录是一部名副其实的布拉格文化生活百科全书。在书中，塞弗尔特把他的私生活细节与捷克作家、艺术家和记者 60 年的交往混合在一起。从这些回忆录中选了十章编在这本书里。

从 1968 年到 1975 年，只有出自他的旧作品的选集在捷克斯洛伐克出版，但他的一些新诗发表在国外出版的捷克期刊上。1976 年 8 月 16 日，在一封致德国小说家海因里希・博尔 [1] 的公开信中，塞弗尔特要求对一个发现自己受到攻击的捷克音乐团体给予支持。在这封信之后，起草并颁布了《七七宪章》，塞弗尔特是它最早的签名者之一。

随着岁月的流逝，塞弗尔特的新作品再次在捷克斯洛伐克出版。埃瓦尔德・奥泽斯、林恩・柯芬等人的英文译本在英国和美国问世。他的选自不同时期的诗选在多伦多和布拉格用捷克文出版。当他的回忆录《世界美如斯》（1981）在多伦多用捷克文（由 68 家出版商）出版的时候，在西德科隆，也出版了一个来自 68 种图版的类似版本，采用同样书名，但有少量删除和改动，又在布拉格出版。

塞弗尔特的病情迫使他多次住院。他的诗歌经常与死亡有关：

当我在疼痛中倒下时
死神用唾液弄湿手指
来扑灭
我的血红色火焰，
她，朝我挪到最近

1　海因里希・博尔（Heinrich Böll，1917—1985），德国最重要的二战后作家之一。1967 年获得格奥尔格・毕希纳奖，1972 年获诺贝尔文学奖。

跪在我身边

　　　弯下腰

把甜蜜气息呼入我的肺里——

　　　长吻就像对一个被淹死的人。

他，已经离去

　　重新睁开眼睛

用他的手疯狂地抓

　　她靠在他身上的肩膀，她的头发。

也许没有爱的生活是可能的

但没有爱就死去

是绝望。

我的人生很快走完全程。

它太短了，

而我漫长的渴望

无穷无尽。

在我知道之前

我生命的终点已经临近。

死神很快就会踢我的门

　　　　　　进来。

在那一刻

从恐惧和惊骇中

我将屏住呼吸

并忘记再次呼吸。

在塞弗尔特于1984年10月获得诺贝尔奖后，世界的目光终于转向了他。电视台的工作人员和报纸记者突然间向他涌来。他继续写诗，但又患上了病毒性肺炎。在他的病房里，本书编辑最后一次拜访他，塞弗尔特像往常一样机警、活泼、亲切。他对许多话题——他身边远远近近发生的一切都很感兴趣。他问了关于美国生活、朋友、政治、戈尔巴乔夫的问题。他叙述了在布拉格和巴黎、在他年轻时和最近发生的一些有趣事件和不幸事件。1986 年 1 月 10 日，雅罗斯拉夫·塞弗尔特去世。捷克失去了 20 世纪前三分之一时间出生的一群杰出诗人中的最后一员。

3

在他的一生中，塞弗尔特被物质世界的美丽所吸引。他谦逊质朴，用他对生活的热爱和他的快乐来感染读者。他是一个感官世界的诗人，不是超越、焦虑、恐惧或颤抖的诗人。他不是一个博学的或知识分子诗人，而是一个现实的、受欢迎的诗人。不是理论和抽象，而是生命的感觉和情感上的价值引起了他的关注和赞美。

正如一位捷克评论家扬·弗拉迪斯拉夫[1]所言，布拉格的巴洛克式宫殿对塞弗尔特述说着爱情和女性皮肤伸手可触的温柔。布拉格的庭院、小巷、大门、门廊和花园，也类似于他的作品中反复出现的另一种欲望：人类追求和谐与满足的心愿。

他善意、温和地接受生活的乐趣，是一个非常不加尔文主义的人，一个没有负罪感的人。塞弗尔特阳光灿烂的诗人性格在 20 世纪是罕见的。它和莫扎特有很多相似之处。他的趋光性倾向朝着令人愉悦的生活乐趣，而这依赖于两个重要基础：同情他人的痛苦和温和的讽刺。

塞弗尔特对那些痛苦的人的关心，最明显的体现在他对二战期间犹太人所遭受苦难的关注。塞弗尔特是一位杰出的非犹太人诗人，他表达了对纳粹灭绝犹太人的恐怖和悲怆之感。他一次又一次回到这个主题，有时在附带的

---

1 扬·弗拉迪斯拉夫（Jan Vladislav，1923—2009），捷克诗人和翻译家。

引用中，有时作为他的主题，例如在他的诗《最后一首歌》，关于小亨黛尔，一个捷克的犹太女孩死于纳粹集中营，还有在他的回忆录中关于埃尔莎——一个集中营中孤零零的幸存者的那一章里。犹太人的命运从来没有远离塞弗尔特的意识。他的引证从旧约全书，到布拉格古老的犹太公墓，到我们自己的时代，涵盖了广阔的时间范围。他不但凝思详述犹太人的苦难，而且不断诉说植根于犹太人传统的快乐和爱的能力。他翻译了《歌中之歌》，他还经常提到犹太妇女的美丽和微笑。

讽刺，尤其在他的自嘲式讥刺中，是另一种塞弗尔特诗歌的品质。这是他的特征，如在他的回忆录里叙述的，当他面对死亡，在 1945 年 5 月被德国人立即处决的威胁时，他没有想到宗教或形而上学主体或宇宙的恐怖，而是想知道住在附近公寓的人午餐在烹调什么食物，然后突然想起公共厕所墙壁上一幅不雅的女像画，当他还是一个小男孩时，那幅画常常使他神魂颠倒。他没有虚伪的骄傲，没有必要摆出英雄的姿态。他一再告诉我们他是多么的不英勇。

正如塞弗尔特从来都不妄自尊大或华而不实，因此他的诗歌显示了一种决心，即不让快乐和美丽的颂词建立在自我欺骗的基础上。不敬和怀疑总是近在咫尺。塞弗尔特曾经准备好刺穿气球，尤其是他自己的气球。例如，他那轻快的《公鸡十四行》，就说明了这一点：

公鸡，我被你的歌声吵醒了
好像我忘记了那些正在睡觉的人，
我大声地唱着歌，摘了一串葡萄——
我们刚好在葡萄园里骑马。

在我们这个世界上，一个人能活得多么美好；
你看起来像我。
我们都唱歌，拍打着翅膀，

都留在地上。

你在屋脊上的金属形象
随风转向，像我一样。
我们的梦想一直在继续；我们的跳蚤继续跳。

不，我不是为爱而哭泣；
鳄鱼的眼泪就像鸡饲料
是我在悠闲时从海边捡的。

言说者不忘一直存在而且在“跳”的“跳蚤”。在其他地方，塞弗尔特喜欢引用朋友的攻击——说塞弗尔特从一个小村庄到大城市咖啡馆许多次旅行的动力，不是由于他爱咖啡，而是他怀念布拉格下水道的气味。布拉格，塞弗尔特最喜爱的城市，有雕塑、教堂、音乐和美丽的女人，也有他难忘的污水气味。在他的回忆录里，塞弗尔特回忆妓女赤裸的乳房迷住了十六岁时的他，并因为爱女性之美永远令他引人注目，他也强调，她住在妓院，门口有一个老虔婆在把守，一只肥鼠正拖着脏东西爬过门槛。塞弗尔特坚持确认生活各方面的事实。

对塞弗尔特来说，随时准备削弱他自己的感情和渴望来得自然，但他的基本取向并不是一个揭穿真相的人。他可能会嘲笑他青春期的浪漫梦和多愁善感，但追随在女人头发和乳房之后的、他所谓少年的“跛足”和“蹒跚”，他对诗歌孩子气的神化，仍然是他生命的两极。他因此而自豪并致力于此，甚至是在讽刺完一切之后。

塞弗尔特的语气通常像一个亲密的朋友。他对读者说话，就好像他和他的读者是同志，在分享一种共同的文化和对生活的态度。“当然”“正如我们所知”这些插入式的短语在塞弗尔特的诗歌和回忆录中经常出现。他的诗歌中充满了对捷克文化的引用，范围从历史事件的周年纪念日到布拉格的雕塑及其他建筑地标。他这样说话，好像他能假设每个人都知道莫扎特在布拉格时的住处、他在那里创作的东西，或者是马哈[1]，甚至是他心上人的名字。正因为如此，外国读者（以及年轻一代的捷克读者）可能需要有各种各样的注释和说明。由于这个原因，在本书后面附上一个标识人名和地名的术语表，以及一些解释性尾注[2]。

在这本诗选中，收录诗歌的选择标准有三个：内在质量、代表性和可译性。我们努力从塞弗尔特不同时期作品中选择诗歌，以显示他的各种风格。我们也更倾向于涉及普遍的主题的诗歌（以及散文回忆录中的短文），我们倾向于避免那些严重依赖于捷克特殊情况和兴趣的诗歌。由于塞弗尔特早期和中期的诗歌往往严重依赖于声音效果，所以很难在翻译中保留它们的许多品质。由于这个原因，虽然选入了这些时期的一些诗歌，但本书中大部分诗歌都是由 20 世纪 50 年代以来写的诗组成，那时声音对塞弗尔特的作品变得不那么重要了。

塞弗尔特作品背后的诗歌传统主要来源于两个文学血统：捷克的主要诗人（19 世纪的浪漫主义诗人卡雷尔·马哈及其他在捷克斯洛伐克被广泛阅读的诗人，尽管在国外鲜为人知，比如卡雷尔·埃尔本[3]、扬·聂鲁达和雅罗斯拉夫·弗尔赫利茨基[4]）；还有法国的大师们，其中一些人（保罗·魏尔伦、

1 卡雷尔·马哈（Karel Macha，1810—1836），捷克浪漫主义诗人。

2 译者在所有涉及到地名特别是人名处编写了更详细的注释。

3 卡雷尔·埃尔本（Karel Erben，1811—1870），19 世纪中期捷克民俗学家和诗人。

4 雅罗斯拉夫·弗尔赫利茨基（Jaroslav Vrchlický，1853—1912），捷克作家、诗人、剧作家和翻译家。

夏尔·波德莱尔[1]、布莱斯·桑德拉尔[2]、儒勒·苏佩维埃尔[3]、纪尧姆·阿波利奈尔等人）被塞弗尔特翻译过来。

塞弗尔特的诗歌是从一个相当短暂的无产阶级阶段开始、经过漫长的现代主义时期，发展到他最后二十年简单、透明、对话的阶段。然而，在他的一生中，相似的倾向显而易见。自始至终，他的重要主题是爱和女性之美，布拉格和捷克民族的命运，以及感觉上的愉悦和生活的乐趣。只有稍微不那么重要的主题是死亡、悲伤和痛苦；巴黎和法国文化；以及莫扎特。

在 20 世纪 60 年代，当塞弗尔特转向一种不押韵的诗歌——这是一种亲密的、几乎是书信体的诗，情色仍然是一个重要主题；但受难、痛苦、死亡和忧郁都扮演着更重要的角色。

他后来的诗歌看似平凡，却具有迷惑性。在它们散文化的叙述中，有一种奇怪的张力。塞弗尔特突然带着尖锐的词语或诗句跳出来，这些都是更强有力的，与上下文轻盈笔触形成了鲜明对比。我们适应了阅读一种普通的甚至是平庸文本的期望，而后这首诗让我们震惊于一些原创的东西，掉头回溯，就改变了我们对前面段落的看法。我们看见它们是有创造力的，有偏见的，有严格要求的。

1　夏尔·皮埃尔·波德莱尔（Charles Pierre Baudelaire，1821—1867），法国 19 世纪最著名的现代派诗人，象征派诗歌先驱，代表作有《恶之花》。夏尔·波德莱尔是法国象征派诗歌的先驱，在欧美诗坛具有重要地位，其作品《恶之花》是 19 世纪最具影响力的诗集之一。从 1843 年起，波德莱尔开始陆续创作后来收入《恶之花》的诗歌，诗集出版后不久，因“有碍公共道德及风化”等罪名受到轻罪法庭的判罚。1861 年，波德莱尔申请加入法兰西学士院，后退出。作品有《恶之花》《巴黎的忧郁》《美学珍玩》《可怜的比利时！》等。

2　布莱斯·桑德拉尔（Blaise Cendrars，1887—1961），瑞士法语诗人，随笔作家。曾创造一种有力的心诗歌风格，以表现充满奋斗和艰险的人生。诗集《纽约的复活节》（1912）和《西伯利亚大铁路和法国的小让那的散文》（1913），都是游记和挽歌的结合物。对桑德拉尔来说，诗歌就是以大胆的新手段行之于文的行动，即：用时断时续、中间有省略的节奏传达的一大堆形象化比喻、感情、联想、惊人效果和与此同时产生的印象。桑德拉尔的销售《到处旅行》（1948）赞美危险的生活。他那丰富的基本上属于自传性质的作品，对同时代人发生了强烈的影响。美国先锋派作家 H. 米勒认为他是“现代文学的一片大陆”。桑德拉尔于 1961 年获巴黎市文学大奖，同年去世。

3　儒勒·苏佩维埃尔（Jules Supervielle，1884—1960），法国现代诗人，生于乌拉圭，不到一岁时父母相继死于法国。从两岁至十岁，他跟一位叔叔生活在南美，然后被送到巴黎读书，就此定居巴黎，但经常返回老家。战时他住在乌拉圭。1946 年他以乌拉圭驻巴黎大使馆荣誉文化参赞的身份重返巴黎。从 1949 年起，得过很多文学奖。

4

当我在 1985 年 2 月访问塞弗尔特时，他表现得很活泼、机警、调皮，并且急切地想问问题。考虑到他过去的疾病和住院治疗，我开始多次告辞，以便让我的出现不会让他太过疲惫，但每次他都坚持要继续交谈，并为他的客人和他自己斟酒。

塞弗尔特的房间在一所带花园的房屋里，这所房屋围绕着一道有小门的栅栏，坐落在一条安静的郊区街道上，这里是布列夫诺夫区一座小山的山脊，布拉格的别墅住宅区之一。在场的，是他的女儿嘉娜，一个精力充沛、有条不紊的人；他的儿子，一个安静、谦逊的科学家；还有两位捷克访客，一位诗人兼翻译，一位记者。塞弗尔特的妻子，由于听力困难，每隔几分钟走进房间一次，但没有加入谈话。塞弗尔特和他的女儿采取了主动，在不同的方向引导谈话。

塞弗尔特坐在他的办公桌前，喝着茶和白葡萄酒，是一个周到细致、热情的主人。他的书房中充满了与他的诗歌和他的特殊感情相关的物品——雕像，包括天使和圣母的头像，捷克诗人的作品，捷克的民间艺术，野花的图片，还有一张传奇山照片，在这座山上，捷克人的祖先停下来，决定在现在的捷克共和国中定居。

他是一个天生健谈的人。他讲述的故事的时间范围从他的童年到我们谈话的前一天。他讲述了前一天下午，随着学生们的欢乐合唱团，瑞典皇家科学院派出的一名科学家对他进行与授予他诺贝尔奖有关的礼节性拜访。塞弗尔特说，瑞典科学家问他的一件事是，他一生中最美好的吻是哪一个吻。

塞弗尔特显然对他给出的答案非常满意。他告诉客人，两个吻是并列第一的。一个是他第一次吻那个后来成为他妻子的女人。第二次是在一个朋友很久以前给他打电话的时候，说那个装有捷克国王珠宝的密室没上锁，如果塞弗尔特赶紧的话，他就可以来看看它们。塞弗尔特冲到大教堂，用自己的双手触碰了捷克国王的王冠，然后俯下身亲吻了它。这是他一生中两次接吻的第二次。瑞典的要人非常喜欢他的回答，塞弗尔特眼中闪烁着光芒说：“瑞典人喜欢这样的事情。”

塞弗尔特对他在国外发表的诗歌译本产生了浓厚兴趣，提出了许多关于它们的问题。他特别高兴的是，他的诗集由居住在西班牙的捷克妇女莫妮卡·兹古斯托娃[1]翻译成加泰罗尼亚语，在巴塞罗那出版。塞弗尔特显然对加泰罗尼亚人有一种特殊的同情，或者是兄弟般的情谊，像捷克人一样，他们的人数相对较少。

他带着特别的热情回忆起他的朋友——已故语言学家和文学家罗曼·雅各布森[2]，他自豪地指着自己桌子上的一张照片，照片上的雅各布森象征性地用举得高高的一只手打手势。塞弗尔特说，这是雅各布森死前最后一张照片。

关于他自己的诗歌，塞弗尔特强调，尽管他最近的诗歌可能不押韵，但他的诗句中有许多内韵和其他的声音形式，这是不容忽视的。

在另一个场合，对另一位采访者，塞弗尔特雄辩地总结了他在诗歌、感性和自由之间的连接方面的观点，这也可以用来适当地总结我们对他作品的介绍：

> 我的出身是无产阶级，我在很长一段时间里都认为自己是一个无产阶级诗人。但随着年龄增长，人们会发现不同的价值观和不同的世界。对我来说，这意味着我发现了感性……所有的语言都可以被认为是为了获得自由，去感受自由的快乐和感觉。我们在语言中寻求的，是能够表达我们最私密想法的自由。这是所有自由的基础。在社会生活中，它最终以政治自由的形式出现……当我写作的时候，我努力不

---

1 莫妮卡·兹古斯托娃（Monika Zgustová，1957），出生于布拉格，住在巴塞罗那。她出版了小说、戏剧和传记等七本书。有《沉默的女人》等代表作。她用西班牙语和加泰罗尼亚语翻译了俄语、捷克语的小说和诗歌五十本书以上，其中包括米兰昆德拉和瓦茨拉夫·哈维尔的作品。

2 罗曼·雅各布森（Roman Jakobson，1896—1982），俄国杰出的语言学家、诗学家，莫斯科语言小组的领袖，形式主义代表人物。二战后定居美国。

去撒谎：仅此而已。如果一个人不能说真话，必须不说谎，但可保持沉默……

诗歌具有我们所需要的微妙之处，能够描述我们对世界的体验。我们用人类声音说话的事实使诗歌直接触及我们，这样我们就能感觉到我们被涉及的整个存在。

*

我想对洛克菲勒基金会表示最衷心的感谢，它使我有了闲暇和安静的时间，在科莫湖碧堤半岛塞尔贝洛尼别墅的研究中心对这本书进行了最后修订；感谢猫鹊出版社罗伯特·韦克斯勒的许多优秀建议；以及凯伦·布雷泽尔教授关于如何改进英语文本的许多优秀建议。

至于1985年在布拉格与塞弗尔特先生的一系列私人会面，是一种喜悦和鼓舞。能成为他一贯亲切待人的方式和他的诗歌天赋的见证人（在他的随意谈话中也表现得非常出色），是莫大的恩惠。

我们来自北京

——俄罗斯当代文学现状

德米特里·菲利波夫[1] 撰文

他们要看到她有着什么样的世界观呢，让她要么成为社会主义者，要么成为民主主义者，要么成为宣扬男女平等主义者，要么成为丑角，但是，谁给了我们所有的权利来决定什么是好的，什么是坏的。为了美好的目的，可以牺牲什么样的文学来取悦这个想法？

回家的路永远是一条寻找自我的道路：漫长而单调，有时甚至会让人感到痛苦。在这一段过程中，你从何而来，又归向何处，起始点 A 和终点 B 都无关紧要，而路途的过程，也就是 A 与 B 之间存在的 A1A2A3...... 才是最重要的意义所在，并且可以无限延伸下去。这些 A1A2A3...... 像一个个小土墩会把你绊住。所以同理，一个人从莫斯科来到圣彼得堡，并不是难事。难的

1 德米特里·菲利波夫出生于列宁格勒州的基里什市，毕业于列宁格勒国立大学语文系。曾在车臣共和国服兵役，是一位高级工程兵。作品见于《日与夜》《伏尔加河》《旗》《涅瓦河》《文学报》《文学俄罗斯》等刊物和杂志。著有长篇小说《我是俄罗斯人》（2015），获俄罗斯—意大利“霓虹”奖（2015）。俄罗斯作家协会圣彼得堡分会会员。现居圣彼得堡。

是，你为什么不在莫斯科而是在北京。

从 2000 年开始到 2010 年的十年间，尽管俄罗斯文学普遍陷入了悲观主义情绪里，并且还带有明显的讽刺主义色彩，但这种文学现象其实需要大众理解其中的严肃性。虽然我们把这时期的俄罗斯文学贴上一个又一个标签，但或许需要明白的是，这一时期俄罗斯的文学词语，从根本上已经垮掉了，已经没有了根基。而且我必须很痛苦地承认，其原因要拜我们深爱的社会主义所赐。怀有集体主义意识形态的大众，列宁和斯大林奖的获得者们，以及苏共中央全体会议的委员会，他们的话语像蝗虫一样，攻克了苏联商店的书架上的图书。如今苏联不在了，写作者带着对愤怒，炽烈的仇恨之心，从苏联文学的灰烬中奋力地挣扎着。人们渴望自由的表达，并且他们也做到了：叶罗非耶夫的《俄罗斯美女》，马姆列耶夫的《闲荡者》《古拉格群岛》，托尔斯泰的《怪人》，普里戈夫，索罗金，安热莉卡的《女奴》，还有《圣巴巴拉人》，我们应该给他们鼓掌。如今全家人晚上坐在电视机前，总会有老奶奶讲述科鲁兹和艾登究竟有没有在一起这件事。90 年代末的时候，在学校的读书会上，我获了奖，奖品是本沃伊诺维奇写的一本关于士兵绍恩金的书。

所以“00 后文学”和“新现实主义”文学的出现绝非偶然。20 世纪 80 年代，我们奔涌向俄罗斯文学的大地，纵横其中，90 年代我们用狗屎给它施肥，请原谅我用这样粗鲁的表达方式。“00 后文学”是被丢下了第一批种子，这是一个非常缓慢的过程。但您知道，面包是如何生长的吗？

丰收后的苏联文学（说丰收应该没错），留下了残茬，茎干和杂草混杂在一起。有长期耕作经验的人都知道，春种后的土地很结实。表面上，杂草丛生之地会吸干秋季的雨水。如果把地扔着不管直到来年春天的话，那么什么都不会长出来。因为需要耕地。在此之前，要除掉所有的杂草，这样粮食才能长出来。如果您认为，人类的文学、文化和人类社会并不统一，那么这意味着您还没有准备好研究这段历史。

“新现实主义”诞生了，它冲破了一切——脱壳。锄草，拔掉各种杂草，这是一项很细致很复杂的工作。从今天土壤的需求看，我们很容易指责普里列宾的《病理学》，谢恩钦的《叶尔特舍夫一家》，萨杜拉耶夫的《去死吧，广播》等等作品……是的，我自己也会批评他们。但是你试着在炎热的时候在没水的时候用手把这些杂草拔掉，如果麦种很快被种到了地里，并发芽、抽穗，那将是非常棒的。那么谁将要给土地施肥呢？如果我们到现在还没弄清楚我们到底是在莫斯科还是在萨拉托夫，谁将要来研究呢？那我们就像到现在还没弄清楚谁将要给土地施肥一样。要知道第一步做起来是很困难的。

随着时间的推移，地也被翻耕了，还有人在耕种（我写下了这些人的名字：德米特里·科纳内辛、达尼埃尔·奥尔洛夫、谢尔盖·阿鲁秋诺夫、瓦列里·贝林斯基、阿列克谢·谢罗夫）。我有一种深深的感觉，它要被冻结了。秋天即将结束，俄罗斯文学的土地迫切需要翻耕，以便在下一个十年周期可以播种，而做完耕作的拖拉机司机抽着烟，喝多了家酿小酒，睡在干裂的车轮旁。

我们的出版界现在有一个怪现象。我们把它称之为生“生态艺术”。出版物的利润来自于幻想文学、浪漫小说、翻译文学和售卖办公室用品（比如记事本、笔记本、学生用书）。也就是说，当代的严肃小说并不能带来利润。可以说是毫无关系。但与此同时，严肃小说仍然是一个重要的写作文体。当代俄罗斯文坛把它们专门列举出来，我们直接称它为“叶莲娜·舒宾娜的编辑”。这个版本的出版物总能获奖，并且在过去的十年里一直不断斩获国内最大的文学奖项。不用我说你们也知道，我就不一一列举了。事实上它的确很棒，编辑的工作很自由的（一切都很自由），但是筛选很严格，70%—75% 的出版文本必须都是高质量的文献。这是一个重要的比重。现在问题只有一个：自由派编辑、自由派知识分子，所有这些有着开放视野的优秀人士到目前为止都无法充分评估苏联时期的作品。历史的页面已经翻过去很久了，我们需要继续沉重痛苦的前行，我们需要前行，在文学领域努力地展开与狮子的生死搏斗。

任何提及苏联经验的积极影响的声音，暗示社会主义现实主义的声音（这只是一种方法、策略），都被认为是对民主和自由主义的攻击，我们明白自由就是自由，在最后的结论处，我们会对此评论。政党就是这样。是一个封闭的圈子，因为它，当代俄罗斯文学停滞不前。

我从来没有把所有的事情视为阴谋，我不相信阴谋，但我非常相信现在的政治经济。我也认为，在某些地方坐着一些共济会成员，他们正在筹划着反对俄罗斯的阴谋。这仅仅是证明自己的不作为。现在世界的局势就是这样，西方对俄罗斯的看法是复杂的，两个势力之间存在对抗，过去也一直存在。自由主义的价值观是西方的根源，拥有美丽面孔的人们。只是这些人忘记他们现在住在这里，忘记了他们现在在这里创造着自己国家的历史，他们也在这里原地踏步。

原则上，所有这些愚蠢的行为都是可以理解的。

认为叶莲娜·丹尼洛夫娜·舒宾娜是反俄者的观点固然愚蠢。我相信她是一位很温婉而又聪明的知识分子。但她是自己国家的一分子，国家间的偏见形成了她的世界观的一部分。这个偏见使德米特里·科纳内辛和达尼埃尔·奥尔洛夫的小说完全分离。但还有另一种很重要的系统。我们的爱国出版物，难以想象在它的页面上会发表德米特里·贝科夫或者柳德米拉·乌利茨卡娅的短篇小说。即使这是文学小说。我感觉我离这些作家的作品很远，但这些都是出自大家的文学作品。为什么发生这种情况呢？因为很容易把所有的敌人都写入作品中，然后指定朋友为天才。一切似乎都在自己的位置上。然后，一年过去了，第二年过去了，第三年 ..... 然后工作开始停滞不前。我们忘记了这么做不符合意识形态。敌人当中也有天才。承认这一点是不愉快的，但是需要这么做。苏联时期印刷过很多布宁、纳博科夫、梅列日科夫斯基、吉皮乌斯、格罗斯曼、达姆布罗夫斯基、沙拉莫夫、布罗茨基、古巴诺夫、布尔加科夫的作品吗？在当局的施压下，他们沉默了，被驱逐出祖国。

当然，不仅仅是他们，不仅仅是，还有很多别的优秀的作家。

为什么会发生这一切？因为来自爱国主义和自由派的人们将自卫者沉重的负担压在了自己身上。远离了污秽之流。他们要看到她有着什么样的世界观呢，让她要么成为社会主义者，要么成为民主主义者，要么成为宣扬男女平等主义者，要么成为丑角，但是，谁给了我们所有的权利来决定什么是好的，什么是坏的。为了美好的目的，可以牺牲什么样的文学来取悦这个想法？不需要这一切，在我们这里，拖拉机司机做着醉梦，大地正在萎缩，种子即将腐烂。

（马谨 译）

Long poem

长诗

劳达 [1]

切斯瓦夫·米沃什 著

连晗生 译

米沃什及《劳达》

切斯瓦夫·米沃什（Czesław Miłosz），20 世纪波兰伟大诗人，作家、翻译家。1911 年生于立陶宛。二战期间，米沃什参加华沙的地下文学活动，战后先后做过波兰驻美国和法国大使馆文化参赞。1951 年在法国请求政治避难，1961 年流亡美国，受聘于加州大学伯克利分校。米沃什战后发表的诗集包括《波别尔王和其他的诗》《无名的城市》《日出和日落之处》和《冬日之钟》等。1980 年，获得诺贝尔文学奖。1990 年代初，米沃什返回波兰克拉科夫居住。2004 年 8 月 14 日，在克拉科夫的家中逝世，享年 93 岁。

1973—1974 年，身在伯克利的米沃什写下他的长诗《日出之地，日落之处》，它由七个小长诗组成，《劳达》为其中的第三章。与其他几个小长诗相同，《劳达》由一个个相对独立的诗片断（其部分是歌谣体）组成，又有别于另几个小长诗，它在诗体上更斑驳多样，这表现在：它大幅引用关于“劳达”和它附近几个地方（“维齐雅戈瓦”和“奥皮托沃基”等）的地方志资料，大幅摘用了相关的历史文献（文书和物品清单），全文引用了提奥多·布伊尼基的诗，也有大段关于诗人兼民族志学者路德维克·亚当·朱斯维奇等人物的说明。总之，它以诗人出生地“劳达”为主线把这一切杂糅为一体，以探寻和追缅他灵魂深处的“故土”。

1 此诗是米沃什的长诗《日出之地》的第三章。

某个知名的炼金术士写到那个国度，无论被人类心灵最初和最重要的需要置于何处，它都可以被发现，这同样的需要推动它们成为地理学和科学、哲学和宗教、伦理和艺术。以上提及的炼金术士——他是笛卡尔的同盟者——还写到，那国度的名字，可能是萨纳[1]或阿美吉多[2]，拔摩[3]或忘川[4]，阿卡迪亚或帕那索斯山。

不，这里应该没有空间，
然而我与你谈话而你站在我的面前，
在一个有些相似的太阳下，
在一个几乎同样的夜晚里，
而甚至一滴雨在这里下坠如在那边。

这空间并不同。报信的天使们歌唱，
在街上三王鞠躬，
拱廊之下狮子们屈膝
宣告一个奇迹。

而我们，锁在琥珀中，拿着小号、六弦提琴，
我们奔跑，我们歌唱，我们赞美日子流逝
因为现在我们清楚地目视他们，没有痛苦。

---

1 萨纳（Saana），芬兰萨米人的圣山，该山因其形状特别而给人深刻的印象。

2 阿美吉多（Armageddon）《圣经·新约》中提到的由魔鬼率领的地上诸王在世界历史结束之时将与上帝的众军作战之处。大决战在《圣经》的《启示录》中只出现一次。此名称也许意指“美吉多山”，巴勒斯坦城市美吉多可能是被用来象征这样一场战斗之处，因为它在巴勒斯坦历史上一向是战略要地。《圣经》其他段落则暗示，这场战斗将在耶路撒冷进行。

3 拔摩（Parmos），见《新约·启示录 1：9》：“我约翰就是你们的弟兄，和你们在耶稣的患难、国度、忍耐里一同有份，为神的道，并为给耶稣作的见证，曾在那名叫拔摩的海岛上。”

4 忘川（Lethe），希腊神话冥府中五条河流之一，遗忘之河。

而突然一根节杖，或一个小孩的
拨浪鼓在手中，于是我能为自己伴奏，
既然所有耻辱已离开我，
我能坦言我毕竟历尽沧桑。

好吧，不对，不是一根节杖，一条鞭柄。
实际上是一把苍蝇拍，因此我坐在家中
在窗边聆听因为邻居或来串门，
但很安静，除了好房梁的吱呀声。

我生于那儿，出身于高贵阶层，
我们比劳达或维齐雅戈拉[1]的小地主要优渥。
我被施以浸礼，我在基伊达尼教区的
奥皮托洛基管区绝弃魔鬼。

我的天职是拍苍蝇和沉思，
或吩咐杰克西斯准备轻快的四轮马车，
我可以去闲逛，穿过吉雷勒森林
去拜候我的亲戚，西尔威斯措维奇家。
还有多夫吉尔德家或多夫吉沃家。

为了适度的快乐。我们的村子很平静，
尽管不很富。很少有人用四轮大马车。
它花费太多，它要四匹马，

1　维齐雅戈瓦（Wedziagola），位于立陶宛考纳斯地区。

因而它一直待在那里的马车房。

第一场雪后打猎。第一颗星将要出现，
我在门厅跺掉靴上的雪。
桌子为平安夜摆好，饼干浸在蜂蜜里，
我亲爱的雅德维加知道如何取悦我。

如果我没有被送去维尔诺的学校，
那会得到什么？一无所得。
无论如何我不会长眠于斯维托博罗斯，
斯文提博拉斯提斯，和神圣浅滩，
在那儿我的祖先被安葬，
在那儿这小男孩一直惊奇于遇到溪流
就停下饮水的马儿的习惯。

现在我感到我仿佛曾从金门大桥
投下一块石子，一个自杀者从那儿飞行
如在他梦里，比一只鸥还细。
仿佛我在下午的小盹醒来
而发现自己在一件金色织锦的罩衫里。

这都被写在基因密码之中。
或者我，一个贵族，在内韦日斯河岸下棋，
和一个未完全洗礼的魔鬼，一个不为人知的
地上诸力的全权大使。

我不能郑重保证在19世纪或20世纪这精确地发生于我身上，因为这除了不重要也不确定，在那国度，事物发生在昨天或四年前并没什么不同。这地方是另外的东西，需要更多、而不是更少的具体性，而回顾它我努力避免发明。即使我过去从两个大陆的许多国家收集大地的景象，我的想象只能把它们放在一个有山有树的地区的南、北、东、西的不同位置来处理它们。在我所在的地区和考诺（Kowno）[1]邻近的地区，每条小河、每个城镇和安居点有它自己的尊严而被历史学家尊敬地对待。感谢他们，我能记录以下的说明。

劳达（Lauda）：此词并不来自中世纪意大利的赞美歌，劳达，我的标题可能暗示它；它也与波兰的饮食规则无关，即复数的 lauda 所指的。这里的劳达是立陶宛语的 liauda，与拉丁文 laudare 不相干。小河利奥德河（Liaudé）流过它，注入内韦日斯河，而在中途接纳五个来源：内刻帕河（Nekelpa），加杜瓦河（Garduva），凯姆斯洛塔斯河（Kemsrotas），尼基斯河（Nykis），维斯南塔河（Viesnanta）。关于劳达的安居点，人们或许想起小说家西恩凯维奇（Sienkiewicz）的《大洪水》。但文学故事能否作为历史根源是可疑的。立陶宛百科全书，一个纪念碑式的作品，三十卷（波士顿，1953—1963），说到它："利奥达（Liauda）。内韦日斯河（Nieviaźa）右岸一群村子的名字，主要在凯代尼艾（Kedainiai）区的波休内里艾 - 多特努瓦（Počiuneliai-Dotnuva）沿线上。关于利奥达的绅士阶级，相当多可从罗西耶尼耶（Rosienie）地区 16 世纪晚期的宫廷记录了解到；这大部分是买卖行为和其他文件。那时在内韦日斯河右岸的大片地区，居住着属于维留奥那（Veliuona）的、被称为利奥达的自耕农场主。"

这值得尊敬的作品接着写道："此名字起源于叫利奥德（Liaudė）的小河。利奥达的庄园和田野位于 A. 萨里斯（A.Salys）旁，靠波休内里艾（克拉

1　考诺（Kowno），今立陶宛第二大城市和旧都，这是它在波兰文中的拼写，而在立陶宛和英语中拼写为"Kownus"，故中文又译为考纳斯。

克那瓦（Krakenava）的西边）的教堂。可能那里有利奥达的其他庄园。这些绅士阶级村子可用许多方式来解释。最接近历史真相的似乎是 H· 劳棉斯基（H.Lowmianski），他推进了这课题，这些居民区的小绅士阶级被立陶宛的大公爵最早于 14 世纪时移居于此，并与条顿骑士有不断的战争。他们负责涅曼河（Niemen）沿岸的防御和供给。那时，当条顿骑士不断劫掠维留奥那涅曼河右岸的安居点，利奥达和来自多特努瓦（Dotnuva）区的绅士阶级提供有战斗人员守卫的城堡。直到 18 世纪，这些绅士阶级村子被划为单独的地区，每个区有几个农场，属于维留奥那的不动产。”

“优渥于劳达的贵族”——这是个切实的标题——指那些社会地位高于乡村绅士阶层构成的自耕农场主、但低于特权阶级和半特权阶级的贵族阶层。可能不十分准确，既然绅士阶级的农场规模不等；另外，当此名用于更古老、包含更大的意义时，所有住在那里的人，都可称为劳达人。我的母亲生于她母亲出生之地，而我也即将出生在这儿，在塞特伊涅、或塞泰尼艾（Šeteiniai）的庄园，在离斯维托博罗斯（Swietobrosc），或斯温特布拉斯提斯（Sventybrastis）三公里的内韦日斯河的左岸，挨着劳达。我的母亲是西格木特 · 库纳特［这名字也用两个“ts”拼出，就像在立陶宛百科全书中的一个人名，这人就是斯坦尼罗 · 库纳特，一个移民经济学家，巴黎巴蒂诺勒高等学校（Ecole des Batignolles）的教授］和约瑟法 · 西卢兹（Józefa Syruć）的女儿。这份引用如下来自 1595 年的文件，在《历史档案馆》（*Istorijos Archyvas*）第 1 卷出版，由 K. 扬波隆斯基（K.Jablonski）（考纳斯，1934）收集，是否涉及我的祖先，不可能确实弄清；但是西卢提斯（Syrutis）这个姓氏，虽然在现代农民中有所发现，但除了我的家族不存在于贵族阶级，这方面可能很清楚；无论如何，这文件会支持把我的家族放在劳达地区。它用西里尔字体中写道：

> 余，塞巴申 · 尤勒齐赫 · 沃洛凯维赫（Sebasyn Yurecich Volotkevich），萨莫吉申公国维留奥那郡执行官，以此收据证明：余于

今年1595年1月30日，因芭芭拉·西卢特女士，即维吉切赫·科夫沙（Wijiciech Kovsha）之女、居于萨莫吉申公国的扬·威恩克拉沃维奇·西卢特（Jan Venclavovich Sirut）寡妇之故，蒙召至其领地，即坐落于萨莫吉申公国维留奥那（即劳达）之庄园；上述之女士，于本执行官及两位作证之骑士之前，赠予劳达之庄园，包括所有山地，田地，草地，牧场，树林，农庄，水，什一税，利润，佣人，工人，佃户，遵其最后之意愿，予其子亚当·扬诺维奇·西卢特，萨莫吉申公国之地主；上述亚当·西卢特爵士，已于本执行官和证人前，接受上述庄园之财产、领地及仆人，为余所允，且遵西卢特女士之安排，于此收据已写明一并佣人家仆，视为合法之登记及盘点，据此，余列及：（接着是一份登记表）。

维齐雅戈瓦（Wedziagoła）[1]：立陶宛语Vandziogala。在考诺地区的凯伊达尼（Kiejdany）南方的一个镇，离考诺25公里，离波波提（Bobty）12公里，离拉布纳瓦（Labunava）11公里。此名也表明第二个——于劳达之后——贵族绅士农场和庄园的聚集地。关于维齐亚戈瓦镇的历史，我们在立陶宛百科全书上读到："Vandajagel，Wendjagel，Vendigalin。14世纪后半叶，一条宏大的防御线从V穿过Bobtai，Ariogala和Batakiai向西延伸，保护这国家人口更稠密的中部免受条顿骑士团的攻击。在这条防线8公里长的一小块区域，在V和拉布纳瓦之间，十二个地方有被砍倒的树木路障。在1382年或1384年，M.舒尔兹巴赫（M.Schulzbach），一个条顿骑士，拉该纳（Ragaina）的第二总指挥，进入立陶宛帮助维陶塔斯（Vytautas）对抗斯基尔该拉（Skirgaila），而在那里遇到一群集合着去参加一次宴会的人。他和他们发生武装遭遇并展开一场战役；120个立陶宛人在那神圣之地战死，300人被俘，而被迫移到涅曼河另一边。

1 Wedziagoła是波兰语，它相应的立陶宛语拼写是：Vandziogala。

“在1664年日渐增加的安居点上，扬和马利奥那[Mariona(nee opaciński)]·罗斯托夫斯基(Rostowski)或罗斯沃罗夫斯基(Rostworowski)建立一个木教堂，以圣三位一体之名。”

我们也读到，维齐雅戈瓦的主教代理，安托尼·科兹沃夫斯基(Antoni Kozłowski)神父于1853年被捕并被送往西伯利亚。并且我也发现如下信息：“这座在V的庄园，一度归霍皮兹基(Chłopicki)所有，于1890年被哈托夫斯基(Hartowski)买下。1918年，V和这地区的波兰化居民想要宣告一个独立的共和国，‘维齐雅戈瓦共和国。’”

我的父亲生于维齐雅戈瓦邻近的塞尔比尼(Serbiny)，他是阿图尔·米沃什和斯塔尼斯拉瓦·内·沃帕琴斯基(Stanislawa nee Łopaciński)的儿子。我母亲的姐妹嫁给来自邻近波波提的兹齐斯瓦夫·尤勒维兹(Zdzisław Jurewicz)[或尤利维兹(Juriewicz)，鉴于在立陶宛语“ie”读“ia”，造成了许多困难]。我提及这个，是由于在这地区的记录中同样名字的重复。

奥皮托沃基(Opitołoki)：通常在老文件中就这样拼写。立陶宛语为Apytalaukis。基伊达尼(Kiejdany)以北5公里，内韦日斯河左岸的一座教堂和一个庄园。在立陶宛百科全书我们发现如下描述：“在一座山的斜面，有一座带有一个塔的巴洛克式小教堂，以及少量的建筑物，由阿里奥加拉(Ariogala)的执行官和萨莫吉申[1]的长官彼得·舒克什塔(Piotr Szukszta)于1653年建立，而离这条河半公里的公园里有座宫殿。这个古典风格的、外形呈字母H形的宫殿建于19世纪中叶，有科林斯柱、爱奥尼亚柱和巴洛克元素。窗户边框有文艺复兴和巴洛克元素。屋内，应当留意的是优雅的壁炉和石膏树脂。在像二战那样晚的门廊，有猎得的动物角做成的家具(一个大桌子，椅子，一个餐具柜，衣架等等)。它们被庄园主人在巴黎世界博览会以5000卢比买下。部分家具现在基伊达尼的博物馆。二战后此宫殿变成退

1 萨莫吉申公国(Samogitian)，立陶宛的五个民族地区之一，位于立陶宛西北部。

伍军人之家。1802 年庄园里建起了一所学校。A. 最早于 1371 年在里沃尼亚（Livonia）的编年史被提及。后来，它为彼得·舒克什塔所有，他捐赠了这座由他建造的、有九十英亩地大的教堂。然后卡米密耶什·扎维萨（Kamimierz Zawisza）为他的家族建造了一个圣坛和一个地窖。A. 也属于卡尔帕家（Karps），提什基维恰家（Tyszkiewiczes），而从 19 世纪最后二十五年起属于扎别洛家（Zabiellos），扎别洛斯家抛弃了宫殿中心而任由公园荒芜，直到 1940 年。”

我的洗礼证书，以俄语书写，来自奥皮托沃基。我从未在那宫殿呆过。彼得·舒克什塔，可能同样是萨莫吉申的地方长官，作了一份他的可动产物品清单，我在这里遵照 1934 年的《历史档案馆》给出，因此或许这一年与 1587 年被置于一个同等的立足点：

1587 年 6 月 7 日，可动产、在奥皮托沃基的房子家具和那些我随身带往华沙的物件清单：

貂皮衬里棕色亚麻布外套；狐皮衬里浅色外套；绒毛衬里黑外套；绿布外套。灰缎子祖潘[1]，加棉祖潘；棕亚麻布祖潘；樱桃色亚麻布祖潘。红布紧身上衣；绿布紧身上衣。

匙子 12 根，差 6 便士够 5 泰勒[2]；匙子 6 根，共 2 泰勒；杯子 4 个，共 4 泰勒；酒篮子 16 便士；别妮亚什夫人的马刀，20 便士。

奖赏品：大碗 3 个，小碗 10 个，大浅盘 11 个，碟 2 只，盘子 24 只，另有盘子 9 只，洗手盆 1 个，黄油盒 1 个，大壶小壶 6 个，夸脱壶 4 个，大瓶，中瓶，对分瓶 4 个，盐瓶 1 个，烛台 2 个。

铜器：碗 3 个，壶 2 个，瓶 1 个，倒水壶，铜烛台 7 个，黄铜烛台 2 个；

1 祖潘，一种有衬里的长衣，在波兰－立陶宛联邦几乎为贵族阶层所有男性所穿，从 16 世纪到 18 世纪中期一直为典型男装。

2 泰勒，货币名。

酿酒锅，在奥维斯托的第2个；中型锅，在奥维斯托的第2个；小锅，在奥维斯托的第2个；三足大锅2个；大平底锅1个；小的平底锅2个，长柄锅2个；鼓腹加仑壶6个。

大铁链2条；厨链。

盔甲四副，胸甲4副，护肘甲4副，头盔4个，新马刀2把，新阔剑2把，第3把老旧，新火绳枪2支，第3把老旧，吉尼特爵士打鸟滑膛枪，简易滑膛枪3支，长矛1把，小圆盾1个。

轻骑兵马鞍2个，鞑靼马鞍1个，马具3个，新马车绳1条，马轭3个。加箍新马车，加箍双轮战车，加箍老马车，不加箍无遮运货马车。土耳其马笼头2个。

马匹：灰种马；灰老马；配马车黑马2匹，其他配马车马匹——卢什齐克马，奥维斯托雄马驹，母马，淡棕色小种马。

给斯台基先生150个三分币，付塞姆波勒先生20个三分币买四个杯子；给雷吉娜女士20个三分币；付托马斯先生7个三分币买银腰带；给波波罗尼基先生50个[1]三分币；80个[2]三分币在佩留克先生那里；4个三分币在我兄弟沃伊西奇先生那里。9个三分币在波利索维奇先生那里；6个三分币在米科拉伊·康沙先生那里。

有信的匣，密封，其中，有我的爵士兄弟的奥皮托沃基和奥维斯托的信，密封上的，连同梅丁吉阿尼（Medingiany）羊皮纸特权证和其他与我的兄弟小件的旧信。

奥皮托沃基和奥维斯托的田野黑麦套种良好，春黑麦亦如此，如若风调雨顺，明年可清还债务。

奥皮托沃基的动产：加轭公牛8头；1头给保罗耕用，1头给奥维斯托的迈克尔耕用。奶牛12头，另有幼崽。老母羊20头，羔羊14头。

---

1 本中译依英文版译出，波兰原文此处为80个。

2 本中译依英文版译出，波兰原文此处为50个。

奥维斯托的动产：牛轭 8 个；在采邑佃户托马斯那里 2 个：明年必定给他 1 头牛作耕用。母牛和赫里福德肉牛 17 头。母羊和公羊 47 头。另有幼崽、1 岁和未满 1 岁的牛犊。

其他小物什，没记录及有记录的。此清单以我手迹写下并以我留下的印章封存。

（用白俄罗斯古语）在那清单贴上一个封条并有用这几个字的签名：彼得·舒克什塔亲笔。

斯维托博罗斯（Swietobrosç）：brasta 此词意味着“浅滩（ford）”。立陶宛语 Šventybrasits。一座教堂和少量的房子在内韦日斯河的左岸，在穿过奥皮托沃基、除了更远的北方 的同样道路上，离基伊达尼 15 公里，但在基伊达尼地区内。来自立陶宛百科全书：“尽管在 S. 的附近，像卡纳伯泽（Kalnaberże），斯拉帕伯泽（Šlapaberze）和多特努瓦（Dotnuva），为条顿骑士所熟知，并且在他们进入立陶宛时受到袭击，编年史根据传说没有提及 S.，S. 一度是一个异教徒的圣地。在二战之始，五棵很好的橡树，高至 37 米，周长有 3.5 至 5.8 米，依旧挺立。名字 S. 好像来自立陶宛语 šventas，波兰语 świety，意思是“神圣的”，来自坐落在它旁边的小河滩，第一座主变容木教堂为这庄园的主人扎维申（Zawiszyn），伊格那西·扎维萨（Ignacy Zawisza）于 1774 年建立。1880 年雅诺夫斯基（Janowski）扩建了它，加上一个侧翼，一个钟楼。1915 年两个巨钟从钟楼取下并运往俄罗斯。1863 年在 S 靠近达尼利斯基耶（Daniliskiai）村的邻近地区，俄罗斯人和起义者的分遣队打了一仗。战役中，25 名起义者被杀，11 名受伤，而 8 名被囚。在 1863 年 10 月 12 日，A. 马凯维奇（A.Mackiewicz）神父，率领一支起义分遣队，攻击这地方的俄罗斯人，并夺取了 20 门火炮和其他武器。S. 教堂附近，在内韦日斯河和伯拉斯塔（Brasta）小河旁，有起义战死者的墓地。为了纪念他们，建起一个木教堂，而在 1938 年为一座混凝土纪念碑所代替。1928 年教堂被翻新。S. 是阿皮塔劳克斯（Apytalauks）教区的一个分部。

每天在街道（从那儿可一瞥穿过圣弗朗西斯科湾的太平洋）经过，我顺道进入现代艺术博物馆，去看一个未来计划城市的展览。这是一些建筑模型，每一个可以容纳百万居民。因此我不能期望一座西比尔庙宇[1]（Sybil）幸存，在这庙宇我的右鞋将被保存而我的左鞋的失去成为一个哀悼的理由。但我们不应低估一台计算机的好奇心，一个计算机公司将反思一切——在其他的含糊性、我的来历与出身中，而它们将不得不处理我应被放置在什么国家这种棘手问题。念及它们分析的问题的一定特征，它们的困难易于预见——因为历史上的萨莫吉申从波罗的海伸展到内韦日斯河。穿过河的东方，也就是说，左岸，即是另一个叫奥克斯托塔（Aukstota）的地区了，而我出生于左岸。然而，试想想，我与劳达的联系，这依赖于维留奥那（Veliuona）的城堡；想一想，维齐雅戈瓦是历史上的萨莫吉申这一无可置疑的事实，还有来自奥皮托沃基（这条河错误的一边）的彼得·舒克什塔是萨莫吉申的行政长官这个事实；总之，虽然，一个灵敏的计算机不会忽略气候和风景（这些数据应如何被消化的说明不会在这儿给出），它们只让我们断定一个人来自萨莫吉申还是奥克斯托塔。

在维也诺，国家男子高中，叫作西吉斯木恩德·奥古斯特国王高中，在布发沃华街上（马瓦·波胡兰卡街的拐角），于1929年有了委员会主席，一个来自斯提凡·巴托里（Stefan Batory）大学的教授，年老，秃头，长须，关于他《波兰哲学：作家词典》（华沙，1971）记录如下："关于波兰哲学，马索尼乌斯（Massonius）认为，波兰思想有一个基本的经验主义倾向，它喜欢归纳性的思考，而'对一种推导或玄思的思考方式十分不友好'。他把实证主义倾向看作波兰哲学的典型；波兰的形而上学，在他看来，通过更为浪漫主义化的立陶宛的影响而形成。"

现在我们在一个仪式相连。

---

1 希腊神话中，西比尔美貌非凡，阿波罗爱上了她，让她有预言能力，并且长生不死。

在琥珀中？在水晶里？我们制作音乐。
既无一度存在之物，亦无将永远存在之物。
只有当世界完结时所持续的东西。

四旬斋之歌

现在我的手已入睡。
沉寂的滴嗒声走着我的脚步。
视力和听力不再说谎。
嗅觉和味觉失去它们的诱惑。
不近又不远。
一切既大又小。

长久以来我奔跑于大地之上，
挤着穿过一个炽热的旋涡。
我评判他人，评价他们的价值，
而对自己一无所知。
一个意义不会在漫长的
不眠之夜闪烁，这
给我悲伤，然后是绝望。
但没有光言辞也不会放弃。

镜子们，幕上的影子们，
所有我想过的，所有我看过的。
我的脸可能是诚挚的黏土。
甚至现在它消逝了。
光战栗着，射出，

把自恋留在黑暗中。

海外之歌

用一根更为含糊的非洲舌头
我锻造我的诗句。
甚至喜剧仅仅是滑稽的，
一旦部落四散而去。

在大海的龙鳞中拂向
斑驳大陆的岸边
我远远地看到自己，像一个岛屿
或一棵树在上方。

是什么不得不成为已是的，尽管不完全。
这维也诺学生期待更壮丽的事业。
从很少赢得的他那里，它将被得到。
少许的胜利，易被遗忘的失败。

我的前辈也努力调整他们的声音。
他们的名字纠缠于草丛中。
我只仍旧，从混乱中滤出秩序，
因为我的心清晰且倔强。

每天在我上方的，是晚期帝国的群鹰，
衰亡中的行星，火上的省份。
让可怜的恶魔们在熔化的怒视中

理解自然力的骚乱吧。

谁能因我在此或可能没在何地
寻找故土而责备我，
将方言和地方习语
与一个海洋的唱诗班交融。

这透明的琥珀在我的掌中——
我们在里面，伴随小提琴的颤音，
而一支歌和舞蹈中的庄重的客人们
将永远令我们欢欣。

既然我们沉思得够久，该给现身于此的一个人物评价了，一个既无偏见又无特定同情的评价。我们不想作一份临床报告；当然，那不可能。然而，希望公正会指引我们是可能的。

他是个年轻人，相当好学，但没才能。
其他人有才能，例如，他的朋友诗人提奥多[1]，
提奥多很晚才搬到泊德戈纳五街的那个公寓，
在一个有橡胶植物的古怪房间，我们的主题正扭曲生长。
在那里提奥多胃部近距离
中了三颗子弹，因为他无须
穿越这么多路障。他没在大城市的街道

1　提奥多 · 布伊尼基（Teodor Bujnicki，1907—1944），和米沃什在三十年代维也诺创立 Zagary 或“灾变论者”诗派。当苏联军队大约 1940 年占领维尔纳时，他成为苏联官方的支持者，后来他被一个反对苏联的地下反抗组织杀死。

抓住一棵细树，当众多房子旋转并砸在
一个逃亡者身上，那人叫道："我在哪儿？我在哪儿？"
他没获取许多技巧，不仅多余
而且有害，既然它们耗尽我们的时间我们的意志。
他也免于用无穷妥协的滑稽
和醉酒的胡言乱语来惩罚自己。

这年轻人被精巧地建构。
他被一个粗俗和疯癫的自我占据。
他需要爱、仰慕和赞美的低语，
尽管只有他被锡拉库扎[1]暴君邀请
去用他的才智创造一个完美国度时，
权力才会令他满意，
（他那时读《魔山》：
而他总站在纳夫塔[2]的一边，后者颂扬恐惧）。

然而，不管什么或因此，
他的体内，只有恐惧。
他人眼中的恐惧，触摸的恐惧，人类道德的恐惧，
大于死的恐惧的生的恐惧，
以及嘲弄与高度挑剔。

因此这年轻人沉思家族的堕落，

---

1 锡拉库扎（Syracuse），意大利西西里岛东部富有希腊风情的海港小城，保留有大量两千多年前的建筑。

2 纳夫塔（Naphta），《魔山》里面的人物，在小说代表19世纪末20世纪初的一种非理性精神，与代表理性精神的人文主义者塞塔姆布里尼产生激烈的辩论。

萨莫吉申公国无名贵族们的血统如何地被败坏，
直至它变异出诸多怪物和残疾者，
一个精神分裂症患者的灵魂在一个愚蠢而贪食的身体。
他怨恨他的父亲，因为他的失败，
因为一个人不该在北冰洋，在萨彦山脉和巴西旅行
只为了成为工务工程师
和泥泞路旅行后用伏特加安抚自己。
就这样这年轻人接受灵感，
而它通常被误解。
韵律和魔咒皆不能提供词语。
他寻找着，寻找着，而岁月飞逝。

才能是另外的东西。才能正是提奥多拥有之物。
但才能以暂时的报偿引诱我们，
而今当提奥多的墓地被侵蚀，
当德劳卡斯在加拿大自杀，
当尼加变为老妇，并将在澳大利亚死去，
提奥多会因一首诗被铭记，
口授的诗——因它不是写诗的手的
技巧，而是水，树，
和即使黑暗但自远古时代以来对我们、对父母们、
对那些父母们的父母们都弥足珍贵的天空。
而在此我们记下此诗，似乎它带有一句题词：
“大公爵夫人最后的可怜的吟游诗人。”

***立陶宛**，我的故土。简朴且热切*
我重复我们的祈祷词。

不肥沃的、矢车菊和蓟的土地，
白色的教堂在无精打采的岸边，
大雾和悲伤的天空，
湖泊的芦苇沙沙地响。

***立陶宛**。用苦味的嘴唇，*
没有希冀或信仰，
我低语且祈求你的名字，
而低沉的风翻倒杨树
让倾斜的树叶刷刷作响。

穿过伸向休耕地的饥饿道路，
经过灵柩般的破墙烂屋，
牛在日暮时分归家
而硕大的太阳像红坛子
在厚云上倒出活血。

立陶宛。持续坏天气的土地，
如峭壁陡崖为风所撕裂，
为世纪和神祇所损害，
自天空的白翅鞘抽出刀剑，
泻下冰雹，狂攻乱击，
把哀婉给我们吧，在我们的嘴中放火！

安静！

——提奥多·布伊尼基

《波兰文学传记》，在它第八卷的“朱斯维奇·路德维克·亚当”的标题下给出下面的注释：“Pseud. 和 crypt.：L.A.J.；L. 来自 Pok……；路德维克来自泊凯维耶（Pokiewie），诗人，民族志学者。1810 年生于萨莫吉申公国的泊凯维耶。在维尔诺神学院进行神学研究。1837 年成为牧师并在斯维雅达什克（świadość）获得一份牧师的薪俸。1839 年左右，与天主教决裂，转信东正教，并结婚。1841 年编辑一份叫 Linksminė（意思是‘彩虹’）的年鉴。1844 年成为勒佩尔（Lepel）地区学校的一名教师。1846 年在那里去世。”

朱斯维奇神父被视为一名立陶宛民族志学者。他搜罗歌曲、格言和民间传说。他用波兰语写作，并把密茨凯维奇和其他诗人译成立陶宛语。他出生的泊凯维耶庄园坐落在肖夫勒（Szawle）区。这解释并没让我们猜及他转信东正教的原因，在这里面也没有法律惩处的负担。斯维雅达什的教区牧师可能未意识到让不同性别的人共同阅读诗歌、或一起花费时间在翼琴上有不好的后果，这像被但丁地狱中的帕奥罗和弗朗切斯卡，亦被《先人祭》[1]里的古斯塔夫所证明的。于是，他会经常去他附近的邻居、地主齐拉斯基斯（Zirawskis）的房子，并命定地爱上他们的女儿马尔维娜。

童年时我已熟悉路德维克神父的一些作品。他的《被描述的立陶宛，关于它的纪念物、风俗和习惯》由泊凯维耶的路德维克出版（维尔诺，1946），在它的导言中包含着一段对立陶宛语的赞辞，对外来的（即波兰）习俗和一种外语已被采用表达遗憾，并简要地列举“公开出版的立陶宛语最重要的作品”，为首的是一些新教短文和雅可伯·乌耶克的“Postylla”（布道文），其由尼古拉斯·道克萨（Nicholas Dauksza）神父翻译，题献给萨莫吉申公国主教，梅奇俄·揭德罗衣斯（Melchior Giedroyc）领主，于 1599 年由耶稣会学会出版社印刷。这位作者也说道：“第二个给予本地文学如此大贡献的人是康斯坦丁·齐尔维德（Konstanty Szyrwid）神父，耶稣会教士，杰出的立陶宛语语言学家和传教士。他的传教风格正确，他的语言一向纯正，并从外

1 《先人祭》，19 世纪波兰诗人亚当·密茨凯维奇的诗剧。

来借用中解脱出来。”因为“热诚的基督教信仰支持者和村民朋友，不仅在新教徒中。不久前，在我们罗马式教堂里，有一个世系高贵的大人物，一个立陶宛统治者的后代，直到一个可敬的年龄都在他的职业、在他的神圣中，用（如果容许我仿用一位伟大的波兰作家的表述）他特有的眼睛，用他装饰教长额头而垂肩的银发服侍着圣坛，最值得尊敬的牧师，放牧着萨莫吉申公国的羊群，揭德罗衣斯领主约瑟夫·阿诺尔夫（Józef Arnólf）！我们因他把《新约》翻译成我们的母语而感恩于他。”

该作者也对多内拉伊提斯（Donelajtis）表达尊敬——后者是一首叫《四季》的诗的作者——并赞美他自己时代的立陶宛诗歌：西蒙·斯塔尼耶维奇（Szymon Staniewicz），狄奥尼齐·帕斯凯维奇（Dyonizy Paszkiewicz），和牧师安东尼·德洛兹多夫斯基（Antoni Drozdowski），他如此宣布：“至今尚未有立陶宛文历史著作。我只听过耶日·帕拉特（Jerzy Plater）公爵以民族语言写过一部立陶宛史，但因这故乡风物的年轻恋者的早逝，它尚未出版问世。我们希望，死者令人尊敬的配偶不会藏起手稿，将来会尽可能快地出版它。它将是我们文学最美之花中的一朵，一个高挂在记忆和名望的庙宇中的花环！”

这配偶没有挂起这花环，因为，我们或许推测，她置身于那些冷漠地对待朱斯维奇神父以下吁吁的人中：

“但很不幸，很少有人理解我们的语言，甚至更少人能说它，然而我们能去掉自己那种反对我们民族话语的偏见。甚至今天的立陶宛诗人，哎，不用立陶宛语写作！是时候去掉我们这些根深蒂固的习惯了！是时候恢复我们的理智，并用我们曾祖们所讲的语言的知识来融合外来语的知识了——*因为语言是一个民族的财产，人们不应忘记他祖先的话语！”*

我抵达，路德维克神父，一只啄木鸟在松林敲击。
在多年的声响和狂暴之后，一匹小马在马厩躁动。
你知道，我已失去祭坛点烛的习惯。

游吟诗人中，没人回到祖先的言辞。
无论谁，忘记其声音即永远忘却它。
后来有其他许多人，你所不知的诸多名字。
例如，诺维德先生和贡布罗维奇先生[1]，皆来自萨莫吉申。
我们并非立陶宛语诗人，我自己不是，立陶宛人提奥多不是。
只在远方之城，在一本希腊语或梵文词典之上，
我才摩挲我的眉毛，仿佛我已确定在
收获季节的河边，在万灵节的墓地听到那个词。
我在那儿度过漫长的一生，百年中几个时期。
我的良心之上是奴仆的命运。
除我之外谁还反思了他们的命运，雅休利斯和他的妻子，
和他们的儿子格雷戈尔，和他们的四个女儿，
和马图利斯，普拉尼雅利斯，安姆布罗塞伊，和他们的姐妹波罗尼雅，
拉伊娜，多休达，和布伊基斯？而米克·塞莫伊提维奇
和他妻子卡休拉，以及瓦夫林和米沃萨伊提斯呢？
谁在手中筛落已化为诗句的、他们的骨灰？
路德维克神父，而这不是，某种错误的谦卑。
让我打个比方，它像在撕裂一朵云。
因为人类道路用温暖和沸腾的聒噪欺骗我们。
大地真理并非如此。我们在血肉中领会。
拥有许多生命的记忆，我不像他人那样毫无防御力。
我能选择细小之物，因为恢宏者正以同样方式穿过。

1　英译本作者自注：诺维德（Cyprian Norwid，1821—1883）被认为是现代波兰诗歌之父，他有一个立陶宛名字（Norvidas）。小说家、戏剧家贡布罗维奇（Witold Gombrowicz，1904—1969）一直强调他家族的立陶宛起源。

让我把我的书放在你的箴言所在之处吧，
在姜味弥散的搁板上，立陶宛雕像旁边。

路德维克·亚当·朱斯维奇称呼狄约尼齐·帕什凯维奇（Dyonizy Paszkiewicz）——后者在诗中签名为狄约尼扎斯·波什卡（Dyonizas Poszka）——“为民族荣耀最热诚的工作者”。他是萨莫吉申公国贵族，并且他在一棵长于波尔吉耶（Bordzie）的房子——叫作“苞博里斯”（Baublis）的巨大橡树里，创建了一座本地手工艺品博物馆。

大树“苞博里斯”仍存活？其树心，
诸世纪被掏空，足以容纳一辆
二轮马车，或赶赴婚宴的十二义人。

游吟诗人密茨凯维奇问，虽然他必定已知“苞博里斯”苍老而凋萎，而在 1881 年被砍下。

路德维克神父对波什卡的箴言评价甚佳，还引用其中的一句：“从诗人之口听到我自己。”

“这主题由下面的事件提供：嘉年华时节伙伴们正驰奔去找帕什凯维奇；一辆向前策鞭的马车发生了事故，翻倒了，坐在马车里的一位女士，丢失一个手袋，内有一个心爱的金鼻烟盒。一个名叫林德的官员骑马尾随其后，没注意到而把它踩成碎片。抵达目的地后，这女士满脸苦楚地对这位立陶宛游吟诗人详细讲述她整个鼻烟盒悲剧故事。帕什凯维奇回答说：如果你这么惋惜你的鼻烟盒，就在它被毁之地建一座纪念碑，碑上刻上我将给你的这首小诗：

Cze buwa tabakiera
O dabarczios niera.

Nes tas linde passiutis,

Prawaziavo nepajutis."

立陶宛语正字法不完备，而这内容不很复杂。它大意是这样的：这儿本来有个鼻烟盒，而现在它不存在了，因为那疯狂的林德不小心踩碎了它。

在考诺大公路旁[1]。海豹在云中吼叫
而帆船来自大海，滑过陡峭的岸石。
在这我们朝圣的现世之地，
无须人为劝服，无须强迫煽动，
知晓虚无于世间比死亡更确定，
我为未来年代遗赠，为人类需要让与
我的领地，连同此财产的所有荒地，
和一只纯金的鼻烟盒，连同我自己，如同我过去，
一个自城镇到城镇的漫游者，连同每一件事物
我亲手签署，
就此我们或我们的子孙们奔赴异地，
让这些诗句得以保存吧，甚至在廉价纸张上，
作为证词表明用脚踢刺的无用，
因我们想要为自己拥有这些，它们另外地证明，
在转化为赞美的苦难和悲惨中什么被接受，
从一个难以张口的申诉升起感激之词，
就此借以自身的自由选择和意志我们同甘共苦。
已耳闻且崇拜神之言词，

1　此段斜体的习语和套语，借用自16世纪新教教堂的遗嘱书和赠予书，以及西吉斯木德·奥古斯都国王授与大公爵领地的天主教徒和非天主教徒贵族同等权利的文书。——英译本作者原注。

在我们不可挪移的领地，遵从我们
古老而虔诚的，立陶宛
与罗斯祖先的典范，在大地冒险中平安无虞。

Poetics

诗学

友好边境线[1]

切斯瓦夫·米沃什 著

叶美 译

我有点迷信地认为所有事情都是相关的，比如对性和对世界的态度上，一个人对性随便，他对世界也会抱有一样的随便态度。此外，我还坚持认为在当时的紧张环境下，从性里寻找安全感是非常可疑的，身处战争的危险之中，我们应该养精蓄锐。厄运不会因我们的自暴自弃而自动消失。

我这里不是要写一篇戈雅[2]绘画的个人注解。事件的复杂性要求我们克制谨慎，不能感情用事，这种情况适用于语言无法充分表达的时候。单要追踪一个人的命运都会使我们陷入个人和历史盘根错节的纠葛中。真要叙述起来都能有史诗的广度，但事实是，对这个时代的全面研究还远远不够，和拿破仑发动的那场战争相比，第二次世界大战可谓史无前例；此外社会学和心理

1 1939 年纳粹德国和苏联宣传部冠冕堂皇地提出了“友好边境线”这个词，指的是历史上著名的莫洛托夫—里宾特洛甫分界线，它划分了苏德双方在波兰的势力范围（双方在 8 月 23 日签署了互不侵犯条约），很明显，这里是反讽。（全文均为译注）

2 弗朗西斯科·戈雅 (1746—1828)，画家，有很多讽刺拿破仑的假仁义和伪道德的画作，批判战争。

学目前对作家影响非常大。而如果我在这里还以纯主观视角叙述一个私人故事的话，我就等于什么也没干，因为我肯定会遗漏掉最精彩的部分。还有，我必须在这里重复一遍，这不是私人日记。我不是在按日期月份讲述我的遭遇。这样的话我就得还原某些模糊的记忆，我无法做到如此事无巨细。因此我将限制自己只选取几个镜头，好像我的工作是用剪刀对付大堆电影胶片。我剪辑的画面会尽量贴合大众的口味，避免弄出来是那种看不懂的表现主义风格。

闪电战开始时，我觉得有必要入伍参军，尽一份义务。但很难找到能主持大局，带领我们反击的人。不久我还是穿上了一件不伦不类的军服，可这期间没干任何光荣的事，而是参加撤退。灾难不断震惊着我们。对我来说，1939 年 9 月还是一个转折点，没有经历过正常生活突然被拦腰截断的人来说，这种集体灾难是很难想象的。法国的闪电战也没有它严重。

我把自己那时的所有遭遇简化成几件事。躺在被飞机轰炸公路旁的田野里，我盯着面前的一块石头和两片草叶。听着炸弹的呼啸声，我突然明白了物质的意义：那块石头和那两片草叶组成了整个王国，组成了形状、色彩、纹理、光亮的无限。他们就是宇宙。我过去总是拒绝接受宏观宇宙和微观宇宙的划分，喜欢端详树皮或鸟翼，而不是日出和日落。但现在我真切地领悟到了物质的深度。

另外一件事是当我意识到政府、官员和军队毫无作为的时候，我的内心既愤怒又有种解脱感。自暴自弃的我躲在干草堆里睡大觉。最后战争的局势已经很明朗了。漫长可怕的抵抗活动根本无用，我们从自我安慰的谎言、幻觉和欺骗中醒悟过来；真相就在眼前；只有村井、屋顶和犁是靠得住的，而不是政治家的谎话连篇的演讲。国家已经无力给它的人民提供任何保护，人们安稳的生活一去不返，好像它过去从未存在过。

我和朋友们讨论时局，但我发现只有我有东逃的念头。我和他们对未来的所见不同。那时甚至是后来的波兰，没人认为希特勒会取得最终胜利。人们骨子里都深信上帝会亲自干预历史事件，站在公正一边，邪恶势力注定会灭亡。被这种信念蛊惑，波兰人失掉很多斗争机会，把自己扔向地狱边缘，最后惊讶地看到上帝根本没帮忙，因此虔诚之心大大受到影响——但尽管这样，大家从没动摇过波兰最终会胜利的信心。我也拒绝接受未来会出现一个德国千禧年，但潜意识总是和我作对。我身上有太多摩尼教的东西，以至于不能接受上帝会改变世界自然进程的想法。

我和他们的分歧在于他们既没有意识到灾难的严重程度也没有意识到它的持久性。他们把希望寄托在法国，但去过巴黎的我知道，这份自我安慰简直就是痴人说梦。当我遇见他们，我们知道其实每个人都对目前险恶的局势心知肚明，但都束手无策。这正像头脑清醒的人看见语无伦次的酒鬼时只能怜悯地投以无奈的冷眼。但我们的清醒也是相对的。我们都没有预见到在当时和未来灾难都不只来自德国一方，还有苏联。共产主义势力之所以不断扩大是因为它是上帝信仰的一个变种；也就是说，在对历史进程进行基本和理性判断后，没有人会去支持纳粹一边。某种程度上我承认他们观点有合理的一面，特别是当他们呼吁世界的辩证法：机智的人不会盲目和愚蠢地被武力征服。但复仇何时来临，没有人敢预言。我的清醒，它最开始还使我感到宽慰，但不久就麻木了，或者也是因为头脑发热，有好几个月我被国内荒诞的时局牵着走，我的意志力好像完全消失了。我不得不忽略掉那些荒唐事，因为要描述它们就要用一种和本文完全不同的语言。

如果1940年年初重新来过的话，如果我发现自己再一次置身家乡，我一定会将上面的原因归咎于周围糟糕的环境和我自己的无知。就好像一位医生检查完我身患绝症的身体，知道我是死路一条时，建议最好还是回老家，和家人待在一起为好。维尔诺，像所有波兰东部领地一样，打败后被红军占领，几周以后作为友谊的象征被交还给了立陶宛。对于友谊这个词的理解，我们都知道双方并不是处于平等的地位，立陶宛，作为交换，必须像拉脱维亚和爱沙尼亚一样允许苏联建军事基地。这三个小国家由于还暂且算是独立国，不得不在两个大国之间小心地周旋，尽力避免与苏联或德国任何一方发生冲突。因此一切还保持战前的模样——超市、旅馆、咖啡馆、火车等照常运营。在维尔诺，报纸以不同的语言刊印，包括波兰语，人们因此不得不和审查官斗智斗勇。我当时很难接受维尔诺的改变，这座噩梦般的城市——城墙上挂着新国旗，街道的名字和标记牌都换了。成群的波兰难民涌到这里使它变成了闹哄哄的巴别塔，虽然立陶宛害怕强国邻居报复，但它对难民们还是尽了地主之谊。当时货币兑换和护照买卖生意红火，到处是关于战争的流言蜚语，诚惶诚恐的人们挤在邮局，犹太教师、打了败仗的军官、职务到期的外交官，还有那些海外有关系的人，都纷纷往法国、英国和美国发电报。当时离境的飞机是需要在斯德哥尔摩做中转的，这条路已经越来越难走了。但仍不断地有难民，铤而走险，冒着进集中营的代价出逃。事实是就算安全抵达了斯德哥尔摩，他们马上就知道了自己厄运难逃，因为出境的路线早已经被封锁了。

欧洲旅馆几乎是维尔诺的地理坐标。它位于两条繁华的街道交汇处：一条是多明我街，它有让人引以为傲的天主教堂和修道院，另一条是从中世纪以来就一直有的德国街，它通往犹太居住区。菲利克斯和他的夫人就住在这里。当时我因自己的一些遭遇心烦意乱，和他有过一段亲密的接触。我参加了他组织的聚会，所以在这里我为他做一幅素描画像，是有资格的。

菲利克斯像日本人，黑头发，蜡黄脸，整个人长得像精工细雕的艺术品。他的性格无可挑剔，举止高雅，身上总能闻到香水味。他来自犹太人家，非常富有，以至于可以不去工作，尽管他早已在比利时完成了他的学术研究。就在战争爆发之前，他卖掉了华沙的房子，带着满塞着美元和黄金的手提箱逃走了。他也带上了他年轻迷人的妻子，还有她的皮草和珠宝。他们之间有一种爱恨交织的复杂情感，他的妻子，自觉自己样貌身材高人一等，敢动手打他，如果他还击，她就威胁要自杀，并且立刻跑到窗口要跳下去。菲利克斯只好走掉，把自己关进卫生间——不敢看跳楼那一幕。几分钟后，朋友们（这些人经常扮演和事佬的角色）会敲敲卫生间的门，然后听见他在里面小声问道："她怎么样了？"

菲利克斯是一个老酒鬼，但他不喜欢一个人喝酒。相反，他为了取乐，经常要一群人给他讲轶闻趣事或笑话。他欣赏有才智和有教养的人，因此他对艺术家和诗人有好感，这些优点在他身上，使他被看作是，说难听一点，一个完美的奶头——也就是说他允许自己被揩油。这些人当中很多都是为了逃脱希特勒的魔掌从华沙跑出来的，菲利克斯把他们召集在自己家里，举办宴会。

喝酒经常上午十一点开始，没有人做出格的事。诗人J和S主持大局，控制节奏，这两个老酒鬼经验丰富，从未出过丑。他们的喝法是从大玻璃杯里小口抿伏特加，不停地续杯，整个白天一直到深夜不停地和人胡扯闲谈。第二天早晨酒醒后，整个过程又重新来过。我们的时间，就是这样在绝望和虚无中过去了，没有人理会外面的残酷现实，大家都是沉浸在酒精的麻醉里。

聚会狂欢可以说是垂死前的最后挣扎，这些志同道合的人知道死神就在门外，还不如今朝有酒今朝醉。我喜欢待在聚会里是因为我们是清醒的，特别是有时候听见某人随口说起一个幽默段子什么的，在当时我们深处被两个超强大国联手算计的时候，听起来简直是一语中的。例如S讲他自己对希特勒的看法，说元首仅仅是为了国家的利益才装疯卖傻，白天他表演完一段撕心裂肺的演讲，晚上回到家里急不可待地脱下的制服之后，穿的是英国法兰绒大衣，抽的是英国雪茄，喝的是威士忌，希特勒暗地里其实崇洋媚外，极度蔑视德国。S也讲些苏联和芬兰交战时的小故事，一个苏联士兵在芬兰人的木屋里看见了挂钟，他觉得自己从未见过这么大的手表，于是把它偷放进背包里随身携带着，挂钟很沉，他不得不假装受伤弯腰走路。菲利克斯醉心地听着我们在伏特加的作用下想出的这些轶闻趣事和打油诗，以此掩盖恐惧，但实际上他恐惧的是存在本身。

我并不能做到完全地放松。一个人神经极端紧张，靠酒精麻醉是起不了安慰作用的，喝得神魂颠倒或吐出五脏六腑也不能终止大脑的运转。我像是在遭受眼中所见之物的伤害，好像它们在释放灼伤皮肤的射线，因为在街上我总是脚步匆匆，很少左顾右盼，只希望快点到菲利克斯家里落座。在那，过去和未来都至少暂时被挡在门外。我不能阅读，不能写，也不能参加讨论，总觉得我们永远不能探测到真相。我只想安静一会，脑袋像植物或动物那样无意识，但很多时候都办不到。

我的同伴们用私通来回避现实，大家都觉得这是遗忘现实的良药。我，坚决守身如玉，是因为我要对当时仍在华沙的朋友保持忠诚，还有就是我有点迷信地认为所有事情都是相关的，比如对性和对世界的态度上，一个人对性随便，他对世界也会抱有一样的随便态度。此外，我还坚持认为在当时的紧张环境下，从性里寻找安全感是非常可疑的，身处战争的危险之中，我们应该养精蓄锐。厄运不会因我们的自暴自弃而自动消失。第三个原因是我常常害怕性自由会带来不幸，因为它释放了我们体内压抑的能量。所以我故意让自己的神经紧绷下去，只靠伏特加稍稍缓和点。

我们中诗人 S 突然去世，这件事为我们思考自己的处境敲响了警钟，死亡可说是对 S 生前可怕的生活逻辑的嘲笑。他三十岁。当我们到了圣雅各布教堂的太平间时，之前法医为了查明死因刚做了尸检，我们都被他的漂亮和整洁打动了，他生前脖子上凸起的甲状腺，已经完全消失了。之后所有人陪他穿过村镇，跟在浩大的送葬队伍后面去墓地。他的死讯刊登在波兰报纸上，人们为他办了一场体面的葬礼。

城市墓地大多气氛阴郁，放眼望去只是林立的墓碑，但维尔诺罗莎公墓不同，这里位于一座山坡上，到处生长着古树——我们把 S 葬在 19 世纪诗人赛罗克拉旁边。圣灵节的时候，墓地上会燃起成千上万盏蜡烛和油灯，在头顶的斜坡上和脚下的山谷里可以看见他们在风中摇曳。另外，波兰战役领导人毕苏斯基也长眠此地，他的碑石是惹人注目的大块玄武岩。我们为 S 做了力所能及的一切。始终觉得他的死也许并不是坏事。后来的葬礼宴上，我们特意留了把椅子给他，还有一个斟满的酒杯。

我们很容易被认为是一群颓废者。虽然我们性格各异，只是碰巧凑在了一起。实际上我们有一套统一的行动哲学，它来源于一种心理，即认为身处困境时应静观其变而不是顶风上。菲利克斯就是个好例子，他变卖家产后把钱都花在了享乐上，比那些死守着就要泡汤的财产的守财奴要明智得多。他的嗜酒协会联盟的成员们都是乐观派，大家一致避谈未来，逃避责任。聚会实际是一场向那个年代挥手告别的欢送仪式，它作为世界历史的一部分已经永远消逝了。

接着到了 1940 年的夏天，我见证了立陶宛的消失。在大教堂广场的咖啡馆，我懒洋洋地盯着桌面上的阳光，窗前不时有穿印花裙的女人经过，很多都是背着大包小罗的东西。她们是到大商场来买东西的，这里可不必排队或使用配给卡。突然人行道上一阵响亮的金属刮擦声引起了我和其他人的注意，人们纷纷从桌旁起身向外看，当看到一辆巨型灰暗的坦克停在街心时，所有人都站住了，没回过神来，几个苏联军官在坦克的旋转枪架上正冲我们挥着手。大家以为这不过是一场军事演习，而要叫我们把它看成是侵略实在是需要点高智商，想象一下，春光明媚的一天，周围报刊亭和卖花摊都在营业，还有一只小狗在菩提树下撒尿，一切都是井然有序的，这时远方某位政治家一声令下就决定了立陶宛的命运。

对一个不知情的人来说，那天与往常没有什么两样。只是到了夜晚，扩音器里吱吱响，大街上有亚洲的士兵在巡逻，他们的薄刺刀像锋利的锥头，比他们的头还高出三英尺。一小时又一小时过去了，恐惧在不断升级，它似乎已经变成了一种身体的疼痛，伸手可及。

我去河边，坐在沙滩上，看见皮肤晒得黝黑的男孩们站在橡皮船上，汽艇的螺旋桨发动机嗡嗡直响，还有很多五颜六色的小船，它们是只要你在船尾用一根长桨就可滑走。我对这座城市感到难过，我熟悉它的每一块石墙。我熟悉这个国家的街道、森林、湖泊和村庄，如今村庄里的人们和土地在备受蹂躏。我从来没有这样的经历，当希特勒进军波兰的时候，当时我认为国家社会主义不会长久。狼无疑是危险的动物，他注定就是咬别人的坏蛋，向他寻求保护没有任何帮助；但除了他毒牙和爪子之外，他还拥有别的——这就是自动化武器。要知道坦克，飞机比狼更加危险。当然我的观点并非全然这么冷酷。只不过是触景生情，当时我眼前是一座矗立在沙洲上的发电站，一群孩子在河岸上钓鱼的，还有河流、天空，所有这些在告诉我，目前发生一切早晚会有一场最终的审判。

从那天起我注意到过去在街上迎面碰面对我不理不睬的人，现在都点头哈腰向我示好。没错，我应该审时度势，写些颂诗之类的东西，应该向波罗的海沿岸几个国家最近通过“大选”的方式合并到苏联版图这件事热情地赞扬一番。这些人的嘴脸给了我恶意的快感，其实预测我有权有势的人是非常没有远见。我暗中计划着要和他们开一个更大的玩笑。

政治上我亲近波兰社会主义小组这个团体，他们曾和斯德哥尔摩保持来往，里面的成员都是从前持中立态度的立陶宛人（瑞典的社会主义者曾帮忙给我们传递小册子），他们也和美国来往，思想领袖是奥斯卡·朗斯，他曾在芝加哥大学发表演讲。朗斯后来成了波兰人民共和国驻美国的第一任大使，这是那个时代见怪不怪的事情，很多公众人物会突然改变自己的政治身份以求生或寻找通往权力之路。就是在这个社会主义小组里我认识了苏菲。

苏菲大概有五十或六十岁了。她黑头发（染过的），头脑灵敏，性格激烈，抽起烟来不管不顾，为了节省她把烟撕成两半再塞进玻璃烟嘴里。作为倒卖各种文件的生意人，她在维尔诺和华沙之间已经非法越境过两次。没费什么劲我们就达成了一致，下次一起撤退，她说时间最好不要拖太久，因为这段路变得越来越难走了，封锁边境是早晚的事。

我们对地图进行了长时间的讨论，以寻找一条安全的路线，最后不得不佩服所有极权主义国家在边境使用钢丝网围栏的馊主意。最省事的路线就是直接到东普鲁士去；但我们对那里的地形不熟悉，还不知能不能被当作当地居民糊弄过关，万一败露的话很可能就成了纳粹的猎物。唯一可行的是先前往夹在立陶宛和东普鲁士间的一个波兰小县城，那里一部分领土现在已被德国占领。如果我们设法成功穿过苏德交界地（愿老天保佑），县城的这一边就是波兰和东普鲁士的旧疆界（还有人在那里巡逻）。从那里我们将穿过东普鲁士到他西南边境，之后我们将第三次从这里越境，进入波兰的另外一个县城，那里现在也被德国占去了。最后我们将第四次也是最后的一次越境，最终进入德国保护区，到达华沙与克拉利夫，也就是进入波兰伪政府统治区。纳粹在我们这个被占领的国家设置这么多障碍，原因非常明显：就是要圈住我们这些受惊的人类动物，切断在危险时从一个地方逃到另一个地方的可能性。

如果我说我去波兰是酝酿已久，精心策划后决定的，我就在撒谎。如果从一开始我就有此打算或许我就不会去了。因为我知道我认识的一些人，他们越境时被抓，直接进了北部监狱或集中营的焚烧炉里。实际上我是由于自负或骄傲，我忍不住撇嘴：他们究竟是些什么人，我对自己说，为什么他们能随心所欲地处置我？就因为他们手中握有权力每个人都得俯首听命吗？再说我去华沙还有私人原因，我的朋友在那，很久以前我就打算去，那么现在为什么我要听命于他们，使自己的生活受这个政权的监管，这个政权，谁说得准，也许永不会灭亡？此外我也看不惯周围卑颜屈膝的做派；在菲利克斯那里长时间无所事事之后，我再不能继续浪费生命。如果我不走，说不定哪天他们会推给我一张纸，命令我："要么写一篇政治颂歌，要么蹲五年监狱。"但在秘密逃亡前我决不会举手投降。

准备工作耗时耗力，要暗中进行；不能泄露一点风声，还必须假装对新制度拍手欢迎。我去参加了"大选"，严肃认真地把写好的票投进了投票箱，以维护自己作为公民的自主选择权，结果——百分之九十九的票相同——还是弄虚作假了，像当初决定立陶宛是否与苏联合并的时候一样。

我没有和朋友们一一辞别，因为谣言会在半个小时内传到咖啡馆之外。我也没有和菲利克斯说再见，这里我应该提一下他随后的遭遇，我也是后来才听说的。

菲利克斯非常胆小。一天晚上，菲利克斯的密友律师 X，说为了安全起见，他可以帮助他把珠宝埋在花园里，菲利克斯照做了。但第二天早晨菲利克斯觉得不安。夜里他们两人再次去了花园，但什么都没有发现。那真是非常古怪的巧合，从那个时候起，律师 X 开始花钱如流水。后来菲利克斯和他妻子逃往马沙尔时还是他的酒友们凑钱买的车票。菲利克斯的离开近乎奇迹，因为只有拥有日本通行证的人官方才允许出境，在当时的情况下，要想得到这样一张通行证几乎是不可能的。

好像是一位深谋远虑的犹太拉比帮他解了围：这是个非常有远见的人，他在所有领事馆都还办公的时候，尽可能多地办理了去各国的签证（甚至是那些不必要的），菲利克斯的日本签证，就是请人从他的护照上复制的，花了一大笔钱。但它有个缺点：这里没人认识日本字母，因此每个复制签证的人都不知道第一个持有者姓什么。据说第五百个偷渡者抵达日本侵占的中国东北境内时，日本人开始采取了闭关措施。不管这个故事是否真实，或仅仅是道听途说，菲利克斯，确实是先到了上海，从那又经澳大利亚去了美国并入伍参军，再后来他在夏威夷的一场车祸中丧生。如果他真是死于意外，不是自杀的话，我会多尊敬他一分。

有一天苏菲的话激怒了我，她说两天前我们出发就好了，因为找问路向导的人要价很高，我们没有足够的钱支付了，她说她另找了一个人，这个人会出一份钱，这样我们就可以出发了。她告诉我这个人是个药剂师，因战争逃亡到了维尔诺，他想要回家和家人团聚。但问题是，我该同意吗？苏菲的语气听起来很不对劲。要么这个候选人给了她一大笔钱，两人私下交易过了，否则她应该能预见到多一个人一定会给我们带来麻烦。而且她声音里那种甜蜜的语调太不像她了。我试图反对：如果是那样的话，我们两个人的通行证就等于没有，因为没有足够的时间再弄一个。我已经拿到了那些德国通行证，它可以保证我俩从德国境内的苏瓦乌基小城顺利过关，再从东普鲁士进入到伪波兰政府统治区。生产这些通行证的是本地的印刷机，他们造假的功夫一流，包括纳粹的十字记号大印章——这些印章证明我们大学美术系里面都是些训练有素的艺术家，但实际上有通行证也不能保证万事无忧，可总要试一试。苏菲有点担心地说途中我们要徒步越境，不是一个而是四个边境。无疑，当她说由于我们手里是假通行证危险更甚时，我也觉得如此。鉴于她的态度，当她在纸片上写下用钱的具体数目时，我只好投降了，不再反对药剂师的加入。

我们决定第二天早晨在火车站集合。站台上，苏菲打扮很利索，只背了个背包，头上裹了一块方巾，像个乡村女教师，我拎了个手织袋，但我的长相大概会暴露自己，因为我有一张立陶宛人典型的棱骨分明的脸。而药剂师

（我直到那天才第一次看见他），灰圆脸，浅蓝色的小眼睛鬼鬼祟祟的，他满身赘肉，看起来像只河马，但他一点也没有河马的可爱，不过是个市侩的商人。这时我更确信苏菲和他一定私下里达成了什么交易。最可气的是他带了一个用皮绳精心捆绑的大手提箱，这无疑会引起人们的怀疑，一眼就能看穿我们的逃亡计划。

车窗外的风景一一向后退，一草一木我都记忆犹新，一个站名使我想起了过去一场刻骨铭心的恋爱，分手之痛犹在。但很快我的注意力就转移到了药剂师身上，或毋宁说，转移到了我受伤的自尊心上。在我们就一些事情交换看法后，我认定他就是一头猪，一个世故的蠢货。我很后悔，自己竟然和这种人一起出逃，在我心里我把这场行动看成是自由的宣言，而这个家伙满脑浆糊，生来只关心钱和娶妻生子。我认为他的出现完全就是为了打击、羞辱我。但尽管我很气恼，仍保持着冷静，我对自己说，这种人早晚会被历史淘汰，无论以什么方式，但总会有那么一天。其实当时时局已经很明朗了，在欧洲大地上只有希特勒和斯大林这两个霸主和他们宣扬的意识形态，每个人必须做出选择，可我总是逃避，我不能容忍任何权威对我的思想束缚，不能容忍任何意识形态替我思考！然后我的思绪又回到了眼前，我想，我和他根本就不是同一种人，如果出逃计划失败，被抓，我们将会被看作是一伙的，人们会认为我们是并肩作战的同牢狱友，多么可笑。

我们的目的地是小城卡拉哈里[1]，我们希望到时下午集市最好还没结束，因为街上人多对我们有利。立陶宛语里没有卡拉哈里这个词，它大概和天主教用语有关。我们到达事先约好的地点后，当地的一个农场主接应了我们。在他家堆满货物的谷仓里，他热心地给我们分析局势，要去华沙，走X村庄是不行的，Y村庄也不行；只能试试Z村庄，院子里的马车（解套的马正在吃饲料）刚从那边回来，可以再送我们过去，但所有出口都有巡逻队在检查证件，我们必须趁没人的时候混过去，马车会在城外半公里的地方接我们。

1 立陶宛西南的一座城市，靠近波兰。

几个小时后，他给了暗号，我们偷偷溜出果园，穿过树篱，胡萝卜和卷心菜地，然后一直往前走。药剂师几分钟后就上气不接下气了，我只好帮他拿手提箱，我浑身是汗，忍不住抱怨：想想在荒山野地里，不知道是不是走对了路，已经够操心的了，还带着一个该死的手提箱，它使我筋疲力尽，不能保持走私犯该有的机敏，这样一支队伍，告密者一眼就能看出端倪来。最可恨的是药剂师总是拖后腿，我和苏菲已经走到通往边境的沙土路上时，他还被落在后面很远，这时我看见了接应我们的马车，为了安全起见，我们谨记着农场主的话，要到城外才能坐上去。

躺在马车的干草堆上，已经是黄昏，我望着天空中的火烧云，心情平静下来，最近以来我总是精神紧张。也许是坐上马车的关系，我有种豁然开朗的感觉——虽然隐隐的恐惧还在，可之前的狂躁消失了。我听见自己内心的声音，相信一切自有老天保佑；无论发生什么都是命中注定，决定坦然接受。就是在那天，我开始相信宿命论，开始观察别人是否也如此，是说着玩还是真相信。有人大概认为这种想法不过是自欺欺人罢了，但至少，它会在某些时刻帮助我们渡过难关，经过林间空地的军营时，看见贝利亚[1]手下那些恶名在外的士兵们正在队列训练，我不动声色地嚼着草叶，虽然现在想起来还对那惊险的一幕感到后怕。

马车走出平原后，后面的路变得很难走，我记得我们经过了峡谷，松树和杨树林，小山坡，在抵达村庄前，还路过果园，最后马车在一个有点破旧的房子前停下。我们从隐蔽的后门进了屋，为了安全起见，主人叫我们躲到房顶的干草仓里去。

在干草仓里的四十八小时，足以写一部精彩的剧本了，我、苏菲、药剂师，三个人之间的微妙关系值得大书特书。干草仓逼仄狭窄，让人压抑，必须保持安静，不能走动，不能大声说话。没有窗户，只能从屋脊缝里往外瞧，

1 贝利亚·拉夫连季·帕夫洛维奇（(1899—1953) 在斯大林暴政期间的苏联秘密警察局局长（1938—1953 年）。在斯大林死后的权力斗争中，贝利亚被判有阴谋罪并被处死。——译注

我们知道街上到处是巡逻的苏联士兵，实际我们只能隐约瞧得见他们背上闪亮的刺刀尖。苏菲总是冲药剂师发脾气，女人在鄙视男人时表现出来的粗鲁实在可怕。药剂师的每个动作、每句话，甚至整个人都令她咬牙切齿。不过前者也的确可恨，他总是听见一点动静就大惊小怪，害得我和苏菲也跟着紧张。他不时地打开皮钱袋查钱，每次都背过身去，怕我们偷窥；他无耻地把我和苏菲看作是他的私人保镖，认为保护他宝贵的生命是我俩的责任和义务。他不知道走路、吃面包和香肠要保持安静；他也不知道怎么处理自己的事。一次苏菲蹲坐在墙角里，我藏在椽架后面。药剂师突然憋不住要小便，就在我们的正前方，他解开裤子，拿出他的玩意，一个像大象鼻子一样褶皱的东西，完全无视我们，这期间苏菲一眼不眨，药剂师提上裤子后她才扭头说了句“蠢货”，后来我们就一直这样叫他。

我和苏菲很少说话，但她仍然把我看成一伙的。我努力暗示，让她对蠢货尊重些，我这样做不是出于怜悯，而是愤怒，我觉得我们三个人是拴在一条线上的蚂蚱，随时有丧命的可能；苏菲应该大度一些，尽管人们都说女人的善良往往是假象，我认为当时我们不应该相互折磨，而是要保持穴居人的美德：坚毅、团结一心、乐观。我的镇定、坚韧尽管使我赢得了苏菲的友谊，但这是因为环境使然，如果苏菲和我在另外的时间地点相见，我或许也是被她嘲笑的对象。我是个反女权主义者，早已在内心深处给她定了罪，对她的低级冲动感到不屑，或许是我们社会的文化和她所受的教育影响了她。后来发现我这种公正的态度总是遭到误解，只要我态度上偏向蠢货，他就得寸进尺，以为我要和他联合起来对付苏菲。最后我横下心来，任他俩胡闹。

听到下面有脚步声，这出闹剧才算落幕。原来是农场主，他清了清喉咙，从梯子爬上来，他来给我们介绍附近的情况。他的话像一张指点迷津的地图，事无巨细。这个村庄位于湿地旁的高堤上，湿地实际是一个半干涸的后冰川湖。它的另一边现在是德国地盘。他说“过去春天和秋天水位上涨，很多犹太人溺死在里面！但你们现在可以过去”，农场主用苏联人谈论德国人经常露出的轻蔑语气说，“岸边守卫的士兵很愚蠢”，他告诉我们他们每次五个人一起出去，走得很慢，士兵们不知道他们身后藏着人，到了边境那里两个偷偷回去，这样看起来还是五个人。我们要等到星期日晚上村里举办舞会。女孩们同意帮忙，她们会和士兵们聊天，分散其注意力，尤其是站在门口的最危险。

早在战前，村里的人就靠走私黑货赚钱，那时他们总能从波兰和立陶宛士兵那里蒙混过去。即使被抓到，处罚不过是没收货物或监禁一个月。当夜有两个男孩给我们做向导，看得出他们已是轻车熟路，一路上我和苏菲悄声紧跟在后面，只有蠢货例外。跑了很长时间后终于到了去谷底的路。两个向导突然停了下来，查看周围的情况，因为这里路有很多弯道，每一处都尽是些奇形怪状的石雕，也叫冰碛岩，月光下它们显得又高又大，身后还拖着长长的黑影。远看像人；走近看同样可怕，总觉得后面藏着人。虽然一路胆战心惊，不过还是顺利地走了出来。之后到了一片沼泽地，到处是隐蔽的水坑，每个人的鞋都浸湿了，但和前一段路相比，这里算是安全一些，大家都松了一口气。

沼泽地到处是柳树、迷迭香和湿苔藓，使我有种置身家乡的感觉，我喜欢这里静谧的气氛。路仍很难走，一条河横在我们面前，水面光滑如镜，闪着油光，大片的枯树叶静静地漂浮着。我们不得不打破这份宁静，蹚水过河，水很快没到了膝盖处，然后是大腿。蠢货使我们生气，他弄得水花四溅，把衣服挂在了灌木枝上，使我们不得不回去帮他解围。后来河水齐腰的时候，他突然跌了一跤，脖子沾满了泥水，又听见他在那里大喊大叫。我瞥了一眼，他的脸也沾满了泥浆，一副绝望的表情。苏菲则是另一种性格，从不自怨自艾。有一次她掉进了泥潭，泥水先是没过她的胸，然后是肩膀，眼看着还在往下掉，我们合力把她拽了出来。结果她全身上下只剩紧身裙，她开玩笑地说：“我里面的内裤也不见了”，我们都笑了起来。

突然向导做手势告诉我们有危险，我们紧张起来，以为有人来了，但除了自己脚下发出的嘶嘶声，好像没什么不对劲。两个男孩坚持说他们听到了奇怪的声音，果然不远处传来咚咚的脚步声。过了一会又消失了，他们说，是野兽，可能是从东普鲁士过来的大角鹿或驼鹿。我想他们真是幸福，在他们眼里，最大的不幸顶多是和某个人发生点矛盾，弄得不愉快，他们从未遭受到战争之苦，也没体验到我们的忧心之痛。

在沼泽地几乎走了一夜，四周漆黑，星星们在头顶也暗淡无光，直到天快亮时终于站在了希特勒的地盘上，我看见前方一片桦树林，满是树叶的沙沙声，仿佛仲夏夜之梦里的奇境，我心里觉得有些宽慰，虽然一路困难重重，但我们还是挺过来了。后来的情景又把我拉回到现实，就在奥布朗的号声响彻森林，提泰妮娅从魔法中醒来的神圣时刻，我们的两个向导正坐在地上，一脸俗气地数着我们付给的钱。后来把我们带到前面的村庄安顿下来后，他们就离开了。善良的主人冒着危险让我们待在干草仓里，又一次我们像囚犯一样关在里面，但有什么关系，我们太累了，一进去就倒头大睡。

第二天继续赶路，一辆农用马车载着我们沿公路走，天空下着小雨。一路上我们由北向南经过高原、湖泊、杉树林，我战前来过，因此熟悉这里的地形。快到苏瓦尔基[1]小城时，马车没有进城，而是拐下公路，穿过田野，绕着一片菜园走，最后在一栋小木屋前停了下来。应该说人性中没有绝对的善，很少有人能无私地帮助别人，不求回报；但小木屋的主人，一位年轻的马车夫和他的妻子（两人刚有了孩子），使我意识到这是可能的。在当时的情况下收容我们，他们既心怀恐惧又觉得义不容辞。他们的心情都写在脸上，当然不是故意给我们看的，相反，对我们的照顾非常周到，这真是两个可敬的人。

还有一件事我必须自我检讨一下，我偷偷出了门去了城里，这件事险些给大家带来灾难。但在外面的半个小时里，我终于明白了纳粹政权的本质。街上人很少，我只遇见几位年老的妇女。这里所有的犹太人都被枪杀或送往集中营了，战前曾有一支军队驻守在这里，现在换成了德国人。我以为纳粹对犹太人的迫害是这里人口稀少的原因，但当我拜访了一家插着纳粹的党旗药店后，我才明白过来。当时一个穿白衣服的男孩站在柜台后面，我认出他

1 苏瓦尔基位于波兰东北部，二战时被合并到东普鲁士。

是店主的儿子，他看见我时，脸吓得铁青，并冲我做手势不要靠近他，好像我是一个鬼魂。我照办了，男孩又示意我离开。我只好推门出去，尽量让自己的脚步显得自然、镇定。原来，纳粹杀人不眨眼，不光屠杀犹太人，小城里的大多数男人都已经被遣送到某地强制劳动或是进了集中营，刚刚执行死刑的城市广场地面上，还有雨水没有洗刷干净的血迹在。我后来听说生活在此地，大我十五岁的表亲，就在这个时候被送到了奥拉宁堡—萨克森豪森集中营，两年后他死在了那里。

我们得冒风险坐火车去东普鲁士边境的火车站。东普鲁士的南部现在是苏联的地盘；所以没有办法，我们只好绕路。黎明时车夫把我们送到火车站。我们浑身打战，既因为冷也因为害怕，站台上除了我们空无一人。我们下一个“落脚点”——边境村庄里的一个旅馆——算是热情好客，他们说开往普鲁士的火车上，是要检查过境文件的，如果肯花钱的话可以躲过这一劫，会有人替我们安排好这一切，于是我们就交了钱。夜晚我们爬过牧场的铁栅栏，避开牛群，去事先约定好的地点，马车接应了我们。马车夫是个波兰战犯，惩罚是给一个叫鲍尔的德国人家里做苦役。我们上了车，之后它沿着乡间小路一直走，大约二十公里后，刚好赶得上早晨的火车。

火车行驶在东普鲁士境内时，为了不引起别人的注意，我们没有说话。我在座位上想着此地房屋整齐干净，环境宜人，人们生活井然有序，没有一点战争痕迹。对这里的人们来说，战火离自己很远，也不关心；他们只想赚钱，只想着从像我们一样逃生到这里越境的人身上捞点好处，并对这份生意乐此不疲。我猜得到那个波兰人，这个被迫卖身做苦力的家伙，不会对昨夜奉命帮助我们赶路有什么怨言。这里还有很多像他一样背井离乡的人，他们都是波兰战犯或是被驱逐出境的人，被政府发配到农场主家里强制劳动。他们没有人身自由，其命运完全取决于雇主。我能从几个细节里猜到，我们的马车夫之所以能够自由行动不是因为他忠心，而是源于他和这个叫鲍尔的德国人妻子的关系。他现在的身份几乎等于是她的丈夫——命运真是够讽刺的——鲍尔已经在波兰战役前线去世了。但尽管如此，他心里仍然充满了仇恨，因为按规定他必须每天戴 p 字肩章，这肩章时时表明他波兰战犯的耻辱身份。他和那些常年被地主剥削的农民一样，希望有一块自己的田地，他早已经打算好，只有战争一结束，就要霸占自己看中的一个农场，他觉得局势定会如他所愿的发展。尽管当时是 1940 年的夏天，正是希特勒在战场上耀武扬威的时候。但他仍盲目而非理性地坚信，东普鲁士一定会输给波兰。

麻烦正在奥特斯堡[1]等着我们。苏菲心有余悸地对我说：要小心，这个地方名声一直不好，很多人上当受骗过。一路上蠢货不断叫我和苏菲拿他那超重的行李，因此当我们走进一间乌烟瘴气的下等酒吧时，绞尽脑汁叫他买了瓶啤酒。其实我们是想在酒吧里找人带我们去边境那边的村庄；由于不相信任何德国人，我们缠住了一个红鼻子的小个子男人，他是马祖里人，穿一身铁路工人才穿的那种深蓝色的制服，我们给他倒了杯白兰地。结果他什么忙也帮不上，他喝得晕晕乎乎的，不能给我们提供任何信息。不过我还是把他看成是一个高深莫测的人物。因为他酒醉后一字一顿地反复说：看着吧，俄国佬最后会占领这个地方。我觉得这个酒鬼身上有种难能可贵的怀疑精神。靠着自己的观察和直觉，他不相信德国能够常胜不败，对官方的说法不屑一顾，认为最终占领此地的霸主将是苏联而不是德国。

既然在酒吧一无所获，我决定最后去教堂试试运气，看教区牧师能否帮下忙——这个想法证明了我对天主教这个超国家机构还藕断丝连，或可看做是我作为上帝的子民不向权势低头屈服的决心。当然我也知道，此行不过是碰运气罢了，可有时候事情就需要那么一点点坚持精神。结果证明世事难料，当我进入教堂大厅，我就开始觉得自己真是愚蠢至极。那个牧师，我一眼就注意到了浆硬衣领上他那个肥胖的双下巴，一头油亮的金色头发，他问了我一些教理问题，之后当我说出自己的困境，请求帮助时，他惊慌失色，在他眼里我是一个灰眉土脸，说话结巴的波兰强盗，唯恐避之不及。就在这半分钟里，教堂这个超国家机构的美好形象在我心里彻底破灭了。我关上门，吹

1　位于波兰东北部，二战时被德国占领，改名为什奇特诺。

着口哨重新来到了大街上。

我们放弃了所有努力，想要直接去坐开往温岭堡的火车，温岭堡位于东普鲁士的南部边境上，将是我们的最后一站。在我们离开奥特斯堡之前，又发生了一件事，这件事证明我们在维尔诺出逃时我坚持要尽可能多地办理假通行证的想法是明智的。当时苏菲在街上闲逛，我和蠢货停下来等她，一个宪兵突然向我们要证件。我把自己的通行证给了他，而蠢货吓坏了，几乎想拔腿就跑，他为了拖延时间一直在慢吞吞地解背包带。我得说我们维尔诺艺术家的造假技艺高超，穿绿军装的高个士兵看完我的证件后，没有再纠缠蠢货，而是挥手说，走吧。

之后我们好不容易租了匹马，赶往一个名叫克莱恩·莱斯特那的偏僻村庄。一路都是森林，走了很久之后才来到一栋清冷的房子前。主人是一个叫德普杜拉的马祖里人。他没有邀请我们进去，而是叫我们呆在附近的橡树林里，说等日落后会派一个男孩引路。我们只好照办。很快黄昏就来了，树林里鸟鸣像甜美的笛声，我们听得入了迷，几乎忘记了自己的处境。但后来蚊子越来越多，我们的全部注意力都放在蚊子上。突然周围骚动起来，接着是枪响，听声音可以判断离我们很近，几乎就在头顶，还没等我们反应过来，一群穿制服的士兵就冲了过来，绑住了我的手，一把手枪顶住了胸口，我吓坏了，脑子里一片空白，就在这时我看见了德普杜拉，从树林后慢悠悠地走了过来，拿着烟斗，一脸的洋洋得意。我才明白他出卖了我们。他的小黑眼睛折磨我很多年，直到战后我仍怀恨在心。尽管这个马祖里人可能从没有离开那个村庄，很多年我都想再回去找他，给他点颜色看看，解我心头之恨。

但二战期间诸如被人告密之类的事多得数不清，人们之间充满了仇恨，1945 年秋天我住在旦泽附近的村庄里，心情极度抑郁。当时德国人战败后就是从这里撤退回国的。我听说一个叫穆尔的女人，想要保命，说自己庇护过同盟国囚犯，但没有用，最后她还是选择自杀，带着孩子跳进了维斯瓦河。差不多同一时间，我的母亲在此地死于斑疹伤寒，不久她的祖国立陶宛就被苏联强占了。

被抓后，他们吆喝我们往森林外面走。我一只手领着蠢货可恨的皮箱，另一只暗中摸进口袋，偷偷地撕碎了几张纸，我担心它们会带来麻烦。我假装咳嗽，把它们塞到嘴里，印刷品的味道令人恶心。在村庄警察局，他们没有搜身，苏菲躺在囚室满是稻草的地上，说只要他们没把盖世太保找来，就没事。

这时局长进来了。他是德国人，来自巴伐利亚州，身材略胖，他审问时一副大嗓门，使我们很紧张，但他的眼神里有种让人心安的东西。后来他坐下来很认真地听苏菲讲话，我们的苏菲很机智，装成贵妇人扮可怜，开始大谈自己的不幸（都是编造的）。我想我们大难不死还有其他原因，那里可说是战时欧洲的世外桃源，生活安逸舒适，人们的性格不那么残暴，也许是局长动了恻隐之心。第二天早晨他说他已经打电话给奥特斯堡的盖世太保了，我们要被押送到那边了。但后来他的部下却把我们送上一辆去往温岭堡[1]的马车。途中我请那个人去酒吧喝酒，在半瓶白兰地之后，他给我看他的家庭照片，给我看战前那个逝去的年代。之后我们顺利地穿过边境的关卡，没有人阻止我们。

前面是一个个村庄，路很难走，到处是沙土，马车走得如履薄冰。经过平原时我们看见一座规模不大的集中营。犯人们刚刚劳动回来，队伍整齐地唱着歌，他们嘹亮的歌声，和他们死灰色、筋疲力尽的脸反差很大，旁边是手拿步枪和鞭子的警卫，这一幕深深地刺痛了我。倒是我们经过的几个村庄，当地人都很友善，他们不承认新政府，对德国恨之入骨。令人印象深刻的是每个村庄都风景宜人，建筑考究，他们说自己是贵族的后代，这里所有人都是一个姓——因为他们有共同的祖先。为了避免混淆，每个人都在自己的姓前加上一个绰号。

在奥斯克利卡小城[2]我又忍不住出了门，身材肥胖的旅馆女老板正在外面切肉，她打算把它们拿到黑市上去卖，她很和善，对我们也很热情。我快步

1　波兰东北部一个小村庄。

2　这座城市位于波兰东北部的纳夫雷河岸旁，1939 年被德国抢占，改名叫斯特芬维斯，同时合并到德国。

来到大街上。路边有一个贴满告示的木栅栏，我被上面密密麻麻的字吸引，突然陷入梦游状态，好像里面藏着人生大秘密似的。突然一个穿皮大衣的盖世太保不知从哪走过来。他劈头就开始骂我，还打了我一巴掌。我的帽子掉在了地上，我始终保持了冷静，一言不发，等我把帽子捡起来，他已经走远了，但仍在骂。回去后人们告诉我：德国人规定在街上看见盖世太保必须要摘帽致敬，“算你走运”，女主人说“他要是检查证件你就会被抓走的”。

这个小城是德国的占领区，再往前走就是苏联的地盘了。我生命中从未穿过这样的“绿色地带”，尽管从童年起就没少见到过。人们说最好的越境时间在中午，因为那时警卫们在吃午饭；但警卫不是傻子，他们自然也知道这个道理。可这里的人仍这么干，仍选择中午的时候进松树林，每个人都是大包小包的，都知道被人发现时要尽快藏身树后，过平地要从苔藓上爬过去，枪响时要快跑逃生。这些人都是农民，大家冒险走私食物去华沙都为了糊口赚钱。尽管我跟着大家不停地向前赶路，我仍然有心情欣赏了一下美丽的森林，心里暗想这场景倒是经常出现在谍战电影里。接下来的一幕是大家挤进火车厢，笼子里母鸡咯咯乱叫，鹅的叫声像汽车喇叭，还有小猪崽在座椅下干号，人们谈论着价格和警察，车厢里满是廉价烟草味。就在这样的吵闹声中，我们终于到了华沙伪政府统治区。

也许有人认为我对整个过程的描述太过冷静，比如在沼泽地徒步走了一夜的奔波和劳累，我竟然轻描淡写一笔带过，还有被盖世太保打了一巴掌后，我也没写自己红肿的脸颊如何难受。虽然我也怀疑我的超然是因为时间的流逝，它消解了我所有的肉体疼痛记忆。但内心深处我从未将它们遗忘，我所经历的精神耻辱和肉体遭遇至今仍历历在目，甚至可以说是像摄影镜头般逼真，看得见每个细节。当我身处危险，不得不在荆棘里爬行时，我会幻想自己是一根树枝或一只搬运食物的蚂蚁，如果耳边响起枪炮声，我则不由自主地想起保罗·瓦雷里的诗句：“这片平静的房顶上有白鸽荡漾，它透过松林和坟丛，悸动而闪亮。”

这个世界恢宏壮观又泰然自若。我爱它因为每次遭遇挫折，我都对它有新的体验和认识，它趣味横生，就如同从前过莱茵河时每经过弯道都有奇迹出现一样。我在世界这个大舞台上体悟到的人生真谛，和我在这写下的这些“戏剧一样的经历”如今已是苍白的往事了，我觉得在经历过大风大浪后，我知道怎样更有意义地度过每一天、每一小时。这使我几乎看清了存在的一个确定无疑的本质：存在不是我们人类能够一眼看透的，包括未来，但尽管如此也不要灰心丧气。如果把这种存在观放到社会地位的评价机制上，就出身而论，我大概会是殖民国家里的一名黑人奴隶，没错，我认为揣着这种想法的人就是最自由的[1]。

1 本文译自*Proud to be a mammal, Essay on war, faith and memory*, translated by Catherine Leach, Bogdana Carpenter and Madeline G. levine.

Sinologist

汉学家

邓月娘

（Yulia Dreyzis，1989—）

2007 年毕业于莫斯科大学亚非学院（专业为中国语言学），2009 年获硕士学位（中国语言学）。自 2014 年起为中国文学博士，在华中师范大学和台湾政治大学学习进修。曾任过莫斯科大学亚非学院中文教研室研究员、俄罗斯科学院人文学院哲学研究所东方哲学系讲师、ABBYY 软件公司中文词典编纂描述小组的主任。现任莫斯科大学亚非学院中文教研室副教授、俄罗斯科学院语言学研究所研究员、欧洲中国研究协会（EACS）董事会成员。曾获俄罗斯联邦总统科研补贴理事会的科研项目津贴以及俄罗斯国家科学基金会（RSSF）的科研项目津贴。同年获 DJS（诗东西）翻译奖。在俄罗斯文学、科研期刊上多次发表文章与译文。此外，2007 年出版陆羽《茶经》的注解俄译。2012 年着手出版俄文《杜甫诗集》（逐行译注）。2015 年出版余华《兄弟》的全套俄译。2016 年《兄弟》译本荣获莫斯科中国文化中心“品读中国”文学翻译奖。自 2015 年起管理俄罗斯唯一介绍中国当代诗歌的网站——“诗・江湖”。2017 年秋季举办第十届国际“莫斯科诗人双年展”艺术节，邀请十多位中国诗人参加。同年出版《中国当代诗选》俄译文本。所教课程包括中文翻译、古代汉语、中国文学、当代中国电影、当代中国诗歌。目前主要从事当代中国诗歌翻译和研究。

经典新编

——当代诗中的传统语言结构再生新编

邓月娘 撰文

大概四十年以来，中俄当代诗歌中，许多重要趋势均与重新接触外来影响有关。同时，这种互动的背后便是对古典传统的重新评价。中文诗歌当中，传统结构的再生新编似乎是对 20 世纪中文诗歌的反传统的一次大挑战。中国当代诗歌通过挑战背负着规范、规则以及几乎强制性的语言技巧的传统而来自我确认独立直耸。当代诗回顾“新诗”的百年历程，试图对 20 世纪初的实验做出一种新的评价。尽管西方文学继续施加显著的影响，很多作者试图恢复传统，重塑不同形式的典律。

对于诗歌语言而言，这并不意味着复活节奏、格律或韵脚，而是意味着将传统诗歌的一定技巧融入当代自由诗中。这些技巧提供了语义的凝聚力，并构造起一些传统语境空间的聚交点，同时也与吸取 20 世纪欧美先锋传统叠加在一起。如今，由于作者与古典文学的分离，传统本身就成为文化转移（cultural transfer）的对象。这一过程产生了当代中国诗歌的独特性，包括对“现代性”和“中国性”概念的新认识。当代诗歌运用了一套折中的技术手段，而当代诗人依靠更广泛的文化共性领域，冒险进行更加勇敢的实验。让我们以当代俄罗斯诗歌试验为背景来讨论中国当代诗歌的一些语言结构。

重新借用经典结构的第一种技巧便是传统的对仗或对偶，也叫作对照、对称、对峙、对属等等。传统上，直接的重复法（首语重复法 anaphora 或首尾重复法 epanostrophe 的结构）一直被驱逐于诗歌文本之外。为了补偿禁止重复，中国诗歌依赖于对仗，而对仗则基于诗歌韵律和音调配对的句子。中文对仗，也就是说排偶法或对称法，在文本的各个层面发挥相似相反的内在联系的特殊功能。它的无所不在削弱了诗化作用，让对仗自装饰的标志转化为构造任何文本的普通方法。文言文中的单音节分子的明显优势和语法范畴的不稳定性，使得构建精确度很高的对仗结构成为普遍现象（词尾变化的语言可望不可即）。

当代诗人诗歌中的排偶法看起来是既可预见的又意想不到的。可预见性是其无处不在的直接后果——任何中文文本都渗透着对称结构。经典诗文当中，对称结构曾是如此频繁的，胡适特别指出需要彻底排斥对仗。尽管“新诗”的文本中故意避免了对称结构，但类似结构并没有过时，而是回到了今天的诗歌实践中。校园气息很浓的或知识分子风格很强的以及流行网络诗歌当中都有例可取。

例如，轩辕轼轲借用古典文本结构，大量使用类似于律诗对仗的对称结构。通过利用语法、词汇、字形和暗示的潜力，从而创造了一个语义上的整体，联络了看起来孤立的形象。轩辕等诗人倾向于用对称结构作为标记，来注明诗歌话语中最重要部分，反映出以两行对仗为中心的传统节奏。随着当代诗吸收欧美诗歌的组织原则，对称的部分转移到叙述的高潮文段，甚至可能出现在一首诗的结尾之上。轩辕轼轲的《白居易》（2010）是明显使用对称结构的，并将对称与双关联和字形共振摆在一起。

正如罗曼·雅各布森（Roman Jakobson）曾经指出，诗歌产生了“对称重复和对比语法意义成为文学技巧”的文本结构。俄文诗歌中，对称的结构也是相当流行的，会出现在诗的开头、结尾或中间段。与中文所不同的是纳入词汇的直接重复的能力——事实上，这些结构几乎是完全通过重复而发挥其功能的。20 世纪诗歌中，交替不同内部组织模式的对称结构之间的距离显著减小；对称结构开始彼此相邻。中文诗歌中，我们也看到对称结构的新编，例如用对称的方式来标记诗歌话语中最具语义负载的片段，而不是把它放在诗节的中心部分。

由于禁止直接重复，中文诗歌也依赖于具有重复的单词或语素的构造［同音词（homophones）、复音词（rhymophones）和同字词（homograms）包括在内］。这种结构的主要特征之一是它们的语义多层次——在大多数情况下，重叠词位的语义要比描述强化特征的更为多样化。这种重叠形式唤起了意想不到的美学关联，从而表现出雅各布森所感知的语言的诗意功能。

韩博的《野兔》（2009）中的最后一行，尾段最后的三个字都用一个共同的声旁（硬梗哽）。由于历时性的变化，第一个字与后来的两个有不同的阅读。这种三字结构的回应在书面上才是显而易见的。这种三字结构类似乎传统的ABB式重叠词或联绵字，也可以用上俄罗斯汉学家阿列克谢耶夫的一词tautophone（如黑洞洞、色眯眯、阴森森等）。据阿列克谢耶夫所说，重叠词“用理性去表达没有明确的意义和难以解释的念头或印象”，重叠词的任务便是表达细微的意义差别。重叠词描述了“激发作者的用普通言语来表达而变得太大太不清楚的感受”。韩博的目的是用不同的技巧来重现这种效果。他故意创造出一种类似于不可分离的重叠词的结合形式，以强调事物的深层凝聚力的念头，仍没有被语言释放到可被感知的现实客体中。

字音字形实验在周亚平、张枣、陈黎（中国台湾）、夏宇等人的诗歌中有所体现。张枣著名的《镜中》里，梅花中的梅字形与后悔中的悔字形来做互相照应。张枣使《诗经》中的经典表现手法，也就是以他事引起此事的“兴”再生新编。诗中同形字式的实验伴随着直接重复，貌似民间诗歌传统及其模拟作品。尽管缺乏韵律顺序——也就是韵脚、等音律、有规律性的诗节，这丰富重叠给《镜中》赋予了明显的音乐性。

易位构词游戏（anagram）是汉字字形呼应的比拟，易位构词配有语义和语音方面的呼应。欧美传统的易位构词通常呈现一种语音的对应关系，它提供了两个要素的关联连接和语义互动，这两种要素分别为中心概念

（anagrammed word）和与之相关的形象，即是“符号”。一种语音复合体加强了这种联系，正如在中国传统中，组织单独形旁或声旁的“字形节奏”执行相同的功能。

再次回到对称结构，我们会发现它也使每个词的语义饱和，催读者多维解读诗歌的话语。借用尤里·洛特曼的表达方式，它创造了一个由实际惯用而驱动的意义相连关系。中国古典诗歌中起着重要作用的省略法也具有类似的功能。程抱一的《中国诗歌文字》当中，各类省略结构被描述为被动过程（procédés passifs），有意识地被诗人用来增强诗歌中歧义性与多义性。

其中最常见的省略性结构是省略了人称代词。表层结构上的主体的自我消除，在汉语中如此容易地表现出来，促使加强歧义性和非直线性的作用。当代诗中，这一特征最为明显地体现在模仿古典词曲风格的张枣诗歌。然而，在其他作者的诗歌当中，省略性结构的使用与传统风格并不相关。典律模式转化为现代现实，创造出一个产生形像世界的主体，但他也变成了一种被观测的客体。这种背景下，“新诗”文中重新引入代词似乎更加独创；也强调对现代的关注，通过使用标点符号、不同长度的字行和外来词汇来强化。

俄文诗当中，构成形象本质的模糊性体现在一系列的句法结构中：带指示、人称和不定代词的句子；与不定代词相同的抒情疑问句；不完整或不定式句；没有中心语的定语；名词功能的中性形容词；未完成的句子、文中的逻辑差距；没有联系的模糊语言关系等等。都表达了主体的不确定性。例如，鲍里斯·帕斯捷尔纳克的诗歌拒绝辨别感情、行为和状态的主体。省略句掩盖了主题，与19世纪诗歌传统形成了鲜明的对比。

中文还可以用另一种方式，在违背用法惯例和语言规范的一处交织不同级别的诗文结构。这种技巧是传统语言机制的一个组成部分——中文量词提供了创建涉及语言潜力的临时性新词结构的完美手段。

不同方言和个人语型在的使用量词方面表现出很大的差异，而中文母语者常不同意某个量词是适合用在这种还是那种情况下的。量词通常带修辞色彩，并且可以用来澄清歧义名词的含义。中文广泛使用量词的原因之一是它们的认知功能：量词提供用于组织或分类现实对象的语言工具。量词被用来描写新的或不熟悉的对象，叙述中引入关键的人物或对象，并在主题上突出显示重要信息，使其更加明显并吸引注意力。

诗歌广泛使用量词的特点，一些量词可以与通常不相关的名词一起使用，以产生不寻常的、隐喻的效果。这种情况在古典诗歌中并不少见，虽然古文中量词的语法化程度与现代白话文相比还是比较低。近年来的诗中，戴潍娜和藏族诗人扎西旦措作品中都有这种实验性的例子。戴潍娜的《帐幕外面黑下来》中，“夜”这个词与通常用于动物名字的量词“只”接连在一起。

因此，“夜”被包括在动物的语义类中，比起扑向帐幕上的蚊子，以及一只“弓起的黑背脊”的更大的掠食性野兽（例如老虎）。这两种形象相互叠加，形成了一个巨大的昆虫般的夜晚将阴影笼罩在主体上的合成形象。“只”字的图形形式，也类似于生物的形象。扎西旦措的《病中》，“灵魂”与“朵”接连在一起，从而构成了灵魂花或开花灵魂的生动形象。

中国古典传统经典的字形、字声、字义的结合，在中文当代诗歌中得到再生新编，而在俄文先锋诗作中也逐渐发现形声义合一的潜力。如今，作家重用典律技巧、重塑传统结构——就像戴潍娜的诗一样，第四行代表思索的急剧转变，那是非典型的经典技巧，因为传统主要用的是两部分的单位（对联、绝句等）和二元对立。

随着时间的推移，中文已经发生了巨大变化——复音词已经成为其基本单位，来代替作为传统诗律根本要素的单音词。语法操作法已经不单单是句法，诗歌中有了更大的秩序自由。然而，古典诗学至今仍在作为当代诗必不可少的无所不在的一部分，这为当代诗文中经常使用传统结构的一事实来证明。

当代中国诗歌中的语言问题 [1]

邓月娘 撰文

探索语言能力为当代中国诗歌中的实验性焦点之一。这种情况部分地源于一种全球趋势——20 世纪以来，诗的“语言学化”程度在逐渐增加。典型的“语言学化”诗歌展示了美学和信息结构的压缩、巩固，通过诗歌与其他文本的多维关系来启动 [2]。著名批评家斯蒂芬·伯特以“省略法诗歌”探索了同样的现象（Burt 1998），强调指出当代诗的中心问题在于认识论和语言论的领域之内。因此，由于中国诗歌对外来影响的新颖开放性以及诗人角色的重要转变，语言探索的必要性似乎实际上是免不了的（Yeh 2008：13，16）。

这种主要由 20 世纪先锋派而创作的新型诗歌文本探讨语言惯例，并要求对文本本身选择不同的理解方法，指导读者充分参与诗人的创作游戏。积极

1　俄罗斯人文科学基金会（RHF）的资助使这项在俄罗斯科学院语言学研究所落实的研究成为可能。笔者感谢 RHF 的研究支持。（162410001，“现当代中俄诗歌语言的并行过程”。）

2　纳塔利亚·法捷耶瓦分析当代俄罗斯诗歌的论文表明了这一点（Fateeva 2001），但是在美国、英国、爱尔兰、新西兰、澳大利亚、加拿大、加勒比海地区、印度和库尔德斯坦的诗歌中均可以观察到类似现象，其形式为文学历史性的大量增加。这是通过欣赏作为竞争时间框架和语言层次的诗歌语言的密度来补充的。（Williams 2011：139。）

使用展演性策略便使传统的诗歌文本千变万化（Glanz 2015）。诗人开始多方研究文本的空间维度、介入策略、逾越策略以及双重或三重语义编码，同时也构建了词语与图像之间的新关系，体察了文本的体现性及其秘传含义；既是延续了长期以来所存在的传统，也是彻底探索了语言领域上的“图像转向”[1]。

本文将重点放在中国诗歌视角重新诠释先锋派的模式之上。在中国当代诗歌中，这些模式与原本孕育了西方先锋派的传统交织在一起（Xie 1999：4–6）。本文提供了一种独特的视角，通过观察中国作者的文本（text）和副文本（paratext）如何使用不同的语言思维方式，从而将纯粹的语言观察与更广泛的文化背景联在一起。副文本指的是宣言、理论和批评作品、笔记、序言以及访谈资料。

除此之外，本文深入分析了笔者在2015—2017年与34位中国诗人的对谈。访谈过程中，诗人被要求回答他们如何解读诗歌语言的性质，如何看待中国当代诗歌传统的主要特征，对古典汉语诗歌持有什么态度，哪些作者或作品影响了他们的写作，该如何对待中国双语诗和方言诗，是否感觉到诗歌语言的任何“异常”，如何处理“给眼看的”和“给耳朵听的”两种诗歌之间的区别等问题。接受采访的诗人包括安琪、柏桦、车前子、陈东东、韩博、韩东、何小竹、蓝蓝、李衡、李亚伟、廖伟棠、吕德安、明迪、沈浩波、孙文波、凸凹、王家新、王小妮、巫昂、乌青、萧开愚、肖水、轩辕轼轲、严力、杨黎、杨炼、杨小滨、伊莎、于坚、余幼幼、翟永明、张执浩、郑小琼、周伦佑、周亚平、朱朱。[2]通过说明他们的陈述并将其纳入更广泛的框架之内，本文凭借不同作者的观点和话语提供了对以语言为焦点的诗歌现象的多层次分析。

1　图像转向（iconic turn）的概念是德国艺术史家波姆（Gottfried Boehm）提出的，而这种新诗学的高潮是意大利翁贝托·埃可（Umberto Eco 1989）所探讨的“开放性作品”的概念，其重点在于暗示性，让文学作品开放起来使读者产生自由回应。

2　这些访谈被翻译成俄文，后来在俄文博客VerseVagrant（www. versevagrant. com）上发表。

这些作者的文本构成了当代中国诗歌语言争议的主要信息载体，因为当代诗歌越来越有意识地倾向于语言方面，而内容驱动力逐渐减少（McGann 2007: xi）。杰罗麦·麦甘在描写20世纪哲学的势头与其二战后的语言哲学的崛起和法国解构主义的影响时，指出哲学的语言转向“使写作本身成了批判性思维艺术的源头和终结”（同上：xi）。当代中国诗歌领域上，琢磨诗学的模式与诗歌语言的哲学有意无意地混合在一起。

语言思维为传统思维的一种模式

当中国作家确定语言和诗歌的哲学时，他们倾向于依赖较传统的模式。虽然奚密认为基督教的象征主义支配着当代诗歌的话语（Yeh 1996：53–57），但也能观察到以遵守风习的方式来看待诗歌的一种趋势。一个颇有代表性的例子是著名的儒学论点“诗言志”，公元前3世纪已经成为陈词滥调（Van Zoeren 1991：105）。“诗言志”背后的想法是将文本视为逻辑理性的语言表征（就是精神能力和道德品质），而不是一种情绪状态的表征。“诗言志”格言在中国文哲学当中一直发挥着至关重要的作用，并且始终保持着影响力（Anderson 1990：13）。

用这种范式来看待诗歌的传统并没有随着现代性的出现而变得模糊，而是作为社会（主义）诗歌话语的一部分一直延续到20世纪（于坚 2013：52），其中亲密的情感多被理性结构化的共同意志而代替。支持诗歌首先要融入社会来言去语的看法另有一个支柱，就是“文以载道”论。虽然这个论题本身可以追溯到宋代理学家周敦颐（1017—1073）（张荣翼、李松 2012：361），19世纪“文以载道”论还在保持活力。刘熙载（1813—1881）的《艺概》中，作者虽然持有一个明显反保守的态度，但艺术仍被看作是存在原则和规律的集中体现。今天，这可以解释了为什么中国文坛上经常提出“诗歌缺乏社会地位”的诉苦（洪 2007：20）。这种情况表明大部分人还是认为诗歌与其主要社会话语不完全无关。当前倾向与20世纪中国诗歌发展的历史有密切的关系——当时诗歌“经常被要求为国家发挥宣传功能”（Inwood 2015：44），从而延续了“文以载道”传统。

仿佛维护着诗歌要害之位的诗人——无论是作为传统文化的精髓、现代民族理念的体现还是当代个人主义的表象——都以不同方式来承认诗歌是文学话语的终极载体。他们不仅对中国诗歌传统做应有的评价，而且很重视西方范式，甚至主要是这些范式在语言改革倡导者胡适（1891—1962）等人的作品中的阐释。中国现代诗歌在20世纪初开始形成，并以一种试验性态度来挑战古典中文写作，为“诗体的大解放”而做出贡献（胡适 1930：277）。20世纪20年代，古典诗歌、诗学的主导地位受到“自由诗”的打击。当时，诗歌实践中适应外来审美（主要是西方审美）主导部分，意味着从文言文转到白话文，采用新的形式结构。直到20世纪50年代初，仍然存在着各种形式的诗歌实验空间，也就是创造与新语言哲学相关的诗歌感知新范式的空间（Yeh 2008：21）。在中国大陆，这些实验受到了严格的限制，一直到20世纪80年代实验性文学再次走到了文化先锋的前沿。与经济改革开放和“思想解放”有关的精神振奋气氛提高了先锋诗歌的特殊地位，再次加剧了关于诗歌语言问题的争论。

在中国，任何关于诗歌文本和语言哲学的讨论都与决定诗歌性质和语言关系的两个重要因素纠缠在一起。第一个因素便是诗歌在中国文化传统中所占据的特殊地位，而这个传统本身就是以语言为中心，以文本为中心的。中国的诗歌从来不仅仅局限于智力活动，而是被赋予了一般文化功能。儒家的诗学看法已经将诗歌写入社会和知识精英的义务练习之中（Liu 1966：77）。二十世纪八九十年代的中国，这种现象变成了对诗歌的真正“崇拜”，使诗歌近乎一种“信仰”，并建立了诗人先知的形象（Yeh 1996：51–80）。除其他外，诗人正迅速成为语言讨论的最高裁判之一。

增补这一因素的是现代诗歌在形成当今仍在使用的标准语言中所发挥的特殊作用。这就导致了第二个因素，即是语言标准的较晚的形式化。制定标准的过程是1912年发起的，但结果成了相当痛苦和耗时的。中华人民共和国宪法十九章明确提出普通话标准的推广问题，尤其是在方言领域。根据官方调查（2004年），尽管普通话在广播和电视中广泛使用，但中国人口中只有53%能说流利普通话，18%在家里说普通话，42%在学校和工作中使用这一标准。从历史上看，这个标准的出现与白话文的崛起有关。胡适作为20世纪初文学语言改革的主要思想家之一，实际上是人为地创造了古典书面汉语和白话文之间的二元对立，从宋代甚至晚唐时期追踪其发展的路线（Wang 2013：22）。从历时角度来看，五四运动时期以古典汉语命名为"亚洲拉丁文"应该是相当夸张的，但对于构建民族语言的思想和"新诗"概念是十分重要的。中国诗歌的形式革命在很大程度上是一场语言革命，其次是某些特定方面的革命（韵律或内容）。

因此，诗歌语言作为一般语言的衡量标准，诗歌文本作为任何文学文本的典范。中国理论家忽略的是，相对于言语的普通形式而言，诗歌话语本身具有离经叛道的性质，因为它要求沟通的相当不寻常的条件（通过读诗而进行的沟通没有真正的受话人，但具有自发沟通、分裂句等特点）。诗歌语言潜在地保留了平整任何偏离规范的因素的可能，因为诗歌话语不需要任何（逻辑）验证。当代语言诗学中，不规范和变形都被视为诗歌话语的典型模式（Levin 2015：225）。许多被视为是与"正常"世界、自然语言和叙事规则相争的异常因素，充当作为诗歌话语的概念、语言和叙事组织的规范。中国作者广泛运用前景化技术（foregrounding）作为审美方面语言成分的故意扭曲（Leech 2013：31–33），但同时在评论中似乎忽视了标准语言和诗歌语言之间的复杂关系。搁置一边的是诗意作为表达元语言反思的一种形式，不可避免地偏差起来，也不可被视为提供示例性模型的原型文本构造的来源。

理论上探讨语言的局限性

这种差异源于强调罗曼·雅各布森式的诗歌功能的首要地位（Jakobson 1960）。与作为普通日常交际手段的实用语言相比，诗歌语言作为非常重要的审美现象。语言不再是描述或传递事实、思想或情感的手段，而是成为一首诗的对象和目的，首先表现语言本身。我们在所谓民间诗人及其对手（知识分子诗人）的作品中均可以看到这一点。两派都认为诗歌语言是对普通 / 日常交流语言的一种升华。让我们先研究副文本领域所实施的语言反思方式，然后提供一些资料来举例说明语言反思的极端。

民间诗人常常强调他们选择的语言作为口语实践的反映，即是人民“精神”的反映，与公认的标准语相比是更值得运用的（Yu 1999：451–468）。当代标准语是不可接受的，因为它不符合理想化的语言概念，包括语言作为传达诗意的理想手段的概念。在盘峰论争的对立面，知识分子写作坚持需要一种“书面化”的口语，“与文明和事物的普遍性有关”的一种（西川 1997：24）。西渡支持西川这一果断的说法，指出写作需要语言的“提炼”，使得口语能够提升到诗境。根据西渡（2003）、西川、欧阳江河和其他知识分子诗人，直接将口语转化为诗的结果可能只是把诗歌简化为语言，而不是把语言提升到诗歌。因此，语言变成了诗歌反思的主题。

韩东的著名说法“诗到语言为止”，在这方面显得非常重要，因为它统一了两种相反的观点（大概的意思可解为语言是诗歌轨迹的最高点，也许可以说是诗歌的极限）。长诗《同心圆》（1994—1997）的序言中，前朦胧诗人杨炼也回应了这种想法：“我一直认为诗歌的唯一主题是语言。”（1998：291）。据杨炼所说，诗人试图做的是将所有思维层次转化为语言，并利用这种能量来触及语言的边界。这种理解被于坚转化为一个真正的宗教崇拜，他声称“诗是一种语言的宗教”（于坚 2015）[1]。西川认为，这是逃离狭隘理解语言思想

---

1 http://www.poemlife.com/libshow-3532.htm.

的政治化灌输的结果。其中一个重要概念是回到语言的“纯洁”，包括于坚和柏桦对方言“纯洁”的追求。同时这种探索意味着积极探索语言的新“物理性”（Xi 2010：265）。对“纯洁”的追求与理解什么是中国当代诗歌中的“中华”元素密切相关，大多数作者都以某种方式认识到这个元素为语言。臧棣本着随罗兰·巴尔特（Roland Barthes）的说法指出当代诗歌存在于“没有前辈传统”的世界里的，诗歌虽然不受社会边界的限制，首先是一种“语言”的东西（Zang 2010：187）。

双语诗歌的情况可作为相当明显的语言思维的例子。谈到中国当代诗歌中的双语现象时，研究者通常面临着一片荒芜之地。中国诗歌传统乃是封闭的以自我为中心的体系，几乎不可能想象一个双语诗人同时使用两种语言。当代诗歌中，这似乎是一种相当不寻常的情况，诗人自己感觉到需要以某种方式加以解读。知识分子与民间诗人之间的争论的一个焦点是中国诗人是否应该模仿西方的“导师”或应该以“原始创作力量”为源头来撰写以日常生活为基础的诗歌作品。这种诗歌方面的民族主义使于坚曾承认说，“我不相信任何中国诗人可以用其他语言写作”，而“对于中国诗人来说，英语是一种无限次要的语言”（欧阳昱 2001 年的引语）。

潜入一些细节，我们可以看到，知识分子诗人因为使用“西方资料”而受到批评——这意味着广泛引用威廉·巴特勒·叶芝（William Butler Yeats，1865—1939）、托马斯·斯特恩斯·艾略特（Thomas Stearns Eliot，1888—1965）、鲍里斯·帕斯捷尔纳克（Boris Pasternak 1890—1960）、豪尔赫·路易斯·博格斯（Jorge Luis Borges 1899—1986）、米歇尔·福柯（Michel Foucault 1926—1984）、雅克·德里达（Jacques Derrida 1930—2004）等世界作家的言语。民间诗人反而也受到批判，是因为他们诗歌显示着世俗化倾向，是以对日常生活中可耻的细节所施加的关注取悦群众的品位。尽管两个阵营之间存在一定的差异，两者都对“中国性”问题或中国当代诗歌中什么构成了“中国性”的问题予以很大的关注。我们可以通过诗人的评论和理论写作来阐明对诗歌语言和文化身份的看法。这也体现在上述对代表多民族中国社会不同面孔的诗人的采访之中，这些诗人都来自不同的地方，拥有不同的个人背景。每位诗人都被问及他如何看待方言诗的未来，以及他如何评估植根于中文的双语书写。

最令人震惊的是全球化“中国诗人”的理想身份的愿景与中国双语诗人根植于少数民族文化的现场之间的差异。大多数作者提及他们是如何受到了西方诗歌传统的影响，包括法国象征主义查尔斯·波德莱尔（Charles Baudelaire 1821—1867）、亚瑟·兰波（Arthur Rimbaud 1854—1891）、保罗·瓦列里（Paul Valery 1871—1945）、美国 20 世纪诗歌[1]、亚历山大·普希金（Alexander Pushkin 1799—1837）、米哈伊尔·莱蒙托夫（Mikhail Lermontov 1814—1841）、玛琳娜·茨维塔耶娃（Marina Tsvetaeva 1892—1941）、安娜·阿赫玛托娃（Anna Akhmatova 1889—1966）、约瑟夫·布罗茨基（Joseph Brodsky 1940—1996）、保罗·塞兰（Paul Celan 1920—1970）、切斯瓦夫·米沃什（Czesław Miłosz 1911—2004）等等。许多人也做诗歌翻译。其中，王家新（2016）指出：“可以把外语的东西带入到写作中，给汉语带来一些新质、异质和张力；中国新诗一直是这样发展的。”[2] 他承认这也是他翻译的动力。大多数诗人仍将他们的身份看作是深深植根于传统，或者至少与其特征紧密联系在一起，从中获得灵感。体现这一传统的是古典和现代诗歌文本和这些文本的语言。该用什么语言来写作的问题决定当代中国诗歌现场倾向。尽管如此，谈到双语写作时，诗人很容易把这种写作视为边缘的。他们如此积极地谈论的“语言”事实上是中文。民间诗人也如此，尽管他们一直强调方言成分的作用，往往以方言和俚语来取代“口语”（至少是在理论中）。

---

1 诗人提到威廉·巴特勒·叶芝、罗伯特·弗罗斯特（Robert Frost 1874—1963）、艾兹拉·庞德（Ezra Pound 1885—1972）、托马斯·斯特恩斯·艾略特、爱德华·埃斯林·卡明斯（Edward Estlin Cummings 1894—1962）、怀斯坦休·奥登（Wystan Hugh Auden 1907—1973）、艾伦·金斯伯格（Allen Ginsberg 1926—1997）、希薇亞·普拉斯（Sylvia Plath 1932—1963）。

2 http://www.poemlife.com/libshow-4068.htm

正如诗人凸凹（2015）所说，“一些少数民族诗人，用汉语和本民族语言写诗”[1]。当代中国诗歌中的双语写作，尽管诗人对其他文化更加开放，似乎主要存在于“外围”文学的框架内——无论是“少数民族”（藏族、苗族等）还是地方话（闽南话、客家话等）。台湾的双语诗人应该作为一种特殊的例子，但他们似乎从视野中消失，当代中国大陆诗人几乎没有提及。

同时，当代中国诗歌揭示了一种早在朦胧诗阶段而说出的打破语言指令的愿望。顾城晚期写作和杨炼长诗（特别是上述“同心圆”中），这一点最清晰可见。“同心圆”第五部由三个片段组成，分别为“言”“土”和“寸”，可以组合起来形成“诗”字。每个片段分解成七首诗，像传统七律诗的七个字那样，也就是说每个字都可以打开成一个全面的文字构图。这不仅仅是一种语言游戏，而是一种试图加深对“诗歌”概念的理解的尝试，并将其分解为构图成分。杨炼的诗境里，作为古典诗歌的一个单位的“言”与书面符号的“文”形成对照。由于汉字不仅是一种象征手段，同时也代表了中国文明的内部结构，它不是作为一个独立的体系存在，而是对语言产生了深远的影响，并在一定程度上支配着语言。杨炼的实验是试图摆脱它们的统治地位。

民间诗人以一种不同的方式处理语言权威问题，例如韩东——他的早期作品代表着对传统的批判。他与先辈的分离不仅在他的诗歌实践中显而易见，而且在他自 1985 年起所出版的关于诗学的各种评论中都昭然若揭，体现了揭穿诗歌或尽量减少强调语言的本体论的欲望。著名非非主义诗人杨黎（2015）指出，“在现代诗学的意义上，诗歌与语言是对立的”[2]。语言倾向于创造现实，而诗歌试图克服现实，“语言是由无到有，而诗歌是由有到无。从有限到无限，诗歌追求的就是绝对自由”。对于杨黎来说，诗歌的语言是荒谬的，是废话，它废除了语言的意义。车前子（2016）认为，诗歌语言“从必然语言到达无

1 http://www.zgnfys.com/a/nfwx-50564.shtml

2 http://book.ifeng.com/a/20150810/16812_0.shtml

必然语言和必然无语言——无语言：不是无言，是无语言”[1]。对他而言，当代诗歌的主要成就之一是其反汉字的核心，看似反传统主义。

中国传统上，这种思想路线不是基于理学的融合立场的文理正统，而是展现了佛教根源，并与禅美学连在一起。禅宗宣扬了开明空心意识的理想、所有现象的不存在论。其主要概念之一是从导师的心灵向门徒的心灵直接传递唤醒的意识，不依靠任何书面符号（Zhi 2013：2–8），也强调“言外之意”或“默传”（Bell 2016：41）。

禅美学有点让人想起达达主义（Won 1977：87），达达主义曾提出了文化背景下将我们的愿望与自由联系起来的根本问题，解脱通过理性逻辑和语言对自发性的指示来体现的非自由状态。后现代主义以语言力量（罗兰·巴尔特）和权力 / 知识（米歇尔·福柯）的观点形式进一步探讨这个问题，放弃线性逻辑和过渡到通过拟像（simulacra）而运作的自由叙事实践的策略为焦点（Smith 2012：15）。

因此，寻求中国当代诗歌中的诗歌语言的新哲学是双重的。一方面适应西方的语言观念，另一方面重新诠释古典传统［诗人杨黎（2015）同时提到马丁·海德格尔、费迪南德·索绪尔、路德·维格维特根斯坦和中国古代名家公孙龙］。两个方面的相近既出现在民间诗人的写作当中，也出现在知识分子诗歌中。杨炼（2010：286）将此写为当代与古代诗歌美学之间的一种创造性联系。

诗歌实践上探讨语言的局限性

回到文本问题，我们会看到语言实验形形色色。以臧棣、西川、欧阳江河、萧开愚、陈东东、孙文波等作家为代表的知识分子写作旨在揭示语言的

1 http://blog.sina.com.cn/s/blog_692b9ad40102wo1m.html

独立性。他们强调通常用法与作者随机表达的偶然性之间的矛盾，在元语言反射棱镜下转化、变形，审查语言单位。在恢复语言的潜在特性方面做了很多努力，这意味着使用曾经失去的词语、作者构造的新词语、重新发掘的隐含意义等等。作者文本的原创性通过提高某些特定口语元素的地位来保障。因此，作者构建了诗歌语言和实用语言之间的对立。

杨小滨的写作是一个生动的例子，他试验表达性别的语法范畴。通常情况下，中文不在语法上表达性别。杨小滨创造了一组诗，布满众多“女性”派生构词，以《女银行物语》为例（2011）：

纸币嗲兮兮，皱起腰说
把我卷成晚霞吧。
故事被翻红浪，股市
露出脚底，踢出白花花。
白花花里有白茫茫，
云端会掉下万人迷吗？
女元宝笑答：那就用
口袋的叮当声给我当密码吧。
密码把子宫锁住，储蓄
长成老胎儿。没有一张卡
可以打开女提款机。
她撇嘴：让我洗完钱睡吧。
睡在小数点边上，女经济
出落成新娘，在红包底下
藏好初夜。她发愁：
把我叠成捅不破的纸吧。

这首诗提到了“女元宝”“女提款机”“女经济”。新词语的构造产生了语言机制的普通使用者事先无法使用的新含义。笼罩这个文字游戏的色情气氛，不仅来源于大量的肉体细节，而且起因于对暗示性含义的现实化。例如“白花花”常常用作描绘闪闪发光的银币，这种传统加词的“花花”部分与令人眼花缭乱的热闹繁华人类世界的概念紧密联系在一起，代表无数的诱惑，感官快乐感和轻薄花花公子。双重含义起着很重要的作用，为许多结构模式增加了一个新的维度——在进入“睡眠”状态之前，女提款机在那里等着男性用户“打开”她；她希望被重塑并成为“渗透”不破的。将这些语言「新生体」置于口语化措辞之中，使其矛盾逻辑进一步加强。

欧阳江河（《玻璃工厂》，1987）的典型知识分子写作中，使用偶然词和不可能的词汇组合构成了一种容易观察到的特征。颠覆将文本编入语言的那些因素，对于实验性诗歌来说是非常重要的。词语在一种颠覆机制的影响下摆脱自己的位置。这种机制在欧阳江河的诗歌中扮演着重大角色。早期诗歌《手枪》（1988）中，欧阳江河将当代汉语的词语分解为其组成部分，便指出他的实验与传统拆字法实践大体相同。一个平庸的单词“手枪”在诗文中重新恢复其内在形状，并变成了“手 + 枪”（Admussen 2014）。

文字游戏触及所有语言层面，不仅操纵语言化石和设定短语，而且还尝试使用字形。让我们来看韩博的《野兔》（2009）：

一个人拾草，一个人拾取天空。
草或天空贷自银行，
少壮轻年月，迟暮惜光辉。
一只野兔，替代无数只，
咀嚼俯仰有别的陈腐，
账目不清，硬梗哽若浑沦一物的无云。

最后一行中的最后一个组合的三个字，有着相同的声旁。然而，值得注意的是，由于语音变化，第一个字与两个剩下来的字有着完全不同的读法，从而创建了对传统重言的模仿。典型的重言的主要特点是其复调性和意义的不确定性。例如，“愁愁”能够传递一个属于悲伤主体的全套人类情感，并且表示外部世界中导致这些情感的不同现象（衰落的大自然、秋风等）。韩博旨在使用不同的技术重新创造同类效果。

张枣也在他的著名诗作《镜中》中利用字形的相似性：

只要想起一生中后悔的事
梅花便落了下来
比如看她游泳到河的另一岸
比如登上一株松木梯子
危险的事固然美丽
不如看她骑马归来
面颊温暖
羞涩。低下头，回答着皇帝
一面镜子永远等候她
让她坐到镜中常坐的地方
望着窗外，只要想起一生中后悔的事
梅花便落满了南山

“梅”的字形强调其与“悔”的相关性，从而创造出一种貌似经典“兴”的转喻。注视者将“兴”解释为借用外部对象来引导读者或听者进入事件的原始时刻，事件便是在下一行中进行描述，“兴”即是一种前奏、序幕（Wang 1992：81）。张枣使用暗指诗经、宋词和元曲的迭代式结构，尽管他拒绝任何表面节奏组织（韵、等音节结构、分节等），但还是赋予他的作品无可置疑的音乐品质。黑大春的作品也有类似的效果，尽管他的诗作是通过聆听而难以理解的，但其中旋律类似于传统民谣的旋律（秦晓宇 2012：69）。例如，黑大春的《豆》（1995）明显地分为两阕小令。偶数行押韵，所有韵母均为平声韵。除此之外，每阕的初始语音词也与行结尾押韵。所有这一切加强了诗歌中盛行的怀旧氛围。

民间作家利用的策略处于不同的方面，但也表现出操纵语言的“中性”。尹丽川的《妈妈》（2000）展示了一些故意不符合标准词序的不合语法的句子：

十三岁时我问
活着为什么你。看你上大学
我上了大学，妈妈
你活着为什么又。你的双眼还睁着
我们很久没说过话。一个女人
怎么会是另一个女人
的妈妈。带着相似的身体
我该做你没做的事么，妈妈
……

标志着不合语法结构的焦点错位在南方方言的规范中，特别是广东话（甚至在标准普通话的口语规范中）是完全可以接受的（Cheung 2009：197–232）。当句子已经完成时，这种结构用来形式化事后的想法。值得注意的是第六行中的跨行方式，使得第七行始于一个“的”。这迫使读者回到前一句话并重新思考其含义（“一个女人怎么会是另一个女人的妈妈”而不是“一个女人怎么会是另一个女人”），延伸了第六和第七行之间的语调停顿，强调了句子的分节分裂。作者试图达到的效果是直接抄录口语的错觉。

伊沙试图模仿主体的一种“口齿拙笨”，便使用多种词汇重复而完全不使用标点符号。似乎都是对“正常”文本的扭曲：

我也操着娘娘腔

写一首抒情诗啊
就写那冬天不要命的梅花吧

想象力不发达
就得学会观察
裹紧大衣到户外
我发现：梅花开在树上
丑陋不堪的老树
没法入诗　那么
诗人的梅
全开在空中
怀着深深的疑虑
闷头向前走
其实我也是装模作样
此诗已写到该升华的关头
像所有不要脸的诗人那样
我伸出了一只手

梅花　梅花
啐我一脸梅毒

《梅花：一首失败的抒情诗》的最后一行出现了意想不到的双关语（1993）。除了这个异乎寻常的挑衅意外，伊沙的诗显然没有任何装饰。这首诗旨在创造意义透明效应，而语言笨拙似乎是故意的。同样的技巧可以在于坚的《便条集》（1996—1999）中看到。轩辕轼轲诗境中显示更加精炼的“口语”模拟，探索了一种民间与知识分子的新综合（Ming 2017）。他长长的迂回短语通常结构上注重传统，为适合当代诗歌实践而重新判读传统。轩辕轼轲借用了经典文本构造的方式，并且广泛使用了类似于律诗对仗的平行结构，通过利用语法、词汇和字形（更不用说文字引喻潜力）把看起来孤立的意象连在一起，用于创建一个语义整体。轩辕轼轲等诗人倾向于将排偶结构作为一种工具，标志着诗歌话语中最重要的部分——从而反映了传统模式，在这种模式中，某诗节的中心部分通常由两条对称结构来标记。由于当代诗歌吸收了欧洲诗节的组织原则，对称的部分转移到叙述的高潮时刻，甚至可以出现在诗歌的结尾处。轩辕轼轲的《白居易》（2010）明显使用平行结构、双关语与字形共鸣相互交织：

> 下西洋，找不到钻进地洞的侄子
> 下地狱，遇不到熬成婆的但丁
> ……

这两行中的字数几乎完全相同，而词数完全匹配。双音节的“地洞”对应于单音节的“婆”，但这个“婆”时惯用语“多年媳妇熬成婆”的一部分。两行通过句法结构的全面形式上的对称连接起来。这一点表现了对象的一种特征，由于我们对其差异性和相似性的理解和解释的微妙发挥，便有助于创作文本成分之间的非平凡语义链接。轩辕轼轲的诗用对仗来试图弥合中西文化传统和隐喻库，把但丁入地狱的过程同郑和的传奇相提并论。对称法不仅为文本提供正式的连贯性，而且创造了语义连贯现象，没有这种现象整个诗境就会分解成一系列独立的图像。最后，这个当代版对仗沉迷于一种优美的中国字形游戏，“侄子”与“但丁”的第一个字都是人旁字，同时这些词的第二个字有对称的含义（幼小的孩子与成年男子）。因此，在将同一性原则带到新抽象层次的框架内，这两个词相互对照和对比。

对称句的事例证明，民间和知识分子作者之间都有一定的融合点——是我们经常在欧阳江河的诗作中可以看到的，但在于坚作品又有不少例子，而他们俩显然自称抱着不同的诗学。对仗在中国古典诗歌中似乎是如此强大而明确的连贯机制，以至于它的结构形成功能在当代诗歌文本中是不能被忽略的。当然，正如尤里·洛特曼曾指出的那样，诗歌总体上呈现出一种所有元素处于不同层次的对称状态的结构（Lotman 1976：88），但在中国背景下，情况看起来相当特殊。

韩礼德和哈桑（Halliday & Hasan 1976：20）认为，语法上的对称是内在凝聚力的必要条件，因为它不仅在诗歌中是一个共同特征，而且在许多其他类型的话语中也是如此，尽管对称本身并不一定会使一系列的句子变成文本。当我们从语言教科书中查看类似结构的句子时，这变得很清楚。这些句子的功能是作为某些语法结构的例子，或许只是以诗歌偶得（found poetry）的形式可以被视为是一种连贯的文本。汉语中，由于语言的单位不稳定性和相对较低的词素 / 单词的比例，对称有时成为转换句法信息（因此也就是内聚力）的基本手段。今天的汉语即使考虑到凝聚程度的增加，仍然遵循文言文的文本原理，同时广泛使用其残遗物。诗歌中，由于诗歌对语言转换及其互文性的极度敏感，这一特征是极其暴露的，不仅是中国传统的一部分，而且也是典型的当代诗歌的一部分。中国诗歌文本中，由语法功能的可塑性而支持的对称使每个词的语义量饱和，推动读者对多维诗意话语进行复杂的解释。

这里我们探讨当代中国诗歌及其语言诗学的巨大悖论。这种诗学几乎忽视了诗歌话语对于日常话语的偏离。知识分子和民间的两种策略，尽管有差异，均显示出对语言的巨大关心。与作为日常交际手段的日常生活语言形成对比的诗歌语言即使在否认的情况下也会照得通亮。通过“口语化”（伊沙 2014 的一词）或“提炼”，都实现了诗歌语言作为普通话语的“升华”的愿景。对于当代中国诗人而言，像对于他的深信文学作为一种媒介的独特性的祖先，诗歌语言就变成语言的终极理想形式。

然而在他的诗歌实践中，这位当代作家越来越意识到，诗歌语言本来就是一种偏差。即使有意破坏各种惯例并让平庸的因素当家，诗歌语言也列出了很多异常情况。广泛运用“前景化”，甚至有时为其提供理论依据的中国作者（杨黎、杨小滨、臧棣、柏桦等），从而形成当代诗人地位的二元性。诗人把自己视为中国美学和哲学思想传统的延续者，同时也是 20 世纪西方哲学和西方现代主义的继承人，从而形成了内容联想自由的新空间。

参考书目

胡适 . 1930. 尝试集自序，胡适文存 . 上海 : 上海亚东图书馆 : 268–278.

西川 . 1997. 让蒙面人说话 . 北京 : 东方出版中心 .

杨炼 . 1998. 再被古老的背叛所感动 . 鬼话 · 智力的空 . 上海 : 上海文艺出版社 : 251–318.

于坚 . 1998. 诗歌之舌的硬与软：关于当代诗歌的两类语言向度 . 诗探索 1: 1–18.

西渡 . 2003. 写作的权力 . 最新先锋诗论选（陈超编）. 石家庄 : 河北教育出版社 : 314–320.

秦晓宇 . 2012. 玉梯 . 当代中文诗叙论 . 台北 : 新锐文创 .

伊沙 . 2014. 口语诗论语 . 长安伊沙的博客，http://blog.sina.com.cn/s/blog_489db0970102v6uq.html.

Admussen, Nick. 2014. "Disassembling the Handgun." Review of Doubled Shadows, by Ouyang Jianghe. Boston Review, December 15. http://bostonreview.net/blog/nick-admussen-disassembling-handgun-chinese-poetry-ouyang.

Anderson, Marston. 1990. The Limits of Realism: Chinese Fiction in the Revolutionary Period. Berkeley and Los Angeles: University of California Press.

Bell, Corey L. 2016. "Genuine anguish, genuine mind: 'loyal' Buddhist monks, poetics and soteriology in Ming-Qing transition-era Southern China." PhD diss., University of Melbourne.

Burt, Stephen. 1998. "Review: Smokes." Review of Smokes, by Susan Wheeler, Boston

Review 23, no. 3, June 1, 1998. http://bostonreview.net/poetry/stephen-burt-review-smokes.

车前子. 2016. "Teni ieroglifov. Interv'yu s Che Tsyan'tszy" (Shadows of Characters. An Interview with Che Qianzi) . stikho (t) vor'e blog (VerseVagrant) , January 12, https://versevagrant.com/2016/01/12/%D1%82%D0%B5%D0%BD%D0%B8-%D0%B8%D0%B5%D1%80%D0%BE%D0%B3%D0%BB%D0%B8%D1%84%D0%BE%D0%B2-%D0%B8%D0%BD%D1%82%D0%B5%D1%80%D0%B2%D1%8C%D1%8E-%D1%81-%D1%87%D1%8D-%D1%86%D1%8F%D0%BD%D1%8C%D1%86%D0%B7%D1%8B/.

Cheung, Lawrence Yam-Leung. 2009. "Dislocation focus construction in Chinese." East Asian Linguist 18, no. 3: 197–232.

Eco, Umberto. 1989. "The Poetics of the Open Work." In The Open Work. Cambridge, M.A.: Harvard University Press: 1–23.

Fateeva, Natal'ya. 2001. "Osnovnye tendentsii razvitiya poeticheskogo yazyka v kontse XX veka" (The main trends in the development of poetic language at the end of the XX century) . Novoe literaturnoe obozrenie 50: 417–420.

Glanz, Tomáš. 2015. "Performativnaya poeziya i ee obuslovlennost'" (Performative Poetry and its Conditionality)(paper presented at the seminar "World Poetic Practices" at the Center for Linguistic Research of World Poetry (Institute of Linguistics of the Russian Academy of Sciences) , Moscow, November 7, 2015) . http://iling-ran.ru/main/news/151110_plr_video.

Halliday, Michael A.K. and Hasan, Ruqaiya. 1976. Cohesion in English. New York: Routledge.

Herbert, William N. and Yang Lian, eds. 2012. Jade Ladder: Contemporary Chinese Poetry. London: Bloodaxe books.

Inwood, Heather. 2015. "Poetry for the People? Modern Chinese Poetry in the Age of the Internet." Chinese Literature Today 5, no. 1: 44–54.

Jakobson, Roman. 1960. "Closing Statements: Linguistics and Poetics." In Thomas A. Sebeok, ed., Style in Language. Cambridge Massachusetts: the M.I.T. Press: 350–377.

Won, Ko. 1977. Buddhist Elements in Dada: A Comparison of Tristan Tzara, Takahashi Shinkichi, and Their Fellow Poet. New York: New York University Press.

Leech, Geoffrey. 2013. Language in Literature: Style and Foregrounding. New York: Routledge.

Levin, Samuel R. 2015. "Internal and External Deviation in Poetry." WORD 21, no. 2: 225–237.

Liu, James J. Y. 1966. The Art of Chinese Poetry. Chicago: University of Chicago Press.

Lotman, Yury. 1976. Analysis of the poetic text. Tr. Donald B. Johnson. Ann Arbor: Ardis.

McGann, Jerome. 2007. The Point is to Change It: Poetry and Criticism in the Continuing Present. Tuscaloosa: University of Alabama Press.

Ming, Di. 2017. "Letter from Beijing: New Poets and New Trends in China". Poetry International, January 19, https://pionline.wordpress.com/2017/01/19/letter-from-beijing-new-poets-and-new-trends-in-china/.

欧阳煜 Ouyang, Yu. 2001. "Multicultural Poetry as Unwritten in China (Or: The Night You Want to Sleep Away". Standards 7, no. 2, http://www.colorado.edu/journals/standards/V7N2/FIRST/ouyang.html.

Smith, Daniel W. 2012. Essays on Deleuze. Edinburgh: Edinburgh University Press.

凸凹 . 2015. "Sposob sborki. Interv'yu s Tuao" (Assembly Method. An Interview with Tu'ao) . stikho (t) vor'e blog (VerseVagrant) , December 25, https://versevagrant.com/2015/12/25/%D1%81%D0%BF%D0%BE%D1%81%D0%BE%D0%B1-%D1%81%D0%B1%D0%BE%D1%80%D0%BA%D0%B8-%D0%B8%D0%BD%D1%82%D0%B5%D1%80%D0%B2%D1%8C%D1%8E-%D1%81-%D1%82%D1%83%D0%B0%D0%BE/

Van Zoeren, Steven J. 1991. Poetry and Personality: Reading, Exegesis, and

Hermeneutics in Traditional China. Stanford: Stanford University Press.

王家新 . 2016. "Preobrazuyushchaya sila yazyka. Interv'yu s Van Tszyasinem" (The Transforming Force of Language. An Interview with Wang Jiaxin) . stikho (t) vor'e blog (VerseVagrant) , February 5, https://versevagrant.com/2016/02/05/%D0%BF%D1%80%D0%B5%D0%BE%D0%B1%D1%80%D0%B0%D0%B7%D1%83%D1%8E%D1%89%D0%B0%D1%8F-%D1%81%D0%B8%D0%BB%D0%B0-%D1%8F%D0%B7%D1%8B%D0%BA%D0%B0-%D0%B8%D0%BD%D1%82%D0%B5%D1%80%D0%B2%D1%8C%D1%8E-%D1%81-%D0%B2/

Wang, Nian En. 1992. "The Xing: a comparative approach to Chinese theories of the literary symbolic." PhD diss., University of Warwick.

Wang, Min. 2013. The Alter Ego Perspectives of Literary Historiography: A Comparative Study of Literary Histories by Stephen Owen and Chinese Scholars. Berlin: Springer Science+Business Media.

Williams, Nerys. 2011. Contemporary Poetry. Edinburgh: Edinburgh University Press.

西川 Xi, Chuan. 2010. "Chinese as a Language in a Neighbourhood." In Arthur Sze, ed., Chinese Writers on Writing. San Antonio: Trinity University Press: 261–277.

杨黎 . 2015. "Vse sushchee est' stikh. Interv'yu s Yan Li" (Everything is Poetry. An Interview with Yang Li) . stikho (t) vor'e blog (VerseVagrant) , September 15, https://versevagrant.com/2015/09/15/%D0%B2%D1%81%D1%91-%D1%81%D1%83%D1%89%D0%B5%D0%B5-%D0%B5%D1%81%D1%82%D1%8C-%D1%81%D1%82%D0%B8%D1%85-%D0%B8%D0%BD%D1%82%D0%B5%D1%80-%D0%B2%D1%8C%D1%8E-%D1%81-%D1%8F%D0%BD-%D0%BB%D0%B8/.

Yang, Lian. 2010. "The Poetics of Space, and More: Aesthetic Pressures on Classical Chinese Poetry and a Contemporary Solution." In Arthur Sze, ed., Chinese Writers on Writing. San Antonio: Trinity University Press: 278–288.

Yeh, Michelle. 1996. "The "Cult of Poetry" in Contemporary China." The Journal of Asian Studies 55, no. 1: 51–80.

—. 2008. " 'There Are no Camels in the Koran' : What is Modern about Modern Chinese Poetry? " In Christopher Lupke, ed., New Perspectives on Contemporary Chinese Poetry. New York: Palgrave Macmillan: 9–26.

于坚 . 2015. "Religiya yazyka. Interv'yu s Yui Tszyanem" (Language Religion. An Interview with Yu Jian) . stikho (t) vor'e blog (VerseVagrant) , July 13, https://versevagrant.com/2015/07/13/%D1%80%D0%B5%D0%BB%D0%B8%D0%B3%D0%B8%D1%8F-%D1%8F%D0%B7%D1%8B%D0%BA%D0%B0-%D0%B8%D0%BD%D1%82%D0%B5%D1%80%D0%B2%D1%8C%D1%8E-%D1%81-%D1%8E%D0%B9-%D1%86%D0%B7%D1%8F%D0%BD%D0%B5%D0%BC/.

臧棣 Zang, Di. 2010. "Exerpt from "Toward a Writerly Poetry"." In Arthur Sze, ed., Chinese Writers on Writing. San Antonio: Trinity University Press: 186–189.

Zhi, Yong. 2013. "Zen's Four Mottos and the Poetic Language." Asian Culture and History 5, no. 1: doi:10.5539/ach.v5n1p1.

Dialogue

谈话录

“我相信某种慢，某种文学的渐进性”

——对话克罗地亚诗人米罗斯拉夫·柯林（Miroslav Kirin）

回地 译

米罗斯拉夫·柯林
（Miroslav Kirin，1965—）

克罗地亚著名诗人、作家，1965 年生于克罗地亚锡萨克，现居萨格勒布。1984 年开始写作，许多作品已被译成英语、德语、匈牙利语、罗马尼亚语、俄语。现已出版诗集六部：《从她到永恒》（1989，获戈兰诗歌奖）、《坦塔隆》（1998）、《灯芯草》（2004）、《复兴之后》（2004）、《嘉隆兹》（2006）、《兹比嘉卡》（2009）。

A.

回地：米罗先生您好！您来自克罗地亚，对于很多中国读者来说，克罗地亚似乎还是一个陌生而遥远的国度。请问您的童年在克罗地亚度过吗？童年生活对于许多诗人和作家而言，总显得很重要，您能否回忆起您的童年生活是怎样度过的？您过得幸福吗？您几岁开始阅读诗歌、民间故事或优秀的克罗地亚文学？您是否认为您的早期阅读影响了您的一生，尤其是您成年后的写作？

米罗：童年生活对每一个人成年后的性格确实有决定性影响，不仅仅是对于作家。在一段相当短的时光里，你积聚了如此多的生命体验和真相。当然，随着岁月的流逝，有一些在记忆中消失了，有一些，则在记忆中流连不去，会与你现在的自我进行出人意料的对话。在 1970 年代早期，在繁荣的社会主义时期，我的童年在前南斯拉夫的克罗地亚地区度过。我认为我的童年很快乐——我生活在乡村，一方面可以探索大自然；另一方面，乡村学校图书馆收藏着很优秀的图书，我还能探索文化，因此，在很小的时候，我就开始狂热地阅读各种图书。不过，我对于诗歌的兴趣开始于中学时代，那时我十七岁。实际上我对于诗歌的爱好，起始于对摇滚音乐的兴趣，也就是说，对于摇滚音乐的作者——比如《门》的创作者吉姆·莫里森（Jim Morrison），我为了帮助自己理解他的诗歌和歌词，早在 1982 年就翻译了他的作品。那时我开始被其他国家的诗歌吸引，迷上了阅读和写作。我读得最多的是法国诗歌（波德莱尔、兰波），德语诗歌（里尔克、策兰）和美国 / 英国诗歌（T.S. 艾略特、庞德）。克罗地亚诗人和作家引起我的关注，则相对要晚一点。

B.

回地：您是什么时候开始将写作当作一件您生活中严肃而重要的事情的？您何时开始作为一个诗人的“职业生涯”？

米罗：将写作作为一桩严肃的事情，如果我们可以这样说的话，开始于我进入萨格勒布大学学习英语语言和英语文学，以及比较文学的时候。我那时非常多产，阅读大量当代文学——用克罗地亚语和英语，参与各种公共阅读和讨论——并写作很多诗歌，但其中只有一小部分保留在我的第一部诗集（《从她到永恒》，*From Her to Eternity*）中。这本诗集，让我获得了当时南斯拉夫为年轻诗人设立的一个颇有声望的诗歌奖（“戈兰诗歌奖”，The Goran Prize for poetry）。它激励我在诗歌事业中不断奋斗，不断进步，并获得了意想不到的成果。

C.

回地：您出生于1965年的南斯拉夫。对于我们这一代人而言，“南斯拉夫”是一个很熟悉的，比较亲切的词，这也许缘于它的社会主义和共产主义意识形态。您怎么看南斯拉夫时代的克罗地亚文学？在那个年代，是否存在着一些用克罗地亚语创作的“地下”诗人和作家或“地下”艺术家？

米罗：说到文化记忆，甚至非常私人化的记忆，总是透过艺术作品和文学作品的过滤器沉淀下来。我们的集体记忆——这是一个经常被使用的标签——依赖于人们共同分享的经验，例如，观看同样的电影，听同样的音乐，或阅读同样的书籍。要搞清楚南斯拉夫的文化事件和政策，你必须意识到南斯拉夫特定的地缘政治学地位，它处于政治的西方与政治的东方之间。很早的时候，西方文化问题就开始成为南斯拉夫文化的议题，所以，完全可以预料的是，一些另类的运动必定会出现。在动荡的20世纪60年代，在电影摄影术中有一种名为“黑色浪潮”的思想运动，产生过一种对社会主义的日常现实进行公开批评的电影，其中的一些电影被禁止了，但他们的确设法改变公众舆论的舞台，尤其与年轻人和学生们一起。这一运动随着1968年席卷南斯拉夫和欧洲的学生造反运动而升级。

现在让我回到写作现场：作为一个多民族多文化的国家，南斯拉夫产生了许多优秀作家，其中有的享有国际声誉，如获得诺贝尔文学奖的小说家伊沃·安德里奇（Ivo Andrić）；米罗斯拉夫·克列扎（Miroslav Krleža）的大部头著作依然很有影响力；丹尼洛·契斯（Danilo Kiš），一位毫不妥协地写下有关20世纪残酷记忆的作家，他那关于大屠杀和斯大林主义古拉格群岛的经历——20世纪最令人恐怖的历史体验——的作品，最为著名（得知他的三个小说刚被翻译成汉语，包括《死亡百科全书》，我很高兴）。还有诗人汀·吴耶维奇（Tin Ujević），瓦斯科·波帕（Vasko Popa）（他们在英语世界也很有名），等等。感到遗憾的只是，所有这些优秀的文学作品是用小语种创作的（用这种语言讲话的不过几百万人），除了其中的一小部分作品以外，并没有获得国际知名度。

谈到地下文学，也许有点类似于俄国的“地下出版物”（samizdat）。我一时想不起了，但记得在塞尔维亚的一家独立出版社，出版过一种官方出版社的编辑们不准许出版的独立出版物（off-books）。在一些特殊的书架上发现这些书，不会有什么麻烦，警察不会拿走它们，除非出版的是民族主义者或反共产主义作家们的书，但我对此所知甚少。至于艺术家们，他们中有些人故意选择移居国外——出于艺术的或政治的原因；其他留下来的，在他们的祖国同样抗争。国家的官样文章当然会有它自己的作家和艺术家，但是，有创造力的最大多数，是那些不干预政治的独立作家和艺术家。作为公共话语的一部分，当然有审查制度的存在——在其他地区，人们“滤过”文化产品，禁止电影或书籍的出版，但大多数作家和艺术家都以自己的方式获得了微妙的地位。

D.

回地：您在上大学时您参加过一些文学、哲学运动吗？对于您青年时期的文化环境，您是怎么看的？您如何理解您和同时代诗人的创作与文化环境、社

会秩序之间的关系？

米罗：为了一个虚构出来的集合体的利益，集体主义总是趋向于抹除个人主义的诉求。所以，在天性上，作家或哲学家们常常不倾向于参与集体主义运动，以获得他们自身对于局势的独特视差（paralactic view），或者，他们自己不主动涉足运动。当然，除非情势要求态度的根本转向。在1980年代之前，围绕着《实践》杂志，出现过一些批判的马克思主义哲学群体；而到了1980年代，随着南斯拉夫总统约瑟普·布罗兹·铁托在1980年的去世，社会开始有了一点松动，显露出对民主和市场经济遮遮掩掩的兴趣。1980年代是那样一个年代：在所有行业都有了一种积极乐观的态度，但依然显示着不祥的迹象和可能的危机——工人的罢工，1980年代末民族主义的复燃，等等。那个时代的年轻人可以通过各种各样的媒体来表达他们自己：他们有自己的杂志、广播电台甚至电视。这成长中的一代吸收着西方文化的影响，但他们并不生活在民主的或真正的多元社会——政府禁播某些节目，禁止某些杂志刊号，这些杂志上的主题能引发争议，质疑事态的现状。但大体上，社会气候是乐观的，很鼓舞人的。也许，大多数年轻人并不知道，在貌似快乐的社会表层下，压抑着、潜伏着什么东西。

E.

回地：在1980年代，是否有许多著名的杂志，团结了各种不同的写作群体？您是否属于某个文学团体？

米罗：克罗地亚诗歌的发展，总是围绕着重要的文学杂志，文学杂志也界定了特定的诗人代际——杂志是第一个发表翻译过来的当代文学理论文章，或世界上其他国家诗人的作品和理论家的文章的地方。

因此，对于新一代诗人的成型，杂志的影响是决定性的。有时，这些杂志是关于世界文学当前动向的唯一信息来源。所以，它们建构了当代文学思想运动与克罗地亚文学传统之间的桥梁。我只列举其中的部分杂志：1950年代的《波环》（*Krugovi*），1960年的《理性》（*Razlog*），1970年代的《问题》（*Pitanja*）

和《离开》(*Off*)，最后是1980年代的*Quorum*（拉丁文Quorum意为“法定人数”），这份杂志界定了我本人从属的那一代诗人。*Quorum*本质上是一份后现代刊物，它鼓励差异的权利（the right to difference）和个体性诗学，没有严格的代际划分，强调多角色对白（polylogue），而不是戏剧独白（带有轻微的政治暗示），以及互媒性（intermediality）。它没有代际限制，所以每一代诗人和作家都可以在上面发表作品。*Quorum*现在还每年出版2—3期，它的设计很优美，总会用上很多照片和复制的艺术品图像。在那个“幸福大街”时代（《幸福大街》是克罗地亚重要诗人Delimir Rešicki一本诗集的题目），没有必要保持诗人和作家的“地下”身份了，因此，我很高兴在*Quorum*和一些别的杂志上，或仍可以发表诗歌的日报上刊登我的作品（但在当前的新自由主义社会里反而发表不了了）。

F.

回地：您在制作于2011年的纪录片《相册》(*Album*)中，讲述了很多普通人的故事，里面有您的家人和亲戚。通过一些家庭相册故事的叙述，这个影片呈现了前南斯拉夫人民在1990年代战争期间遭受的内心创伤。您介意解释一下您和您的家庭成员在克罗地亚战争期间的生活处境吗？克罗地亚诗歌在那场战争中是怎样一种情形呢？

米罗：我先说一下我的那本题为《相册》(*Album*)的书，因为纪录片是受那本书启发的产物。这是一部关于“遗失”的自传体小说——在1991—1995年间的克罗地亚战争时期，我遗失了所有的家庭相册，由此也失去了童年时代所有直观的影像纪录和借以回忆的底片，正如我的许许多多同胞一样。四年中，我的家庭成员像难民一样度日，在各地颠沛流离，因为我的家乡彼得里尼亚（Petrinja）被塞尔维亚人占领了。那场战争爆发前的政治局势太过复杂，这里三言两语解释不清，所以我想略去不谈。即使在今天，我们仍旧没弄明白，为何事情竟以那样的方式发生了。不管怎么说，我在《相册》这本书中，通过讲述他们每一个人的故事，已经尝试着重建我的家庭相册——家庭摄影——的内容。我很大程度上依赖于罗兰·巴特关于摄影的思想，他关注的是“刺点”（punctum）（这是一个拉丁文词，原义指的是被利器造成的伤痕、针眼和印记。当我们端详照片时，“刺点”经常逃脱我们的注意力。罗兰·巴特在《明室——摄影札记》中写道，照片上的“刺点”这个要素，会像一枝箭一样从照片的场景中射出来刺中他），而不是“意趣”（studium）（摄影师通过作品向观众所展示的可以理解和交流的文化空间，是我们观看照片时期待看见的东西）。通过这种关注，从每张照片中挖掘出一个故事。每一个故事都从不同视角、不同风格叙述。正是这种叙述声音的多元化，使得《相册》的阅读成为一次经验的冒险。这本书有四个部分：第一部分由一系列随笔性的片段组成，是关于个人的和集体的身份，以及以历史事件为背景的回忆；第二部分通过关于家庭相册的叙述性再现，讲了一个家庭的故事，篇幅最大，是此书的核心；第三部分，讲述相册从未拿到，但有可能会拿到；第四部分和结束部分，讲的是占领期间一个陌生的塞尔维亚家庭的相册故事，这家人生活在讲述者（“我”）的房子里——在四年之久的被迫流亡之后，我在我的屋子里发现了他们的相册，在这里，我试图在家庭相册的基础上，重建他们的生活故事。我不知道他们是谁，他们真实生活的故事是怎样的。所以最后，制作纪录片对我来说是一个很大的挑战，因为要处理那些难以名状的和不可见的事物——遗失的相册，以及非常微妙的——战后岁月的人际关系。纪录片的主人公，是那些分担共同愿望的人们——他们希望找到家庭相册，来作为他们身份的证据。这样一种纠缠着他们命运的追索，实际上几乎成了他们参与其中的同一出戏剧——在这出戏剧中，通过一些有趣的人们略为奇怪的观点，和剧中人的个人生活故事的叙述，人们一起处理和解决前社会主义政权的（历史）问题。人们分享（历史）记忆，分担克罗地亚、波斯尼亚和黑塞哥维那的战争带来的压力，以及当下形势的压力。所以，伴随着我的家庭故事，还有一个来自萨拉热窝的穆斯林家庭他们那令人震惊的家庭相册的故事；以及关于一个塞尔维亚家庭的故事——这家人现在生活在澳大利亚——他们占领期间就住在我的房子里。我应该说，所有这些故事，都是为那一场前南斯拉夫战争导致的悲剧性后果作证，为我们那动荡不安的身份和记忆作证。同时，这个纪录片也是一篇关于摄影和记忆本质的视觉性散文。

至于战争期间的克罗地亚诗歌，我可以用上一个古老的拉丁文短语：“Inter arma musae tacent”，意为“沉默的缪斯女神们（silent Muses）”，因为老实说，那一时期并没有什么重要的诗集出版——关于战争时期最好的诗歌，是在战后年代写出来的。那些年，生活的所有方面都极其艰难，更不用谈到诗歌了——在那样没有安全感的危险时期，不可能诗意地思考。我不能写作，或者至少我不能找到表达自身的恰当方式。尽管如此，战争年间还是看到了一些爱国主义诗歌的出版——例如，爱国主义诗选 *U tom strašnom času*（《在这可怕的时刻：克罗地亚战争诗选 1991—1994，1997.》），联合了许多著名的克罗地亚诗人，他们相信他们的诗歌措辞仍旧有价值。但是，其中的大多数诗歌带着强烈的意识形态偏见，质量都很差。今天，人们一致认同，关于那场战争的最好诗歌，是 1968 年出生的诗人 Južni križ 在他 1998 年出版的诗集《南十字星》中的诗歌。

G.

回地：今年夏天，我读到了您赠送的克罗地亚诗歌刊物《诗》（2013 年 11 月出品）。在导言部分，杂志主编谈到了“在新起点上的俄尔浦斯们”，“文体上的集体主义（倾向）”，以及“现实在年轻的 / 更为年轻的 1990 年代克罗地亚诗歌中的独裁统治”，您能为中国读者解释一下它们的语境吗？

米罗：《诗》的主编欧文·迦希克（Ervin Jahic），显然很想与那些倾向于叙述风格的“新存在主义”“新现实主义”诗人和批评家展开辩论，后者放弃了以实验性、语言诗、后现代主义为典型风尚的 20 世纪 80 年代诗歌，而这是欧文·迦希克所归属的，或者是他一向审慎地赞同和追随的。因此，他那易激动的、几乎是政治性的论述，想方设法揭露那些主宰着 20 世纪 90 年代晚期、21 世纪初期的克罗地亚诗歌的所有弱点。克罗地亚批评家们承认，紧接着战争结束后的那一段时期的诗歌，变得更具社会意识，更为目标明确——

它想要以社会主义向资本主义转变的痛苦经验为主题，在这样一个从战争中锻造而出的新的国家的生活中，呈现这一艰难和动荡的（历史）时期。显然，人们相信，20 世纪 80 年代的后现代主义诗歌已经耗尽了自身，成了一套陈词滥调，已不能处理新的现实，所以，一种被贴上了新的“现实诗歌”（stvarnosna poezija，poetry of reality）标签的“新—存在主义”和“新—现实主义”的诗歌出现了。这类诗歌的特征是：使用简洁明了的，去隐喻化（metaphor-free）的日常口语，用第一人称叙述，读者明白易懂。这类诗歌为读者提供了关于现实的个人化的和社会化的现场报道和评论，正如同一时期的克罗地亚小说写作一样。但是，不同于小说的是，克罗地亚诗歌抵达不了更为广大的读者群，尽管它努力让“普通读者”更能够接受，它也仍旧只是克罗地亚当代诗歌的风格之一种而已。它最重要的代表性诗人是塔季扬娜·格罗玛卡（Tatjana Gromača），2000 年出版了她的第一本诗集——《出问题了吗？》（*Nešto nije u redu?, Something's Wrong?*），这本诗集不久就成为克罗地亚当代诗歌的经典之一，但它也终结了叙事性诗歌主宰诗坛的时代。有趣的是，随后的新世纪初年的诗歌，又放弃了叙事性写作的统治模式，重新评价隐喻的功用，并对许多独特的个体的诗学敞开了道路。

H.

回地：许多读者喜欢你的诗歌《我的舌头耷拉在嘴边》（“My tongue falls out of my mouth”）这首诗。我注意到“舌头”这个词在这首诗中是一个关键词。“舌头”还出现于你的另一首诗歌中。你的“舌头”有特殊的含义和解释吗？这让我想起爱尔兰诗人西默斯·希尼的著名的演讲《舌头的管辖》。你认为在你们的“舌头（Tongue）”之间，有没有一种关联呢？

米罗：我还没有读过西默斯·希尼的《舌头的管辖》呢。但正是“舌头的管辖”这个短语，可能意味着运转于语言中的某种控制机制，来自于作为系统的语言自身，或者，这种控制机制可以被说话者强加于语言之上。在福柯看来，我们这个通过语言来表达的社会世界，受到各种各样权力之源——意识形态、宗教、政治，乃至流行文化——的影响。诗歌作为自由坚定不移的手段，总是用可能最为宏博的方式提倡自由问题，但为了履行这一困难的使命，诗歌自身必须通过语言来传输渴望达到的意义；为清晰通达，实现最终的目标，诗歌必须限制自身的自由。最好的诗歌，总是藐视官样文章的刻板和循规蹈矩。诗性话语通过创造自己独特而不可模仿的语言方式，某种“疯狂的言语”（mad speech），既非真，亦非假，但可以产生一种强有力的效果。我的诗歌《我的舌头耷拉在嘴边》，在于表现这样一种处境：语言（非物质的、抽象的系统），通过舌头（肉体的、物质的）耷拉在嘴边（falls out of my mouth）的意象，表现了语言自身的使用者——说话者——的失控状态（get out of control），以及他 / 她不能将舌头放回原处也即再次控制舌头。诗人总是不断面对这样一种两难处境：诗人是否控制他 / 她的语言，或者，依据在诗歌写作进程本身创造的诗歌原则而不是一种“先验的”（priori）原则，让语言来统治诗人。另外，还有一种基于下述信念之上的诗歌的宗教语境：每一个说出的或写下的词，由于语言的随意性，从来不能成功地将想要传达的意思递交给接受者，导致人类关系的误解、沟通的失效，言说以罪的形式（form of sin）最终失败。这首诗的最后一行，我用“通过我的舌头通过我的舌头我最悲伤的舌头”（through my tongue through my tongue through my most grievous tongue）来替换拉丁文的基督教祈祷《我的过错》（*Mea culpa*）中的“通过我的错，通过我的错，通过我最深重的错”（mea culpa, mea culpa, mea maxima culpa），从而改写了这首祈祷文。你提到的我的另一首诗《还没有被我的舌头吃掉》，表达的是这样的观念：我们的语言，或许是诗歌语言，已经消逝，已经被销蚀殆尽，成为无效的，但是我们还不能或不愿意认识到这些。作为某种面对传统的责任或义务，我们还在足够循规蹈矩地继续写作，而这一传统自身，当然是我们的再创造和发明。

I.

回地：作为欧洲国家，克罗地亚有着悠久的历史，以及独特与复杂的地缘政治地位。您如何看克罗地亚诗歌在整个欧洲和西方诗歌与文学版图中的地位？

米罗：唔，这问题比较难回答。克罗地亚地处西方和东方的交叉路口。在历史动荡和霸权文化的交汇处，通过吸纳所有的影响，克罗地亚创造了她自己的文化，并馈赠以特定的文化韵味。对于诗歌来说也一样。很多人相信，诗歌是克罗地亚文学中最有活力和最好的部分。传统上对克罗地亚诗歌最显著的影响，来自德语文学，然后是意大利、法国和俄罗斯文学。20 世纪下半叶，还应该包括来自美国的影响。这些文学影响，都帮助克罗地亚诗歌重塑诗学模式，促使它持续地重估并变革自身。如果你观察 20 世纪克罗地亚诗歌的发展，你会发现，它参与了所有重要的文学运动——象征主义、未来主义、表现主义、超现实主义、社会主义现实主义等等。在“国际诗歌”（这本身就是一个标签）的光照下，今天真难以讲清，什么是克罗地亚诗歌的“种差”（differentia specifica），它是否具有独一无二的易于辨认的特征。中欧的忧郁基调？地中海色彩绚丽的活力论？或巴尔干半岛的血腥与色情？很难说。真相就在于所有这一切因素的糅合之中，直到最好的诗人以他们的才智呈现出这些影响，并创造出独一无二的诗歌。20 世纪最好的克罗地亚诗人——A.B. 西米奇（A.B.Šimić），汀·吴耶维奇（Tin Ujević），尼古拉·骚坡（Nikola Šop），伊凡·斯拉穆尼哥（Ivan Slamnig），丹尼尔·睢拉戈耶维奇（Danijel Dragojević），约西普·塞弗（Josip Sever），安卡·扎嘎（Anka Žagar），戈尔迪安·贝尼克（Gordana Benić），德立默·若西基（Delimir Rešicki）（只列出部分名单）——他们从自己的语言和文化中发声，但无疑能有资格被纳入杰出的欧洲和世界性诗人的行列。为何在世界诗歌版图中，克罗地亚诗歌依然不显眼，至今还没有用重要的世界性语言被著名出版商（不是自费出版！）

出版过一部克罗地亚诗选的理由之一[1]，在于这样一个事实：克罗地亚诗歌是在不到五百万使用人口的小语种国家写成的。有些人还指责在前南斯拉夫时代塞尔维亚语言和文化的统治地位，这就把前南斯拉夫自身的形象与塞尔维亚文学在世界范围的传播混为一谈。这种相当民族主义的观点，我是不能接受的。我想说的是，诗人们自己应该为克罗地亚诗歌不理想的地位负责——当机会到来时，他们并不鼓励自己的同行；他们太容易错失得到的机会，而且从一开始，他们就对自己在社会和整个世界上的地位很悲观。现在我留意到这方面有了一些积极的变化，但现在下结论为时尚早。还有，我们必须建立一个用重要语言和其他世界性语言工作的所有优秀翻译家的人际网。譬如，就汉语诗歌的翻译而言，我知道世界范围内已经有了许多热情的翻译家——沃尔夫冈·顾彬（Wolfgang Kubin）用德语，柯雷（Maghiel van Crevel）用荷兰语，乔治·奥康纳（George O’Connell）和狄安娜·诗（Diana Shi）、卢卡斯·克莱因（Lucas Klein）、米雪·叶（Michelle Yeh）、西蒙·巴顿（Simon Patton）或迈克尔·戴（Michael Day）用英语，等等。克罗地亚诗歌在未来世界文学中良好的地位，必须依靠翻译家们艰辛而长期的工作。正如莫言在诺贝尔文学奖晚宴讲演中说的：“没有你们（翻译家们），世界文学这个概念就不能成立。你们的工作，是人类彼此了解、互相尊重的桥梁。”那么，我们还在等什么？

J.

回地：您已经用克罗地亚语和英语翻译了很多中国当代诗歌。请问您对于中国当代诗歌（新诗）的总体印象如何？您能否给我们谈一谈您关于中国当代诗歌的翻译计划？

米罗：我相信，中国当代诗歌是当今世界上最引人入胜的诗歌之一，这是因

---

1 我得纠正一下：一个月以前，《浮出水面：当代克罗地亚诗选》（Surfacing: Contemporary Croatian Poetry）已经由美国港山出版社（Harbor Mountain Press）出版：http://www.spdbooks.org/Producte/9780988275539/surfacing-contemporary-croatian-poetry.aspx

为，一方面它向世界展示了，它从西方传统学到的东西，另一方面，它还没有跟自身的（古典）传统脱离——我对后者更感兴趣。一些中国批评家和诗人，比如于坚，断言某些当代中国诗人因为这些外来的影响，已经不再是中国诗人，这就有点过虑了。事实上，这适用于那些在西方影响（包括它的文化、经济潮流的冲击）面前闭眼不看的中国诗人，他们沉溺于所谓传统繁荣的落伍观念中，拒绝承认现代生活方式——而自相矛盾的是，这恰恰破坏了他们自己的诗学传统——我与著名汉学家沃尔夫冈·顾彬共同分享这一观点。但这只是一个西方的视角，渴望看到它自身的形象在新近的中国当代写作中得到反映和确认，这种（被）承认的快乐，与渴望他者体验的欲望交融一体。我不能知道中国诗人自己想要什么，他们的眼光在寻求什么，但你能感觉到，他们真正渴望成为国际性（诗人）共同体或世界的一部分。在经历了太久的断裂或孤立状态以后，所有中欧和东欧 / 东欧集团的前共产主义国家的诗人们，都有这样的共通体验。成为这一进程的一部分，至少从一个读者或翻译者的角度看，让人感到很激动；我们可以观察接下去会发生什么，中国诗歌将如何发展，它是否可能影响其他国家和地区的诗歌，类似于 20 世纪初在庞德和其他喜欢中国文化的诗人们身上所发生的那样。

现在来说说我决定开始翻译中国诗歌，并编辑一本当代中国诗选的事儿。克罗地亚读者对于中国诗歌的兴趣已经持续很久了，但是，迄今为止在克罗地亚还没有出版过一部当代或现代中国诗选！我们确实有过一些中国古典诗歌的译本，但多半是从其他语言转译的，而不是直接译自汉语。举例来说，中国古典诗歌的第一个克罗地亚语译本，题为《黄色东方之诗》（*The Poetry of Yellow East*），是由扎特科·戈尔扬（Zlatko Gorjan）选编并翻译的，这本诗选与译自英语、德语和法语的版本一起，早在 1932 年就已出版。从那时起，跟着出版了几个相似的译本，但没有一本是足够全面的或有抱负的，既能提供一个可靠的历史视野，又能为同一时期的中国诗歌“立此存照”。我作为一个热衷于中国诗歌的读者，自然会想到为它做点什么，就等不及别人来做了。所以，最近我正用克罗地亚语翻译这些中国诗人的作品：多多、北岛、西川、王家新、韩东、于坚、欧阳江河、蓝蓝、明迪、翟永明、海子、柏桦、孙文波……可惜我也是从英语转译，而不是直接译自汉语。转译也是一种正被广泛讨论的有争议的事物。两年前，我正式开始了汉语的学习。现在，我已经开始直接从汉语诗歌（蓝蓝、回地等）翻译。但这与严肃的工作还有一定距离。说到翻译的重要性和冒险性，没有比诗人张曙光说得更为确切的了："中国诗人获得外国诗人的知识大多依赖翻译，而不是靠个人的自由选择。"当我们的阅读只能被他人的选本眼光和选取范围所圈定时，确实是一桩痛苦的事儿；而我对于中国诗歌的阅读，当然受到这一因素的深刻影响。我希望，我不会给克罗地亚读者提供一幅关于今日中国诗歌的太个人化的，或许是错误的图景。但事实上没有人知道这个。我的计划是从"朦胧诗"开始，结束于"后朦胧"诗人，不过"后朦胧诗"是一个很难定义的标签。我不希望只收录典范诗人，他们作品的重要性已经被许多中国大陆和海外出版的选本所确定。代表性的问题，也即，谁是一个国家诗歌的代表的问题，是关键性的。这就谈到了在我们所谓的"中心"（以北京为例）和"边缘"（成都、南京、上海等城市的诗人与北京竞争文化统治权）之间的差异和相似性的问题，"边缘"依然是一个至关重要的概念，尽管所有的理论性后果，都试图消弭这些（边缘和中心之间）关系的霸权性。实际上如成都、天津、南京、上海甚至香港等地充满活力的诗歌现场，经常被北京的诗歌现场所忽略并取代。此外，我还在考虑入选来自台湾的诗人（例如，台湾诗人夏宇的诗歌），以他们的语言和文化传统作为主要的入选标准。当然，也不能因为我的选诗理念，而使这本书最后变得很臃肿，它不应该成为一幅"全景照"，而应是一本方便读者的好的诗歌选本。我希望，当读者阅读这本诗选时，会像我喜欢阅读中国古典诗歌一样获得享受。在这个意义上说，我没有必要忠诚于其他选本，没有义务服从于其他选本已规定的观念，虽然我尊重前人付出的艰苦劳动，也尊重编辑和译者们的资历。这里我要特别提到，诗人明迪最近出版的一本非常出色的诗选：《新华夏集》（New Cathay），这是一个标新立异的，有个人色彩的当代中国诗歌选本。我希望我的这本中国诗选能在2016年出版发行。

K.

回地：在您看来，是否存在一种“介入文学”？亦即文学应该介入或干预我们的现实？

米罗：“我不相信一个干预主义的上帝”（I don’t believe in an interventionist God.），澳大利亚著名摇滚艺人和诗人尼克·凯夫（Nick Cave），在他的一首歌《到我怀里来》中唱道。我当然能认同这个观点。我敢肯定那些想利用文学的先入为主的企图都失败了，作家们基本上毁了他们的写作生涯。当法国哲学家、作家让－保罗·萨特为“介入文学”（engaged literature，littérature engagée）争论时，他也许有他的善意，意图在文学中给被压迫者以声援，但这些立场正如“为艺术而艺术”（“L’art pour l’art）的观点一样极端和危险。在前南斯拉夫伟大作家丹尼洛·契斯（Danilo Kiš）的一个访谈中，他警告说，在作家们的著作中，没有明确的政治参与的空间（there is no place for explicit political engagement in the writer’s books）——他建议另外的道路。他的作品包含了对20世纪极权主义政治制度的强烈批判。文学的颠覆性，并不非得是政治性的。文学的目的是不遗余力地撼动事物的存在秩序。问题是，当一个作家在他的写作中处理一些政治问题时，不会有什么出路——事后，他或她不得不顺从当下政治形势的要求，而这些，肯定不利于任何创造性的写作进程。对文学的某些方面的利用，例如，把诗句用于政治宣传，逾越了诗人的初衷，会对诗人造成某些严重的伤害，除非他同意继续在那种（政治）倾向中写作，其中潜在的政治性质他甚至事先都没有意识到。另外，我想不起来哪一部好的文学作品成功地实施了“干预主义理念”（the “interventionist idea”）。我相信某种慢，某种文学的渐进性。这里我采纳了来自米兰·昆德拉的小说《缓慢》的一个词：slowness，它的基本观念是：缓慢与记忆的行为有关，而速度与遗忘的行为有关。当一个人想品味、回忆或拖延时间时，他的举止和行动缓慢。也许我的观点完全不正确。但在社会竞技场，我喜欢缓慢，胜过激进和“干预主义”。我完全赞同《德黑兰囚徒》的作者玛莉娜·奈梅特（Marina

Nemat）说过的一段话：“文学，能够让受害者成为幸存者，并使她勇敢面对过去，以确保一个更美好的未来。正是文学传递着人类的经验，它以直抵人心的力量，使我们感受到那些冤屈之人的痛苦。没有文学和叙述，我们将失去我们作为人类的身份，并将在时代的黑暗和反复无常的错误中化为乌有；这些错误，引诱我们从一轮可以预防的毁坏，步入下一轮毁坏。”这是我所看到的真正的作家的“介入”。当然，文学不能促进和要求直接的（社会）行动，文学只能在自身的逻辑中工作，这种逻辑，将有可能使文学在一个特定的历史时刻发挥作用。

2014.8.05-2014.10.04

Biography

诗人志

策兰与吉赛尔：诗歌与版画的互译

采访：张何之　受访：艾略克 · 策兰、贝特朗 · 巴迪欧

艾略克 · 策兰

贝特朗 · 巴迪欧

采访者：张何之 — 文中简称为 H

受访者一：艾略克 · 策兰（Eric Celan），保罗 · 策兰（Paul Celan）与吉赛尔 · 莱特朗琦（Gisele Lestrange）之子，文中简称 E

受访者二：贝特朗 · 巴迪欧（Bertrand Badiou），现任巴黎高等师范学院策兰研究专家，吉赛尔 · 莱特朗琦与艾略克 · 策兰之友，文中简称 B

采访那日正值初夏，巴黎清亮的阳光透过艾略克家两扇大窗均匀撒在每一件静物上，物因陈旧而发出内敛沉静的包浆，下午的时刻既安静又圆满，只有声音仍不安地往来于意义间，而其他的一切，似乎都在表面中获得自足。

访谈将尽已是日暮，光与暗在室内不安地争斗，在这场白昼与夜的拉锯战中，艾略克和贝特朗的面孔逐渐被啃噬模糊，很难辨认了。词语已相当疲

倦，我因长时间的使用一门外语而虚脱，艾略克突然灵机一闪，从书架取下一本相册，徐徐翻开，此时策兰与吉赛尔的面容出现在照片上，我即刻想起了策兰那个绝妙的词“晚脸”。

“只是路对面那家疯人院会传来歇斯底里的叫声。”艾略克打量着自己的公寓说，“那声音清晰到能够辨认它究竟是出自哪一间病房，邻居就会致电医院说‘几几床又在叫了，麻烦你们管一下’。”我注意到他说话时不停打量我和贝特朗的反应，就像站在舞台上表演魔术时注意观众的反应一样，艾略克·策兰曾是一位魔术师。

对于我而言，他的魔术早在我按响昏暗楼道内门上贴着名字标签的电话铃时就已经上演，艾略克·策兰，策兰与吉赛尔之子，其姓名中的玫瑰宿命式地绽放。

艾略克身上无疑带着时间的复杂性，当然，这复杂不仅在于他与策兰和吉赛尔的血亲关系，更是文学时间与生命时间在当下一刻交叠所发出的光晕。任何一个策兰/吉赛尔的阅读者和粉丝，其个人的阅读经验都会因与艾略克的相遇而被激活。

策兰外出时常常会写信给艾略克，用一种清晰简单而极其准确的方式为他解释这个世界。阅读时我不自觉猜想，策兰和吉赛尔究竟在艾略克身上留下了怎样的印记？但实际上，我所认识的艾略克，并不善言谈，其简单与天真达了让我吃惊的程度。当我向他提出进行一次访谈的建议时，他有些紧张地要求贝特朗共同参与：“甚至是我自己的记忆，他都了解的比我清楚，年份、时间、事件，都在他的脑子里，他的脑子是本策兰目录。”

同时面对埃略克和贝特朗意味着这是一次交叉访谈（interview croisé），也意味着我需要面对两种经验，个体的生命经验，以及学术的文本经验，它们分别对应日常语言和学术语言，而这两种语言在法语里的区分是相当明显的。因此，在准备访谈提纲时，我花了很大一部分时间去考虑如何协调这两种语言与经验，对我来说叙述记忆（mémoire écrite ）和活记忆（mémoire vivante）同样重要。

贝特朗自木方桌前站起来同我握手那一刻，他原本因坐着而隐藏起来的高大身形一下如山一般投下巨影，他随即坐下，重新陷入颓坐姿态。我太熟悉他面容中极端的疲惫与涣散，那是典型的法国学者的疲倦感，是思维高度运转之下表皮所展现的终极厌倦，一种和平共处的矛盾。可一旦进入交谈，他精神的面貌即会展现极高的活力与浓度，如同火焰在你眼前燃烧，这精神与面容的矛盾性拥有一种特殊的魅力。

事实证明，贝特朗用他学者式细密的思维引导了访谈的流向，他对问题论有极为敏锐的把握，能够将交谈引入一问题所能达到的最大深度，因而其解答也就一再超越了提问，他解释而不叠加意义，对吉赛尔的作品、人生，以及她与策兰关系做了最细致深入的阐明。正如访谈中所说，一部好的作品能够激起言说的欲望，那么他在交谈中不断给我以启发又催生了新的问题，访谈一直持续了两个小时，几乎耗尽了所有精神。

晚饭后，我们几人站在门口茶几旁抽烟，艾略克指着桌上深蓝色的烟灰缸说，这是他父亲生前常用的，我看着那蓝色在夜晚透出谜一般的幽光，又感到时间那种纷繁复杂的迷雾了。所有这些因策兰而相聚的人，我想，他们通过回忆、研究、交谈的方式，通过对时空的共享，在某种意义上不断进行着对策兰及其诗歌的“再言”，对吉赛尔及其艺术作品的再言。

最后，我要感谢孟明、覃华夫妇把我介绍给艾略克和贝特朗先生，最终促成了这次访谈。

（张何之）

H：上次您跟我提到过一些很特别的细节，譬如在您小时候闻到的从母亲的工作间传来的油墨香味，您还能再讲一些跟母亲一起生活时的片段吗？

E：当然。小时候我的卧室就在母亲的工作室隔壁，因此我常看她做版画，看她印刷版画，那种油墨香一直伴随着我的童年。她会用硝酸液，或者过氯化铁溶液，依靠其腐蚀性来制作铜版画（eux－forte），后者更传统也常规一些，比较温和。而硝酸则很烈，但它可以做出非同一般的咬噬效果。我记得有一天我母亲在工作，那时我正在隔壁自己的房间用她给我的纸和颜料画画，她走进来看了看，说，“艾略克，你又把水打翻了”，我说“我没有啊”，但很显然地上有液体，她就把地板清理干净然后出去了。五分钟以后她又回我房间，还是觉得我把水打翻在地板上，可突然一瞬间她意识到那是昨晚的酸液淌在地上蚀出了很多洞……

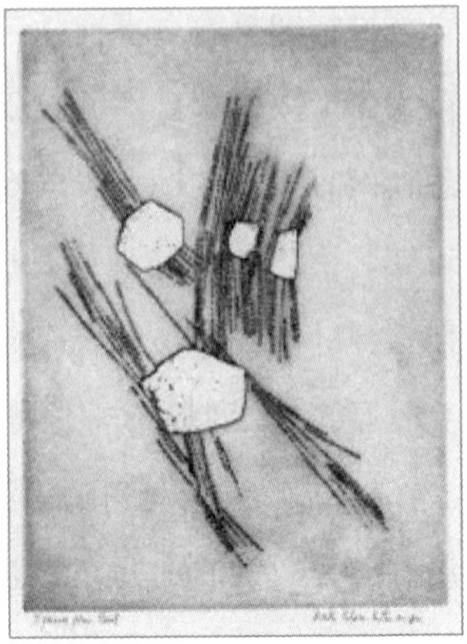

砠 1　La traverse 1　1969　铜版画

H：她通常都在家工作，还是有时会去外面的版画工作室？

E：自我们有了那间小屋以后，她在家作画的时间会比较多，刚才的故事就发生在那时。不过她也会去外面的工作室，那里有为画家准备的桌子，她在那里印版画，有一些版画是她自己印的，还有一些由印刷匠负责……

B：但也是在她的监控之下印刷的。

E：对，有一种“标准版”（bon à tiré），意思是：艺术家跟印刷匠一起尝试印几幅版出来，其中成功的那张就叫做“标准版”。

B：然后印版画的人就会以这一张“标准版”为基准继续印一定的版数。

E：接下来的几版需要向标准版看齐，当然，每一版之间都存在微小的差别，但总体来说，印刷版画的人能够将所有版印得清晰而统一。

B：那当然，他们都是很专业的。

H：您母亲教过您做版画吗？

E：这其实是一个耳濡目染的过程，我常看她做版画，因此对版画的一切都很熟悉，尤其是做版画的姿势，我母亲坐在工作桌前，身体靠铜版很近，就像这样（艾略克表现做版画的姿势）。版画家需要事先想象铜版上的图案在印在纸上的模样，这是一种重要的能力，因为有时那些蚀在版面上的痕迹很不错，但印出来并不是那么回事，两者之间是有差别的。

B：我也有幸亲眼见她作画。一开始，她在巴黎创作过一段时间，后来就经常待在 Moisville（策兰与吉赛尔在 Moisville 购置过一处小宅）。她有个朋友，她会在那个朋友家作画。其实我自己也有个问题想要问艾略克，我曾经去你母亲那儿，那时她正在作画，房间里放着音乐，所以我有疑问，是否在你小的时候她就有创作时放音乐的习惯？

E：我记忆中是有音乐，我对长大之后她放音乐的情形记得比较真切，但毫无疑问，我们家一直放着音乐。

H：您为何特别注意到音乐的问题？

B：在读策兰与吉赛尔的通信录时，我们会注意到她经常提到贝多芬、巴赫。音乐的在场其实创造了一种精神的敞开状态，有意思的是，绘画创作本身也是一项高级的脑部活动，但同时，绘画和写作又不完全相同，因为绘画需要创造一种敞开的状态，让事物在这种状态中主动显现。我认为对于吉赛尔来说，正是音乐供她进入这种状态，在这种状态中，事物得以显现，同时在一定程度上，她有意识地任由这样的显现发生。我个人认为，这是音乐对于吉赛尔的意义。而最令人印象深刻的是她的（创作的）姿势、创作的方式：在极小的铜版面上做出令人惊讶的细腻细节。譬如我们看这幅画（指着靠窗一某画），她进行近距离的创作，同时那也是为了让人在远处观看它。当我们后退，从近处退到远处，一切都改变了，这是印象派对她的影响。在这个层面上，吉赛尔是很独特的艺术家，她的创作正是为这种远—近切换的观看而为的。也就是说，作为观众，我们至少要兼顾两种视觉距离，远观—靠近—远离。我把她这种对细节／全局关系的处理也归功于音乐，归功于音乐中无限细小的音节，如音乐中的最弱音与最强音。其中有一种平衡，而我现在越来越清晰的看到这种平衡，这是满与空之间的关系，而就我的理解，满与空也是亚洲水墨艺术所关心的。

H：关于空与满，我也有类似的感受，在面对吉赛尔的画时，我能够很清晰的感受到满与空之间的呼吸，除了造型本身，对空白有意识运用也是一个关键。而且我还有一种感受，就是每次读策兰的诗，每次看吉赛尔的版画，无论我已经看过多少遍，我都有第一次阅读的那种新奇与冲击，或者可以说，在诗歌腠理以及在版画痕迹中，有东西在不断产生，出生，而这种“新生”，我觉得也与空白有一定的关系，不知道我的理解是否恰当。您能谈谈您的看法吗？

B：确实是这样，不论是在策兰还是吉赛尔的作品中，都有一种“保留”，一种“复杂性”和“返回”，它们保证了你刚才描述的那种感受，即不说尽、不完全展开、不完全展现。有些东西是秘而不宣的，它返回自身。绘画展现事物，展示造型与现实世界之间的关系，而不是去模仿现实世界。绘画通过视觉经验，使自身处在与现实世界的复杂关系中，这其实是内在世界的展开。在吉赛尔的作品中，正是内在世界在展开，它在展开的同时又有所保留。事实上，在最后阶段，是我们在完成这种“展开”。比如策兰的诗，我常说策兰的诗像碎片，需要我们去把它补全。也就是说，一切都在那里了，但并有完全被展开，而“去展开”则是读者的工作，在展开的过程中，读者成全了阅读本身。这才是策兰的双重馈赠，他保留了，或者说向读者许诺了亲自劳作的机会，我感到其中有种深层的美学与伦理学之契合，这也是两人可以一起工作的原因。没有必要把一切都说出来，吉赛尔也一样，她并不阐释，而总是处于“说”中，一直处在一种词汇中，她自己的词汇。在某种程度上，他们遵循着相同的法则，即某种“给出”（se donner），某种撤退式的保留，这激活了观看者，使他们变得主动。根本上来说，观看行为并不应该是全然被动的，我认为一幅真正的作品就该具有这样的特质。这一点同样适用于过去的作品，但这一点对20世纪的东西还是更为重要一些，当然，我这么说并不是想赶时髦，就像当下流行的说法“作品只有在观看之下才存在”云云。说话得小心，无论如何，没有艺术家就没有观众，不应该把一切神秘化。当然，只要有作品，就有神秘性，它保证了作品的未来，因为这种神秘性使每一次对作品的感知体会都能够保持自身的独立，保证独立感知的特殊性。不过，对作品的理解也随着时代而改变，今天我们看一幅作品，跟我们三十年或者五十年以后看同一幅作品是不一样的。因为作品总处在与各种实践的交错中，就像今日我们带着自己的遭遇去看这幅作品，很显然这跟二十年前我们看它时的感受是不一样的，这正是其魔力之所在。

H：策兰的诗，吉赛尔的画能够激发读者／观众的创作欲望。当我看着吉赛尔的画，我感受到作品中大量的空，大量的留白，但同时，她又给予这空一个形式，有时是相当尖锐，痛苦的形式？

B：这空与满……

H：我说的不仅仅是视觉上的空……

B：当然，这就像音乐中的休止。

H：对不起，我还要插句话，‘留白’在亚洲艺术，尤其是中国绘画中是非常重要的。

B：是的。但我们要注意，“空”在吉赛尔的作品中并不是她思想的缺席，就像在中国绘画的空并非一种缺席，这一点吸引着吉赛尔，她读过程抱一，读过关于“中国思想”“中国文化”的一些著作。

E：我小时候，在学校时因为要学一些关于中国的东西，我父母就给了我这本书。（拿出一本关于中国绘画的书）。

B：策兰在诗歌、信件中，处理空与满，触及空／满跟沉默之间的关系，他在诗歌里组织着“空”。你谈到的痛苦的东

黎明的窟窿 Au creux de l'aube 1977 速写

西，那种疼痛的特质、尖锐的特质，那种缺失，“缺失”这一主题，就像我之前谈过的，是一种对“展开”的召唤。就像在中国绘画中，在山水画中简单几笔在山水中置入屋宇，剩下的东西需要观众自己通过想象去展开。你说的疼痛的特质、悲痛的特质，留白，在她的作品里可能有一种空的“表现主义”，但我们说话必须谨慎，因为这样的诠释或许过于“中国化”了。

H：是啊，我们得小心“解释”与“过度诠释”。

B：正是如此。此处涉及力之间的平衡，如果我们用象征的方式来表达，那是介于生与死、在场与缺席、缺失与满溢，所有相对元素之间的力的平衡，为了“说”，必须要创造出对比的“势”，是通过对比的形势，某些东西才能被说出来。很有意思的是，她并没有在作品中传达“信息”（message），没有某种特定思想的“翻译”，绘画即是“思想”本身，它在不断地找寻自身，自身的形式，这一点也很“中国’。所以，对于一个中国的感知主体来说，或许吉赛尔的绘画世界与造型世界在中国能够比在西方社会能得到更多探讨，它涉及到吉赛尔作品的来源。我现在这么说可能有点奇怪，我不知道你有没有看过那张照片，在那张照片里，吉赛尔的面容显示出某种东方性，可以看一下马德里画册中的那种照片。（艾略克展示照片）

H：有时我觉得我们（中国人）甚至离她的版画更近，当然，以某种特殊的方式，或许这种体会超出作品本身的内涵。（相对于欧洲观众）

B：不仅仅在版画里，还有绘画。

H：我记得她有一张画，画面中心横置一条细小的山脉，山脉四周什么都没有，是悬空的，看到这张画时我惊呆了，我仿佛看到倪瓒的画，14 世纪中国伟大的山水画家。

H：吉赛尔与策兰一共有过两次合作，即出版物《呼吸结晶》（*Atemcristal*）

和《黑关税》（*Schwartzmaut*），策兰作诗，吉赛尔作画。因而这两部共同完成的集子是理解两人作品之间关系的一个切入口，您清楚当时这两本诗集出版的情况吗？他们是如何合作的？还有一个问题，我想先提出来，这样可以避免一会打断您的讨论。当时我看到一幅吉赛尔的版画，脑子里立刻出现了"呼吸结晶"这个词，然后我去查，发现那张画确实是《呼吸结晶》中的插画，所以说他们的诗画之间有某种很深层的关系，共同性，但又不是简单的文字内容与图式的对应，更多是精神气质上的相通，您怎么解读？

呼吸结晶 3　Atemkristall 3　1963　铜版画

B：首先，所有这些版画的标题都是策兰起的。

H：**全部吗？**

B：从 1954 年到 1968 年期间，基本所有版画的命名都是。几乎所有的版画，尤其是法–德双名的版画，都出自策兰。在他们的诗画中确实有一个很独特的世界，而且，有一点从来没有被好好研究过，即，策兰用来命名吉赛尔的版画的语言，是专属于这一命名的语言，这种语言与策兰其他诗歌的语言并不一致。比如"Souffle combattant"（战斗呼吸），这种格式的词语我们在策兰的诗歌中是见不到的，它并非出自策兰一贯的诗歌习性，而是策兰为吉赛尔的作品特别创造的用语。因此，这些版画的题目中包含着一个特殊的诗歌宇宙，这一点很少有人注意，很少有人提及。比如，他很少会在版画的标题中运用德语合成词的能力，也就是说把一个词熔到其他词中。只有"呼吸结晶"，但"呼吸结晶"并不是版画的标题，而是他与妻子共同完成的诗集的标题。因此，这里面确实存在一种深层的联系，这也是最复杂的一点，因为你想探寻的是他们两人如何一起工作的方式。"呼吸结晶"其实很复杂，在这本诗集中，诗歌与版画之间不断“往来”（aller－retourn），并不是简单的诗歌启发版画或者版画给诗歌灵感的单项顺序，而是一种持续的往来，不过我们倒是可以说，在这里确实是版画首先激发了诗歌。可以肯定的是，策兰在这本诗集最初几首诗中所使用的语言部分来自于版画的技巧、版画的世界。所以确实也可以说策兰受到她妻子的激发，注意，这里所说的激发不是仅仅是来自作品的激发，还有“作画”这一过程本身的激发，他看到她创作的场景，她的姿势，酸，腐蚀，所有这一切，像酸腐蚀铜版一样“腐蚀”策兰的精神。他自己也适用过“腐蚀”这个词，并且是某首诗中最关键的词，当然也会有例外。其大部分的法语和德语的标题，都是针对独特的版画－诗歌世界而特别做出的语言学的发明。作品的题目，在绘画的传统中是一个很大的问题论。可以这么说，策兰诗歌的一部分是为了她而做的，为了走向她而作的，受她的作品激发。在此意义上，这本诗集非常有趣，但这一点并没有被好好研究过，包括策兰自己做的翻译，也没有被充分研究，策兰自己把法语译成德语，德语翻译成法语，他如何翻译，是很关键的。

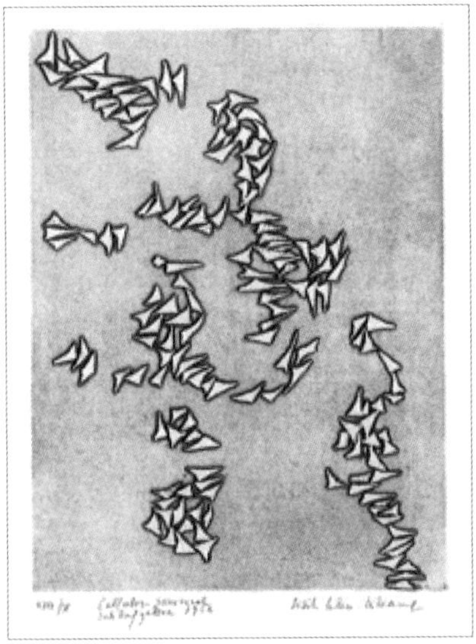

睡眠细胞　Cellules Sommeils　1966　铜版画

E：我父亲写过一句话，大概是在书信集中……

B：对，那句话“我重识自己的诗……”，应该在书里，65 年那部分书信（B开始翻书），我觉得是在这几页，不过也可能搞错。那是一句很简短的句子，刚刚我还记得，现在一下子又想不起来了。你有图宾根的那本目录吗？如果有那本书的话我很快就能找到那句话，策兰写过一些关于吉赛尔的很美的句子。

E：就是那句。好像是我父亲走进我母亲的工作室，写在一张包铜版的纸上……

B：（朗读）“在你的版画中我重识自己的诗，在这些画中他们重生” 你看我记得没错，就是 65 年。这话写在吉赛尔的生日后没多久。

E：我父亲从来没有跟其他任何艺术家合作过，这跟很多其他诗人都不一样……他只跟我母亲合作。像《呼吸结晶》以及一些其他小的收藏版出版物中，它们在其中的相遇、合作与对话，是很重要的信息。

H：呼吸结晶中的这八张画都是同题的吗？

B：每一张版画都保持着跟诗歌的关系，出版时，版画并非面对着诗歌，而可以说是紧随诗歌之后，不是平行的关系，而是一种对照，诗集的构成是复杂的，正如策兰写道“我亲见你的画诞生于我的诗歌之侧，生于我诗歌之中，你知道，《呼吸结晶》为我打开了诗歌的秘径”，这封信写于 1965 年 5 月。

H：在《呼吸结晶》这本诗集中，策兰使用了不少“地质学”的词汇，譬如“玫瑰裂”（Klufrose），如你所说，这里涉及到他使用一种特别的词汇去靠近吉赛尔的版画，去翻译吉赛尔的版画。那么这些地质学词汇的使用，跟吉赛尔版画的特点有关系吗？

睡眠残片，楔子　铜版画，吉赛尔于 1966 年作，策兰据此铜版画写诗《睡眠残片，楔子》（Morceaux de sommeil，coins ／ Schlafbrocken，Keile）

B：这些地质学词汇是从一些实践语言里抽取出来的。策兰对词有很浓的兴趣，所有确切的词，所有精确描绘事物的词都吸引着他。是词本身吸引他，“玫瑰裂”这个词，受损伤裂的玫瑰，是这个词语身的“表达性”吸引着策兰。而策兰，他反过来使用这些词汇去命名一些毫不相关的非技术性的东西，这个词就成为了他诗歌的语言。因此，这里涉及到这些词语的反转（detournement），词是由语言本身给出的，可以说是语言发明这些词，语言又记录下这一发明过程。在语言中，一直有这样命名性质的，技术性的词汇。比如说在海洋学中，策兰一直对各种语言的海洋学词汇有着浓厚的兴趣，他在一首名诗中使用了大量的奇妙的海洋学专业词汇。是因为这些词本身太特别了、太妙了。比如有个词“Laufenkatz”，直接翻译为正在奔跑的猫，多妙。很显然，策兰对词充满热情，他的天才之处在于用这些词入诗。词是一方面，词有其自身的魔力，策兰将词引入自己的言说中，融入自己的句法内，这才是最重要的，而不是去顺从这些词。词语激发“说”的欲望，或者说，对诗人或其作品来讲，无限的并非言说之内容，而是说言说之欲望本身，是用另一种方式来说，“异言”（dire autrement），是“复言”（encore dire），我自己一直都有想要换一种言说方式的欲望，再次言说“它”的欲望。而对于策兰，我们知道这个“它”是什么，他需要选择说的方式。这还涉及到历史事件，历史环境，策兰一直离当下正在发生的事情很近。换一种方式言说，对于策兰来说就是和那些正在读、正在迎接、正在听、正在看的词相遇，这正是他异说的方式。策兰的诗歌一直处在演变中，正是因为各个时期阅读时所引进的完全不同的词汇，这对吉赛尔来说也是一样的。如果我们看一看她初期的版画，我们就会知道，吉赛尔的创作终其一生都在变化。在不同时期，某种特性，某些个人世界回应了他们对于“异说”的需求，而这异说的方式则与“相遇”紧紧联系在一起，这里所说的相遇可以是符号层面的相遇，作品层面的相遇，情绪情感层面的相遇。比如吉赛尔去看赛拉（Sera）的展览，她就一定被这次看展的经验改变了，我先前提到的音乐也是这样，音乐引起的节奏性情绪，带给吉赛尔一种物理的，身体的观看法，最终转化为一种姿态/姿势。我们能在她最后的作品中发现这种姿势性，非常动人的姿势性，并且，我们还能观察到这种姿势性在不断演变，在释放，变得激烈、狂怒。这是我们能够在策兰和吉赛尔两人作品中共同观察到的诸多变化之一，这种变化与“异说”之需要密切相关。而最惊人的，莫过于这两个人终其一生一直在更新，你也知道，有很多知名的艺术家，一辈子只在重复自己。

H：关于策兰和吉赛尔的关系，我们一开始就是从作品进入的，似乎颠倒了，现在您可以跟我说说策兰与吉赛尔相遇时的情况吗？在那个时期，吉赛尔已经投身艺术，已经开始做版画了吗？

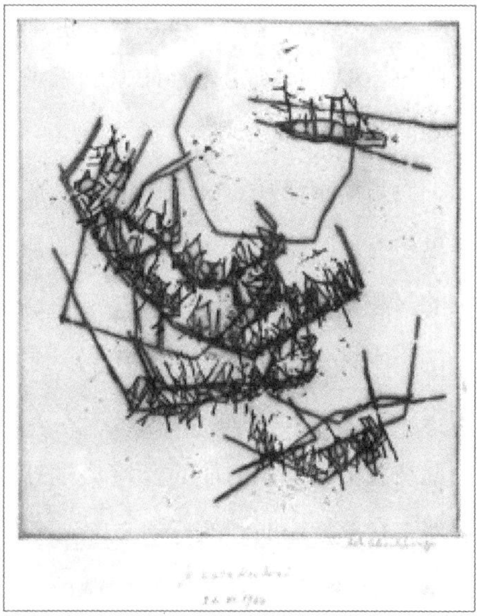
荷兰记忆　Souvenir de Hollande – Erinnerung an Holland　1964　铜版画

B：那时她经过了学院的艺术训练，已经是一位艺术家了，她画一些画，但还并未开始版画创作，后者是在她结婚后两年才开始的，即53，54年左右。她遇到策兰时就已经对诗歌非常感兴趣了，读了很多德语诗歌的法文译本，比如里尔克，还有卡夫卡的文本。这些书对策兰来讲都是他个人世界和文化积累中很重要的部分。即使那时她还未读到策兰的诗，这些阅读也都把她引向策兰。在他们相识的初期，她便开始在策兰德帮助下学习德语，如果你读他们的通信集，你就知道她打从一开始就对策兰的诗歌有浓厚的兴趣，她一下子直面一位诗人。摆在她眼前的是德语，是诗人，而最最感人之处在于，从她与策兰相遇的那一刻起，她便洞见了伴随这相遇而来的巨大艰辛和不寻常，她用某种方式准确地预见了这一切。她知道前路之难，之独特。提起吉赛尔，我脑子里最先想到的是艾迪皮亚夫的那首《我无怨无悔》，一首很动人的歌。在她生命的最后时候，她说“我的生命就要终止了，但我拥有一个非同寻常的人生，它是如此奇妙，而这奇妙的经历是从与策兰相遇开始的”。她与策兰诗歌之间深层的联系对她的作品和言说都非常重要，她说，她版画中最大的力量与浓度都与保罗策兰相关。就好像……这很难表达清楚，就好像策兰生命能量中的某些东西，他的呼吸，活在吉赛尔身上，被她所接纳，从某种程度上来说，吉赛尔在她的作品中处理了她自己与策兰之间独一无二的关系。这种独一无二的经验又给予她面对这一经验的能力，给予她在各种层面上激活这种经验的能力，如果用斯宾诺莎的概念来说，这种经验让她在自己的极限中拥有了“空间”（espace）和“愉悦”（joie），拥有愉悦的空间，这愉悦并非天真之乐，而是斯宾诺莎意义上的愉悦。在她身上有某种“传输”（transport）。她有里尔克所描绘那种女性所拥有的强大的爱人的能力。她对茨维塔耶娃有很浓的兴趣，这一点毫不意外，策兰也喜欢她的诗歌。一开始茨维塔耶娃并没有翻译本，要到1968策兰年才读到她。而吉赛尔在1985到1990年之间读了很多的茨维塔耶娃。有时候她买了茨维塔耶娃诗集的同时还会买一本送我。因此在我的书房里有不少茨维塔耶娃诗集，都是来自吉赛尔的礼物。这绝非偶然，在茨维塔耶娃的诗歌之中也有那种“传输”，也有那种不可思议的巨大能量。这一切的一切都贯穿着她的作品，贯穿她的美学时刻，贯穿那些最戏剧化的时刻，比如她最后的版画。在不同的氛围不同的影响之下，这些东西始终贯穿她，构成她的主体（corps）和个人世界，同她对诗歌的记忆相关，包括策兰和其他诗人的诗歌。吉赛尔读很多书，书不离手，她和各种作家相遇，跟年轻的诗人合作，倾听各式各样的人说话，她有一种关心他人的能力，罕见的敞开性。因此，与策兰的相遇对她来说是决定性的，因为一切由策兰的激发东西都被实现了，都找到了方向，展开，并最终实质化。当然其中有吉赛尔自己，可是这次相遇似乎引导并实现了某种东西。正是在这种意义上，她的作品与诗歌有种深刻的内在联系，图像世界，造型世界与诗歌世界之间的内在联系。就像是诗歌刻在了她作品的深处，我们能够感觉到这一点。她的作品被文学深刻滋养着，却又不是文学作品，这非常厉害。不是文学的图像化或者对文学的描绘，这里头有种更深刻的关系，好比图像取代了文字的位置，是由精神世界带来的图像，文字世界带来的图像。这是我的看法。而关于策兰与吉赛尔之间的关系，他们的相遇，我想通信集已经完成了最棒的叙述。他们之间的第一封信是如此惊人，而恰恰是吉赛尔开启了对话之机，是她写了第一封信。

H：对，其实我很惊讶，是吉赛尔写了第一封信。

B：是的，而且相当动人。

H：第一封信中，我注意到一个词，而且这个词会反复出现在信件中，她说，她在与策兰相遇时感到一种巨大的“宁静”（calm）。

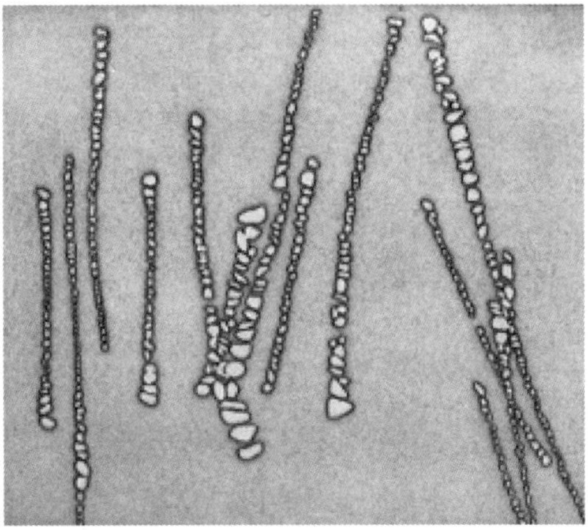

灰色背景 Fond gris – Graugrund 1966

B：对对，正是这种“宁静”，吉赛尔终其一生都在守护，即使经历了所有的一切，即使遭遇如此极端的境遇，她都会守着这“宁静”，这就是为什么我之前会想到“我无怨无悔”这首歌。这是一种能够统一生存、统一艺术、统一其复杂性，其极端性的能力，统一一切在悲剧中会倾覆的东西，以另一种方式去承担。他们用自己独特的方式诉说了他们的相遇。这部通信集之所以这么有意思，因为对话活生生地刻写在生命时间维度中，或者说，它即是这个生命时间的话语。这些对话谈论身边的事情，包含了对事物的思考。这一切使得这本书信集显得非同寻常。因此，它是不可取代的文本资料，因为没人能够越过他们自身的言说去接近他们的存在，没有别的捷径。对我们法国人来说，这用法语写成的通信集特别珍贵，通过通信集我们了解到埃略克童年时所听到的，他父亲独特的法语，我们看到这个男人如“发明”法语来说出自己的句子，我们了解到他同时是一位伟大的法语作家。无论他在世界哪个地方，他都会是那种方言的天才，语言作为中介，他有能力掌握这个中介并通过这个中介来言说。

H：艾略克先生，您还能记得您父母相处的方式吗，或者一些特殊的时刻，像后期，您父亲精神状态比较糟糕时……

E：我曾面对我父亲的精神疾病，他发病很早，因此我母亲必然经受了更多。没有人能准备好去面对这样的时刻。而我母亲总是试图向我解释我父亲的疾病，她根据我的年龄来选择措辞，一点点直到我长大。她作为母亲是十分耐心的。就是 B 说的，我母亲对人很耐心，很友好，也很温柔。她就这样一点点跟我解释父亲的疾病，这种跟疾病的对峙当然是相当困难也是很激烈的。

B：你应该读到过策兰写给艾略克的信，太惊人了，他对一个孩子说话的方式，解释事物的方式，他能够抓住一件事的核心又用一个孩子能够理解的语言表达出来。

B：（对艾略克说）你认识的吉赛尔跟我后来认识的吉赛尔并不是完全一样的一个人了，当然你在往后也发现这种变化。

E：当然，我觉得如果我们好好读那些信，我们能够发现吉赛尔的变化，从一个羞涩的、纯真的年轻的女人渐渐成熟。她的成熟伴随着跟我父亲在一起的并不那么轻松的生活，正是她积累了一生的经验。所以当贝特朗遇到我母亲时，她已经是一个很成熟、跟从前很不一样的女性了。

B：她说话很有鼓动性，很幽默。

E：我觉得当她还年轻的时候，她有着更谦逊、谨慎的一面。当然，终其一生她都是比较谨慎的。但是后来我们所认识的吉赛尔就显得更幽默……

B：是个很有吸引人的女人，人们很容易就会爱上她。就算是只有 30 岁，好比我，我认识他的时候我差不多就三十岁……

H：您认识她大概是在什么时候？

B：我 1984 年认识她，那时候我很年轻，还不到 30。

H：您是如何认识她的？

B：那时候我正在翻译策兰的诗歌，她因此请我去她家做客。她真的是一个很慷慨，能够接纳别人的人。正因此我们才能交谈，我才有机会跟她建立某种联系，这种联系直接影响到了我的人生。如果没有遇到她，我不会是今天的我。同时，她对我的期冀，对我的要求，也促使我能够去够完成这些事。如果没有她对我的信心，没有她对我的各种期许，我绝不会成现在的我。

H：**怎么说？**

B：我发展了吉赛尔的"目光"，一个人能有机会进入另一个人的目光，而这另一个人甚至比你自己更清楚你的能力，这是决定性的。即使我与她的友谊很短暂，从 1984 年到 1991 年，但我能记得我们相处的每一个阶段，我很珍惜这段时间。这也是策兰在他生命中所面对的问题，他感到与时间的契约。时间性，当你想想策兰所做的一切，还有吉赛尔，他们所做的事是如此惊人。回顾那 7 年，我感觉到时间可以膨胀，在不同的环境下，在不同的关系类型中，显然，当我们认识大概五六年时，我们变得更加熟悉，更加亲近，而我自己也改变了不少。所以这是一段即短暂，又具有启发性的时间，即使到了今日，我仍能够将这段时间展开、发展、放大。这段时间似乎被折叠了，也因此我才能将其展开。这段关系充满魅力，没有任何陈规，但又十分婉约，十分谨慎，我们都能投入其中，都能互相给予，能言说，不加掩饰，无谓社会陈规，相互之间无门第之见。她最终在乎的是个体本身。如果她跟某个人建立起一段关系，那么在这段关系里吉赛尔一定是"在场的"。对我以及我的生活而言她是在场的，她关心我生存问题、爱的问题，

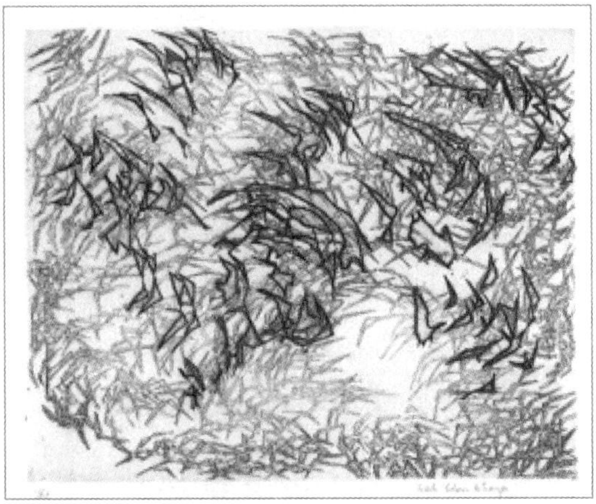

灵魂　Âmes 1963　铜版画

她从来不会讲“这不是我的问题，这跟我没关系”，她不会把个人分成三六九等，她全心全意地关心他人。

H：这需要很大的能量……

B：是的，能量，恰恰是与他人的关系。吉赛尔并不自我为中心，她真切地处在与他人的关系之中，当然，首先在她与策兰的关系中，这一点表现得很清楚，她能够展开所有她倾听到的内容。这是她的独特之处，一方面她有一种女权主义者所没有的谦逊，另一方面她又是全然“在场的”……

E：她是个很自由的女性。

B：是的，自由的女性。在策兰去世之后，她经历了非常糟糕的状态，她感受到了绝对的丧失，但她最后还是抵达了对自我的重建，从而重新发现了一种力量、新的能量、新的作品，在创作中更新。在她的作品中我们能很清楚的感到这一转变，这一进程发生在在她 20 世纪 60 年代末的作品中，策兰死后，有一种深层的变革在其作品中不断积累。

E：在 60 年代时她的作品就有改变了，她开始由版画转向绘画，水彩、彩色铅笔等等。

B：一次向传统的回归。

E：她处理更多地理面貌的主题，风景、树木、大地、天空等等。

B：她的个人世界经历一次改变，她的作品变化了，其中有一种“即时性”（imediaté）。

E：我母亲的工作量很大，一方面是她自己的工作，另一方面她还要处理我父亲的作品、手稿、信件，此外她还有丰富的社交生活，经常会见一些年轻诗人，她生活的“浓度”是惊人的。

H：就您所知，吉赛尔关注亚洲艺术吗？

B：是的，埃略克可以证明这一点。我知道吉赛尔会去塞努奇亚洲美术馆看展，家里的展览图册证实了她对中国绘画以及日本版画的兴趣。她也阅读相关书籍，比如陈抱一。所以这并不是我主观的印象，而是客观上她确实对这类绘画充满兴趣。而她的独到之处可能在于，她将这兴趣与另一种传统结合在一起，另一种传统是康定斯基，是抽象画，是印象派。我能忆起她对一次修拉画展的热情，以及她对安东尼华托的喜好。她持续找寻能够激发自己的艺术。关于对颜色的敏锐，我忘记一个重要的参照，那就是浪漫派绘画，比如佛理德里奇（Caspar David Friedrich）这样的画家，以及同一时期其他的画家。因此，我觉得在她的画中东西方皆有。

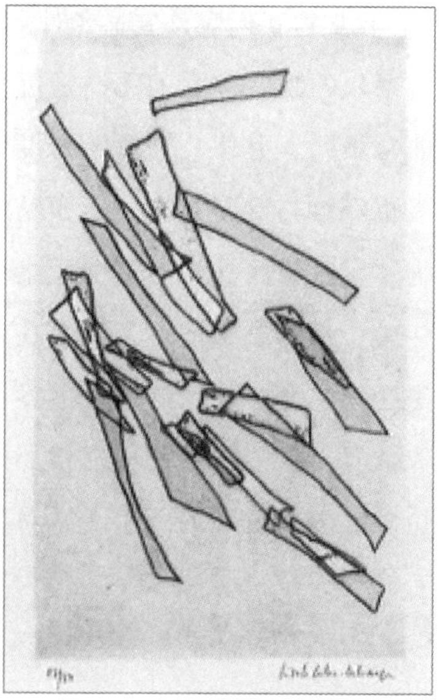

未完成系列 2　L'Inachevé 2　1975　铜版画

H：她是否受到过与她同时代的艺术家的影响，比如贾科梅蒂，她在信中多次提到贾科梅蒂。

B：贾科梅蒂，没错，我想起来她确实对贾科梅蒂很感兴趣，在她的版画中甚至有一张名为“向贾科梅蒂迈近”。

E：是“向贾科梅蒂致敬”。

B：正是如此，有两张版画暗示了她与贾科梅蒂的关系。为什么我这么清楚，因为她有一张画叫做“临近”，又一次我写信给她，提到贾科梅蒂，那时候我还不知道有另外两张跟贾科梅蒂有关的版画存在，我跟她谈到“临近”这张画时我说“我觉得很奇怪，就像是你在你的画中诠释了贾科梅蒂的雕塑”。她微笑，但什么也没说。三个月后我来到巴黎，她送给我一张“临近”，真的，她特意为我印了一张，然后跟我说“你一点也没弄错，这张版画确实与贾科梅蒂有关”。她给我这张画时亲笔签了名，这画之后就再没有印过了。

E：我母亲的版画通常不会印太多，一般设定 30 份左右。她会先印几张，等有需要时再印一些，但一般来说都不会印满的版数。

B：我觉得我们应该要避免使用“影响”这个词，而要谈论贾科梅蒂的世界对吉赛尔的激发，因为无论是贾科梅蒂的绘画还是他作画的方式都跟吉赛尔的非常不同。另外一个对她来说很重要的画家是西马（Joseph Sima），西马本人也经常与诗人合作，比如勒内夏尔。勒内夏尔写作一片非常美妙的文章题为“风景与西马相遇”，“风景与……相遇”这个句式太棒了，因为这涉及到一整个世界。我记得吉赛尔在一封信中提到过西马。除他之外还有那个慕尼黑画家，那个画家的个人世界也一样打动了吉赛尔。所以，有些很特别的个人世界，但又不像贾科梅蒂那么名声大作的画家，比如西马，他可以说是一位画家内部认可的画家。她对各种不同的绘画抱着开放的态度，我知道的就有培根等等。

E：是的，她确实对培根很感兴趣，我记得我们一起去看过培根的展览。

B：我不知道这事，这也是我的疑问。除此之外，我记得还有一个西班牙画家，表现主义、抽象表现主义或者说是那个时代的表现主义。吉赛尔对这个画家很感兴趣，但她又稍微站在这个表现性世界的外部，带着一点冒失。她关注各种绘画实践。

E：我母亲非常熟悉艺术史，她有很多这方面的书，在我家有各种各样展览的图册，以及艺术史书籍。她经常去看展，对当下艺术界发生的事情保持高度的敏感和兴趣。

B：还有一个艺术家，他的作品一再被出版，并且对其时代的艺术家产生了很大的影响。对于吉赛尔来说，塞加斯是一位大师，是版画界的天才，他在他那个年代已经有了单版画制作的想法。他非常穷，以致有时他不得不用自己的床单来印版画。他还会往墨中倒果汁造成背景染色的效果，充满奇思。对于吉赛尔来说他就是版画界的天才，我们几乎可以把他当作最伟大的版画家。正是他的版画提供了一种观看版画的范式，也就是说在此之前，版画并没有那么受人欣赏。这是一个我们可以放到 20 世纪的坐标。当然，16 世纪的版画，16 世纪的绘画，文艺复新的绘画也很重要。这些都是理解吉赛尔艺术世界的坐标。

Perspective

台湾诗歌动态

近十年的台湾诗歌：新世代强势登场

洪崇德 撰文

21 世纪的台湾诗歌发展，可谓越来越热闹。2008 年前后陆续有青年诗人结社（如我们这群诗妖、玩诗合作社、然诗社、风球诗社、好烫诗社，以及各大学的诗社复兴）、创办刊物（如歪仔歪诗刊、*youth poem*、风球诗杂志、卫生纸诗刊、好烫诗刊，乃至近年流行的网络诗刊）、出版社（黑眼睛文化、逗点文创、斑马线文化、启明出版社等）。社群网站（如 facebook）在台湾生根，不仅提供便捷的对话空间，更使成长经验于 1995 年以后，网络使用比例逐年提升的“新生代”诗人成为关注的焦点。相形之下，传统诗刊诗社较无法善用更新的社群媒介去处理自己与新生代读者的关系，面对迅速的时代步伐蹒跚。

20 世纪末，网络促使诗歌爱好者与感兴趣的读者正面对话，合流“为什么这样不是诗”的疑惑和 80 年代以来的后现代实验，使他们代表的“网络时代”成为一片标准不一，但普遍拒绝被编辑“守门人机制”定义美学的诗歌乐土；随着实时互动性的 facebook 成为主流，“网络时代”的诗歌拓荒期正在传播（精确来说是读者）导向的新阶段。

当泛娱乐的近视眼变成当代读者的文明病，打量诗歌的标准不免也产生位移。若干火红的诗人如宋尚纬、徐佩芬、潘柏霖，善于把握自媒体优势，作品扩散能力惊人，让诗集摆脱早十年“票房毒药”之讥。诗人逐渐化身斜杠（Slash）世代的代言人，努力跨议题地讨论性别、网络话语权，甚至逼使读者面对社会普遍的不安乃至厌世心理。他们不传统、却能引起读者共鸣的诗歌被部分评论者斥之为媚俗，部分不置可否。

毫无疑问，台湾的诗歌圈正被迫面对典律转型的问题。读者意见不仅影响销售成绩，更可能参与后进写作者风格成型的过程。表态、厌世作为传播显学，形象经营更是必修课程，试图将写作往“经典化”“个性化”发展的诗人，在试图维持自我的道路，所面对的会是加倍于以往的孤独。

要认识一些主要的诗人派别，或许可以不严谨的将宋尚纬、徐佩芬、潘柏霖这些被读诗专页“晚安诗”推荐，常被当作众矢之的的票房保证称为“晚安诗派”。在晚安诗派以外，有“台湾七年级新诗金典”“港澳台：八十后诗人选集”诗人、“卫生纸”诗人、“逗点”诗人。

《金典》《选集》二书，分别出版于 2011 和 2013 年，前者由台湾七年级（1981—1990）世代诗人选出何俊穆、林达阳、廖宏霖、廖启余、孙于轩、罗毓嘉、崔舜华、蒋阔宇、郭哲佑、林禹瑄这十名诗人，除了何俊穆转往剧场、孙于轩忙于工作而较少公开发表，其余人如今都仍活跃，堪称一时之选；由七零后诗人杨佳娴所选的《选集》，则采用大陆的八零后概念，选录王志元、印卡、何亭慧、叶觅觅、郑聿、罗毓嘉的作品。其中何亭慧、叶觅觅、郑聿是 1980 年出生，王志元于《金典》出版后出版的诗集《葬礼》大获好评，印卡婉拒《金典》选录。集合学院眼光筛选的两书，已初步概括八零后的写作者。

“卫生纸”诗人来自于鸿鸿主编的诗刊《卫生纸 +》（2008—2016），这本诗刊的选录标准号称是“不见容传统报刊媒体”的作品，具备性格的宣言，吸引有志于此的写作者进行化外之地的狂欢。《卫生纸 +》虽已停刊，鸿鸿所成立的黑眼睛文化仍持续运作，目前较有代表性的“卫生纸”诗人有写作极短篇出身的蔡仁伟、不想写“更好的诗”的瞇、过世后引起无限追思的天才诗人叶青，以及其他不应算是卫生纸起家，发表行为可算是关系户的诗人，例如正进行五年写作一万首诗试验的许赫、以诗作的神秘感受获得欢迎的任明信。

“逗点”诗人，指作品出版于逗点文创的诗人。创立者陈夏民毕业于近年在台湾文学圈相当重要的东华大学创英所，因此早期作者与东华大学颇有渊源。但不应以对学院的刻板印象去理解——逗点诗人工作各异，却各具艺术家性格与坚持，是发达资本主义社会下一群有所坚持的写作者。从经营者到旗下作者多为“新生代”的逗点，其出现更可视为青年世代在文学圈抬头的标志性事件。代表人物如先前提到的郑聿（从事编辑）、王志元（记者），以及吴俞萱（艺术家 / 教师）。

整体而言，台湾诗坛正面对历史的十字路口。从后现代的游戏性走向网络的反权威特质，内建的现代化基因不断构建新经典——并迅速被屏弃。这是一个作者可能迁就读者意识的年代，这是一个评论者常与 fans 争论何谓网络霸凌的年代。这是一个诗歌节欢乐喜庆、诗人在读者面前现身的活动越来越多，评论者却还急于为九零后寻找下一个经典诗人的年代。文学奖的权威性和年度选集是否流于权力分配都受检讨了。未来在哪里？

未来。我大胆预测，读者和评论者的口水战仍不会停下。但我们该把目光转向真正出色的诗人了。例如东华大学华文所几个十年磨一剑的硕士生：曾贵麟、曹驭博、林佑霖。他们不善于社群经营，不够成名（其中曹驭博在今年出版诗集后一炮而红），作品却在少数人之间获得广泛好评。这三个九零后，有机会成为台湾新诗的未来吗？令人期待。

附录：译作者

高兴

诗人，罗马尼亚语、英语译者。现为《世界文学》主编。曾以作家、访问学者、翻译家和外交官身份在欧美数十个国家访问、生活和工作。

王家新

中国当代诗人、批评家、翻译家，现为中国人民大学文学院教授。著有诗集《纪念》《游动悬崖》《王家新的诗》《未完成的诗》《塔可夫斯基的树》，翻译集《保罗·策兰诗文选》《带着来自塔露萨的书：王家新译诗集》《新年问候：茨维塔耶娃诗选》《我的世纪，我的野兽：曼德尔施塔姆诗选》《死于黎明：洛尔迦诗选》。

西渡

诗人、诗歌批评家，清华大学中文系教授。著有诗集《雪景中的柏拉图》《草之家》《连心锁》《鸟语林》《西渡诗选》《风和芦苇之歌》（中法双语），诗论集《守望与倾听》《灵魂的未来》《读诗记》，诗歌批评专著《壮烈风景——骆一禾论、骆一禾海子比较论》。

朱朱

诗人、策展人、艺术评论家。曾获安高（Anne Kao）诗歌奖、中国当代艺术奖评论奖（CCAA）、胡适诗歌奖。著有诗集、散文集、艺术评论集多种，其中包括法文版诗集《青烟》《灰色的狂欢节——2000 年以来的中国当代艺术》，英文版诗集《野长城》。

陈育虹

著有诗集《闪神》《之间》《魅》《索隐》等七本，日记体散文《2010 陈育虹日记》，

译作有玛格丽特 · 阿特伍德诗选《吞火》、达菲诗集《痴迷》。2004 以《索隐》获台湾诗选年度诗奖。2007 以《魅》获中国文艺协会文艺奖章。2015 年出任中国人民大学驻校诗人。2017 以《闪神》及《之间》获联合报文学大奖。

戴潍娜

诗人、青年学者。自编自导戏剧《侵犯》。

胡桑

著有诗集《赋形者》(2014)。诗学论文集《隔渊望着人们》(2016)。散文集《在孟溪那边》(2017)。译著有《我曾这样寂寞生活：辛波斯卡诗选》(2014)、《染匠之手》(奥登，2018)、《生活研究：罗伯特 · 洛威尔诗选》(2019) 等。现任教于同济大学中文系。

张曙光

1956 年生，著有诗集若干。现居沈阳。

杨东伟

译者，现为中国人民大学文学院博士研究生，美国康奈尔大学访问学者。主要从事中国现当代诗歌研究，也专注于翻译外国诗歌与诗论，有译作散见于《上海文化》《长江学术》《星星》《诗歌月刊》《草堂》等刊物。

臧棣

1964 年出生于北京。毕业于北京大学，1997 年获得文学博士学位，1999 年至 2000 年任美国加州大学戴维斯校区访问学者。曾获《作家》杂志 2000 年度诗歌奖，现任北京大学中文系教授。

杨炼

1955 年出生于瑞士伯尔尼，6 岁时回到北京，朦胧诗的代表人物之一，现定居伦敦，继续从事文学创作。

唐晓渡

著有诗论集《不断重临的起点》《唐晓渡诗学论集》等，译有米兰·昆德拉文论集《小说的艺术》等，主编“二十世纪外国大诗人丛书”多卷本、《新诗三百首》(中国青年出版社，1999，副主编)、《灯芯绒幸福的舞蹈——后朦胧诗选》等十余种诗选。

朱朱 1969 年 9 月生于江苏扬州。著有诗集《驶向另一颗星球》《枯草上的盐》《青烟》，散文集《晕眩》《空城记》。现居南京。获《上海文学》2000 年度诗歌奖，第一届刘丽安诗歌出版奖，第二届安高（Anne Kao）诗歌大奖，长诗《鲁滨孙》获 2002 年《诗林》优秀作品奖。现居南京。

陈汐

1992 年生于浙江建德，毕业于复旦大学、香港中文大学。出版个人诗集《光荣物种》，翻译小说《小城畸人》，合译小说《在美国钓鳟鱼》。

刘立杆

1967 年生于江苏省苏州市，1989 年毕业于南京大学中文系。写诗及小说。现居南京，著有诗集《低飞》等。

姜涛

1970 年生，任教于北京大学中文系，研究领域为中国现代文学及 20 世纪中国新诗史。出版诗集《洞中一日》《鸟经》《好消息》《我们共同的美好生活》，学术及批评专著《公寓里的塔》《巴枯宁的手》《新诗集与中国新诗的发生》等。

刘畅

诗人、画家。参加《诗刊》社第 26 届青春诗会、墨西哥城第三届国际诗歌节、墨西哥学院中国作家论坛，歌德学院中德诗人“诗人译诗人”工作坊等。诗作被翻译成英、德、西、韩文译介到国外。

郑体武

上海外国语大学文学研究院院长，教授，世界俄语学会副主席，中国外国文学学会副会长。

陈家坪

诗人、导演。1970 年出生于重庆。1997 年与友人创办民刊《知识分子》。2005 年创办中国学术论坛网。2011 年出版诗集《吊水浒》。2014 年与友人发起成立北京青年诗会。2016 年主编《桥与门：北京青年诗会诗人访谈》。2017 年与友人合编《在彼此身上创造悬崖：北京青年诗会诗选》。2019 年与友人创建文之悦对谈。2017 年 10 月以非叙事的方式创作纪录片《孤儿》，2019 年 1 月被香港中文大学中国问题研究中心收藏。2018 年创作纪录片《大兴失火》，2019 年 11 月参加纽约大学独立纪录片双年展。2019 年与友人创办网络民刊《变雅》。

申伟光

中国当代著名艺术家，水墨画家，书法家，居士，法名法照、悟光。作品曾参加第六届全国美展、第八届全国美展、广州首届九十年代艺术双年展、首届中国艺术三年展、上苑艺术家工作室开放展、今日美术大展、“文脉当代中国版本”大型综合艺术展、超验艺术展、2008 奥林匹克美术大会等艺术大展，并于北京今日美术馆、南京艺术学院美术馆等地多次举办大型个人画展，其艺术成就在中国当代艺术中独树一帜。

远洋

诗人，译者。1980 年开始发表作品，出版诗集《青春树》《村姑》《大别山情》《空心村》《远洋诗选》等多部。曾获深圳青年文学奖、河南诗人年度大奖、红岩文学奖“外国诗歌奖”、第一朗读者“最佳翻译奖”等。

连晗生

诗人，译者，生于 1972 年。诗作发表于《诗林》等刊物，诗歌批评发表于《鲁迅研究月刊》《新诗评论》和《上海文化》等刊物，印有《暮色》和《露台》等诗集，译有米沃什、洛威尔、贾雷尔和西尔泰什等诗人作品，译诗集（文论集）《贾雷尔诗选》《贾雷尔论奥登》和《燃烧之书》（西尔泰什著）待出版。

叶美

80后女诗人，出版《周年》《塞壬史》。

回地

1969年10月生于浙江绍兴市嵊县（现嵊州）。当过医生、教师、编辑等。曾主编民刊《低岸》《越界诗刊》等。与蒋立波合编《越界与临在——江南新汉语诗歌十二家》（长江文艺出版社）。现居北京。

张何之

江苏常熟人，1988年12月生。虞山派古琴传人。2011年毕业于南京大学社会学系，现为法国巴黎高等社会实践院历史与文献学系在读博士。著有《灵魂的骨骼：诗歌与版画的互译》，诗集《位置的国度》。

洪崇德

台湾嘉义人，淡江大学中文硕士，想象朋友写作会、然诗社成员。曾与朋友共同创办读诗专页：每天为你读一首诗。